JUDI FENNELL

La serata tra ragazze non è mai stata così gustosa!

Ingannami una volta...

Juliet Chambers ha sempre desiderato una sola cosa: diventare la signora Tanner Wentworth. Innamorati fin da bambini, con i ranch confinanti e i genitori soci in affari, il matrimonio per questa bellissima coppia era inevitabile. Ma l'inganno di Juliet, unito alla perdita di un figlio, ha distrutto la loro possibilità di felicità.

Ingannami due volte...

Tanner Wentworth desidera solo due cose: ottenere l'accesso al suo fondo fiduciario e liberarsi per sempre di sua moglie. I suoi movimenti sensuali sul palco del BeefCake, Inc. possono far impazzire tutte le donne, ma Tanner non è interessato. Ha sogni più grandi. E nessuno di questi include la sua traditrice quasi ex moglie.

Non c'è due senza tre?

Ma quando l'amata nonna di Juliet ha un ictus, Tanner accetta di fingere di essere una coppia felicemente sposata un'ultima volta, almeno fino a quando non starà abbastanza bene da sopportare la notizia che la sua coppia preferita si sta lasciando definitivamente. Ma sette anni di separazione hanno cambiato molte cose. Sarà sufficiente per il Tanner, scottato due volte, riconsiderare e rischiare una seconda possibilità con l'unica donna che non ha mai smesso di amarlo?

Prologo

«Vi dichiaro marito e moglie. Può baciare la sposa.»

Tanner fissò la donna di fronte a lui. *Sua moglie.*

Come diavolo si era lasciato incastrare in quella situazione?

«Tanner?» Juliet pronunciò il suo nome così dolcemente, con una piccola inflessione alla fine a renderlo una domanda.

Lui non sapeva come risponderle.

«Ehm, può baciare la sposa.» disse il giudice di pace, schiarendosi la voce.

Sì, sì, Tanner conosceva la prassi. Solo non capiva *perché* si trovasse lì a doverlo fare.

Ma si chinò comunque, con l'intenzione di darle un bacio rapido e sbrigativo.

Juliet lo rese molto più che piacevole e decisamente non rapido.

Maledetta lei.

Sapeva esattamente come baciarlo. Sapeva come accendere il calore nel suo basso ventre. Sapeva come avvolgere il suo corpo sexy da morire attorno al suo e mandargli tutto il sangue in un unico posto.

Maledetta lei.

Tanner le affondò le mani tra i capelli mentre la sua lingua invadeva la bocca di lei. Voleva farlo diventare eccitato da morire? Bene. Allora era meglio che fosse pronta ad affrontarne le conseguenze perché, in quanto sua moglie, avrebbe dovuto affrontare un *sacco* di conseguenze.

No, non era vero.

Tanner staccò bruscamente la bocca dalla sua, col respiro affannoso, e si perse in quegli occhi azzurri in cui si era smarrito tempo prima. Quando ancora credeva nell'amore e nel "per sempre felici e contenti" tra loro.

Dio, che idiota era stato.

«Posso essere il primo a farvi le mie congratulazioni?» Quel dannato giudice non voleva proprio scendere dal carrozzone del matrimonio d'amore. Certo, era stata una clausola imposta da *Tanner*. Era già abbastanza brutto doverlo fare; non voleva che la gente sapesse il vero motivo per cui lo stava facendo.

Purché lo sapesse Juliet.

Sfilò le dita dai capelli di lei e afferrò il certificato di matrimonio dalle mani dell'impiegato. Ecco. Fatto. Avanti il prossimo.

Fortunatamente, si ricordò anche di afferrare la mano di sua *moglie* prima di uscire a grandi passi dall'ufficio del tribunale con un breve, brevissimo, cenno di saluto alle rispettive famiglie.

Le lasciò la mano non appena furono fuori.

Doveva farlo, per il suo bene.

Perché ogni volta che toccava Juliet, il suo cuore finiva in mille pezzi.

Juliet dovette correre per stare al passo con Tanner. Non che fosse una novità; aveva sempre cercato di stargli dietro. Dal primo momento in cui aveva posato gli occhi su di lui — be', forse non proprio allora, dato che aveva due settimane, ma da quando era stata abbastanza grande da notarlo — gli era sempre corsa dietro.

Aveva iniziato con nascondino, per poi passare a skateboard, bicicletta e nuoto. Aveva dovuto stargli al passo per tutta l'infanzia perché era stato il suo migliore amico. I loro genitori erano migliori amici, i loro ranch confinavano l'uno con l'altro e Tanner era stato una forza della natura.

Certo, quel corpo era già abbastanza imponente di per sé. Tanner aveva la stazza di un linebacker, gli addominali di un nuotatore e il viso di un dio greco. Ai suoi occhi era bellissimo fin dalla pubertà e la sensazione era solo cresciuta con il tempo.

Erano stati la coppia d'oro. Re e regina del ballo di fine anno. I più belli. Quelli con più probabilità di avere successo. Lo staff dell'annuario aveva persino aggiunto il cognome di lui dopo il suo sotto la foto dell'ultimo anno, perché *ovviamente* si sarebbero sposati.

«Tanner, aspetta.»

Lui non rallentò nemmeno. «Abbiamo una tabella di marcia.»

No, *lui* aveva una tabella di marcia. Ultimamente era sempre in movimento, sempre impegnato. Sapeva che lo faceva per evitare di passare del tempo da solo con lei. La considerava così poco che di recente non avevano mai avuto la possibilità di tirare il fiato insieme.

Quella notte avrebbe cambiato le cose. La settimana successiva le avrebbe cambiate. Aveva usato l'unica cosa che le era venuta in mente per ottenere un po' di tempo da sola con lui e non ne andava fiera. Ma, dannazione, avevano bisogno di stare da soli. Di avere il tempo di parlare e chiarire cosa fosse successo: la scena che aveva architettato per quando suo padre sarebbe entrato...

Li aveva portati in tribunale e sull'aereo per le Fiji, dove papà aveva sborsato una fortuna per la capanna sulla luna di miele sull'acqua. Se avesse dovuto portare suo marito in capo al mondo per avere un po' di tempo da sola con lui, allora l'avrebbe fatto.

«Tanner, ti prego. Non riesco a correre con questi tacchi.»

«Allora toglili. Non sembrano comunque fatti per camminare.»

Soffocò una risposta rabbiosa. Non voleva iniziare la luna di miele con un litigio. C'erano già state troppe parole dure tra loro.

Si prese qualche secondo in più dalla loro "tabella di marcia" per togliersi le scarpe, poi gli corse dietro, desiderando di essersi allenata per quella mezza maratona a cui Tricia aveva cercato di convincerla a partecipare.

Raggiunse la limousine pochi secondi dopo che lui le aveva aperto la portiera, giusto in tempo perché si formasse un'espressione corrucciata sul suo viso.

«L'aereo non aspetterà, Juliet.»

In realtà, l'avrebbe fatto. I soldi di suo padre garantivano che l'avrebbe fatto, ma lei non aveva intenzione di discutere con lui.

Chiuse la portiera e tirò fuori il telefono non appena l'autista si allontanò dal marciapiede.

Rimase attaccato a quel coso per tutto il tragitto fino all'aeroporto, attraverso i controlli di sicurezza e fin sulla pista. Lo aveva ancora in mano quando l'assistente di volo porse loro lo champagne.

«Signor Wentworth, partiremo a breve,» disse lei quando lui le fece cenno di posare il flûte sul tavolino tra loro.

Tanner digitò ancora un paio di lettere nel suo messaggio o e-mail o, diavolo, forse stava solo giocando a qualche stupido gioco per non doverle parlare, ma poi spense il telefono.

Finalmente. Juliet non riuscì a trattenere un sorriso. La loro luna di miele poteva finalmente iniziare e la guarigione poteva cominciare.

Ma poi Tanner si alzò.

«Tanner? Cosa stai facendo?»

«Aspetta un attimo, Juliet.» Si infilò il telefono nella tasca dei pantaloni e si diresse verso la cabina di pilotaggio.

Juliet fissò la sua schiena ampia che si stringeva in modo così incredibilmente bello fino a una vita sottile. L'aspetto e il fisico di Tanner erano solo la ciliegina sulla torta dell'uomo di cui si era innamorata tanto tempo fa...

Lo stesso uomo che stava scendendo dall'aereo.

Capitolo Uno

Sette anni dopo

Quell'uomo aveva un corpo stupendo.

E Juliet Chambers-Wentworth ne ricordava ogni singola sporgenza, linea e muscolo. Soprattutto come le si fosse avvolto addosso — come *lui* le si fosse avvolto addosso — la notte in cui gli aveva teso una trappola per costringerlo a sposarla.

«È *lui*? Mi stai *prendendo in giro*?» L'amica Sandy bevve un sorso dal suo drink mentre sedevano nella sala da pranzo poco illuminata del locale di Tanner, il BeefCake, Inc. «Non mi *stupisce* che tu lo rivoglia.»

Suo marito aveva un corpo magnifico e sapeva cosa farne, ma no, non era per quello che lo rivoleva. Però lasciava che lui e chiunque altro lo pensassero. Perché era comodo. Perché funzionava.

Perché la verità era qualcosa di troppo straziante a cui pensare.

I ballerini sul palco si misero in fila con un'ondulazione di fianchi, e i loro pantaloni neri con la striscia di seta laterale parevano fremere dalla voglia di essere strappati via. Juliet aveva visto abbastanza spogliarelli da sapere cosa stava per succedere, e aveva visto abbastanza di Tanner sotto i vestiti da sapere cosa stava per succedere, ma comunque, quando accadde, quando si strapparono di dosso quei pantaloni con il velcro, il suo cuore ebbe un sussulto, come la prima volta che i pantaloni di lui erano venuti via.

«Santa madre di Dio.» Sandy si lasciò cadere sulla sedia, gettò la cannuccia del suo drink sul tavolo e tracannò tutto il resto. «Ti prego, dimmi che sa cosa farsene di quello.»

Oh, sì, Tanner lo sapeva. Le cosce di Juliet fremettero al ricordo. E così fece anche un'altra parte di lei. E le dolevano i seni. Non c'era stato nessuno dopo Tanner. Ottantasette lunghissimi mesi di celibato indotto dalla totale mancanza di interesse per chiunque altro. Probabilmente non era stata una buona idea presentarsi lì in quel modo. Non quando doveva fare quello che doveva fare.

I sei uomini muscolosi e cosparsi d'olio sul palco, uno più delizioso dell'altro, si girarono, i loro fianchi e altre, ehm, parti del corpo, assicurandosi che nessuno guardasse loro in faccia.

Ma Juliet sì. Stava osservando ogni espressione di Tanner. Lo guardò guardare il pubblico senza vederlo davvero. Certo, le luci di scena probabilmente c'entravano molto, ma quando lo confrontò con il resto dei ballerini che cercavano di interagire con il pubblico, di creare quella connessione e di concentrarsi su ogni donna per creare la fantasia che stessero ballando solo per lei, Tanner non ce l'aveva.

Finché non la vide.

Seppe l'istante esatto in cui accadde. Sbagliò un passo. Tanner non sbagliava mai i passi, non nel ballo, non nella vita, non in campo sentimentale — finché non lo aveva fatto *lei*, e quello era stato il più grande passo falso della sua vita. Lo aveva perso.

Ma ora aveva bisogno di riaverlo.

«Ehm, ti ha vista?» Sandy si chinò e le sussurrò all'orecchio. «Ci sta fissando.»

Juliet deglutì. Non era pronta. Aveva pensato di esserlo, ma non lo era.

Gli occhi di Tanner si strinsero e lui tornò rapidamente a tempo con gli altri, ma non smise di fissarla, con la bocca ridotta a una linea sottile — quelle labbra meravigliose e piene di talento che potevano incurvarsi nel sorriso più bello subito prima di pronunciare le frasi più taglienti della sua vita.

Il suo petto ampio e le spalle ancora più larghe brillavano sotto le luci di scena. Si era depilato il petto. Non che le dispiacesse, ma le era sempre piaciuto arricciare le dita in quella giusta quantità di peli che aveva di solito, biondo dorato come il resto di lui.

La cicatrice era nuova. Fece una smorfia quando la vide. Sembrava una cicatrice da appendicectomia. E non gliel'avevano nemmeno detto.

Be', cosa poteva aspettarsi? Era sua moglie solo di nome. Anche se, se quella fosse stata un'appendicectomia d'urgenza, sarebbe potuta diventare sua vedova senza saperlo mai.

Rabbrividì. Non poteva pensare a una vita senza Tanner. Anche se si trovava a mille miglia di distanza.

Si era lasciato crescere i capelli. Chissà cosa avrebbe avuto da dire suo padre se lo avesse visto... Ma d'altronde, suo padre aveva sempre avuto molto da dire su Tanner.

Anche il suo.

Juliet scacciò quei pensieri. Suo padre era la ragione principale per cui si trovava lì e non voleva pensarne il motivo.

Un'altra ragione sarebbe stata la persona che la fissava da dietro una dozzina di luci di scena.

Iniziarono gli assoli. Tanner era sullo sfondo, con i fianchi che ruotavano, gli addominali che si contraevano, un muscolo della sua mascella squadrata che teneva il tempo con la musica. Era distratto. Con Tanner se ne accorgeva sempre. Conosceva ogni suo stato d'animo, da tutti i ventinove anni che lo conosceva. Non aveva mai avuto dubbi su con chi sarebbe finita nella vita. I Chambers e i Wentworth. Stavano insieme come il cacio sui maccheroni, anche se suo padre avrebbe avuto un infarto se lei avesse usato un paragone così banale. Ma i Chambers e i Wentworth erano stati amici in società e partner in affari per tre generazioni. Lei e Tanner erano i primi due ad aver unito le famiglie.

Fino a quando lei non aveva preso la fatidica decisione che li aveva portati lì.

«Allora, dai, Juliet. Sputa il rospo. Non puoi dirmi che qualsiasi cosa abbiate litigato non possa essere chiarita con una conversazione. Voglio dire, guarda che roba, ti pare?»

Lo *stava* guardando. Lui. Era quello il problema. Avrebbe dovuto ricordare come si scioglieva come neve al sole con Tanner. Al diavolo i desideri e le necessità delle loro famiglie; e i suoi? Aveva fantasticato su Tanner per tutta l'adolescenza, l'università e la vita adulta e, quando finalmente lo aveva portato all'altare — ehm, davanti al giudice di pace — era stato un sogno diventato realtà.

Per circa un'ora, finché lui non era sceso da quell'aereo.

«Oh, *tesoro*!»

Sandy lanciò un grido al suo fianco quando Tanner agganciò i pollici dove ci sarebbe dovuta essere una fibbia della cintura, ma non c'era, e accennò un passo a due sufficiente a far venire l'acquolina in bocca a ogni donna. Poi ruotò lentamente, i pantaloncini di spandex attillatissimi che non nascondevano n-u-l-l-a a nessuno. Cristo, con quella roba addosso si poteva capire di che religione fosse.

E poi scosse il sedere e, oh, mamma mia, la folla andò in delirio. Sandy le stava battendo sulla spalla così forte che Juliet dovette spostare la sedia o si sarebbe ritrovata con un livido.

«Ti prego, dimmi che ha un fratello. Un cugino? Diavolo, mi accontento del suo ragazzo della piscina.»

Tanner non aveva un ragazzo della piscina. Non più. Non aveva più niente. Non da quando suo padre si era giocato tutto — e il suo aveva raccolto i cocci.

Un altro chiodo sulla bara del loro matrimonio.

Tanner ondeggiò i fianchi e scosse il sedere così forte che si sarebbe preoccupato di farsi venire il mal di schiena se non avesse voluto aggiungere un altro peccato sulla coscienza di Juliet Chambers. Che diavolo ci faceva lì?

La signorina Juliet Chambers, reginetta di bellezza viziata. Le aveva dato una seconda possibilità quando lo aveva implorato, pensando che fosse cambiata.

Si era sbagliato.

Di nuovo.

Allora si diede una pacca sul sedere, sapendo che le donne lo trovavano sexy. Si mise in posa, flettendo i muscoli quanto bastava per mantenere il loro interesse — e le loro urla — poi ruotò lentamente, offrendo a tutte una bella visione degli addominali che allenava per due ore al giorno e dei pettorali che poteva far ballare come gli aveva insegnato suo nonno. Lui aveva sempre riso, ma le donne? Urlavano.

Mantenne un'altra posa, stabilendo un contatto visivo — o così pensavano loro — attraverso le luci fumose del palco, ammiccando un paio di volte. A qualsiasi donna tranne Juliet.

Lei lo stava guardando, però; lo sentiva. Aveva sempre sentito i suoi occhi su di sé. Dal momento in cui avevano deciso di darsi il primo bacio, aveva sempre saputo quando Juliet lo stava guardando.

Lui l'aveva guardata altrettanto. Quella donna era stupenda e, sfortunatamente, sapeva quale effetto avesse su di lui.

Be', non più. Poteva fissarla per il resto della notte e non avrebbe cancellato la disillusione che aveva subito per mano sua.

Juliet era un bel tipino. Non se n'era mai accorto prima, non aveva mai capito quanto fosse egoista e superficiale fino al momento in cui aveva scoperto—

Merda, aveva sbagliato una mossa. Tanner si riconcentrò sulla coreografia e andò a tempo con la musica. Non avrebbe permesso a Juliet Chambers-Wentworth — e rabbrividì associando il suo nome al proprio — di sconvolgere un'altra parte della sua vita. Quarantacinque giorni e poi se ne sarebbe andata per sempre.

Iniziò la strofa finale della canzone e Tanner si calò il cappello da cowboy su un occhio, tutto parte della coreografia. Funzionava ogni volta.

Funzionava anche su Juliet?

E perché diavolo avrebbe dovuto importargliene?

Si girò di nuovo, con il sedere in primo piano. Quello era davvero la sua gallina dalle uova d'oro e normalmente lo usava come tale. Quella sera, lo stava scuotendo per tutte le ragioni sbagliate.

Che crepasse d'invidia. Se solo si fosse tenuta il suo segreto, non l'avrebbe mai saputo e Juliet avrebbe potuto tenerlo in pugno per tutta la vita.

Piegò le ginocchia e spinse col bacino come se stesse facendo lap dance, giocando con l'elastico dei pantaloncini. Sotto indossava il perizoma; la tentazione di strapparseli e ostentare esattamente ciò che si stava perdendo era davvero forte.

Aveva distrutto quello che avrebbero potuto avere. Prima, con la sua bugia, poi confessandola. Tutto mentre lui era ancora sconvolto dal peggior shock della sua giovane vita.

Non avrebbe mai potuto perdonarla per avergli fatto subire non una perdita, e nemmeno due, ma così tante che ne aveva perso il conto nel corso degli anni.

I richiami pieni di desiderio continuarono ad arrivare, così Tanner continuò a lavorare sul palo immaginario, lanciando il suo caratteristico sguardo fumoso alle sue spalle. Conosceva il potere di quello sguardo; sapeva le mance che avrebbe fruttato, quindi quando si girò e scivolò in ginocchio sul palco, cappello in mano, non si sorprese di vederlo riempirsi di banconote.

Crepa d'invidia, Juliet.

Capitolo Due

«Ehi, Tan, c'è una tipa da urlo qui fuori che vuole vederti.»

«Sono occupato.»

«Amico, è *uno schianto*. Da paura.»

«Sempre occupato.»

Adam scosse la testa, borbottando mentre si allontanava. Tanner si strinse nelle spalle. I ragazzi avrebbero dovuto esserci abituati. Non si portava mai a letto una delle clienti: la regola d'oro di Gage e Bryan sul lavoro. Una volta che si trovavano in abiti civili nel locale di qualcun altro, tuttavia, poteva succedere di tutto. E succedeva spesso. Ma non con lui. Juliet lo aveva marchiato a fuoco con la stessa sicurezza di quella fede nuziale che si era sfilato dal dito neanche cinque minuti dopo che lei gliel'aveva messo. Ma era ancora sposato e la cosa che caratterizzava Tanner era che rispettava la sua parola. Niente sottotrame, niente sotterfugi, niente piani secondari.

No, lui metteva le carte in tavola. E in quarantacinque giorni, ci avrebbe buttato sopra un grosso assegno e si sarebbe tolto lei, e suo padre, dalla sua vita per sempre.

Gage mise la testa nel camerino. «Ehi, Tan...»

«Non mi interessa.»

«Bene. Conosci la regola.»

Senti chi parlava. Si era fiondato su Lara una sera a una festa di addio al nubilato e per lui era stata la fine. Ma i soci non avevano nulla di cui preoccuparsi a quel riguardo quando si trattava di lui.

«Però, dice che ti conosce e che non se ne va finché non esci. Non abbiamo bisogno di scenate.»

Tanner espirò e perse il conto delle banconote da dieci che stava estraendo dallo Stetson. Uno dei suoi bottini migliori, quindi ovviamente Juliet doveva interrompere. «Va bene. Esco subito. Lasciami vestire.»

Gage, per fortuna, non fece domande e annuì prima di richiudere la porta del camerino.

Facendo un altro respiro, Tanner si alzò e si sciolse l'asciugamano dalla vita. Almeno Gage lo aveva avvertito, così non avrebbe incontrato Juliet per la prima volta in sette anni quasi nudo.

Anche se lei aveva certamente visto abbastanza dal pubblico.

Si chiese cosa avesse pensato, guardandolo ballare per altre donne come una volta aveva ballato per lei.

Una volta aveva fatto un sacco di cose per lei, e con lei, e a lei... Ed era stato tutto costruito su una bugia.

Tanner scacciò i brutti ricordi. Se li era messi alle spalle e aveva voltato pagina; Juliet faceva parte del passato e tra altre sei settimane e mezzo, sarebbe rimasta lì. Aveva già fatto preparare le carte.

«Ehi, Tan. La bionda. Se non ti interessa, posso chiederle il numero?» Markus entrò nel loro camerino condiviso, sfilandosi il candido asciugamano dal corpo scuro un po' troppo lontano dai suoi vestiti per i gusti di Tanner. Markus era sempre pronto a confermare lo stereotipo. Be', con tutti tranne che con lui.

Tanner ridacchiò. Markus si era seriamente depresso per non essere il più dotato del locale e si lamentava costantemente con lui del fatto che stesse sprecando l'occasione.

«Non vuoi il suo numero, Markus. Fidati. Ce l'ho e non è tutto questo granché.»

«Non ho detto che voglio sposarla, voglio solo, sai.»

Tanner distolse lo sguardo prima che Markus si mettesse a fare movimenti allusivi. Li aveva visti più di quanto volesse.

Si infilò la maglietta, poi diede un pugno sul bicipite a Markus mentre si dirigeva verso la porta. «Un giorno mi ringrazierai, fratello.»

«Ti ringrazierei *oggi* se solo mi dessi il suo numero.»

«Scordatelo», disse, chiudendosi la porta alle spalle. Markus era un amico e non avrebbe scatenato Juliet neanche contro il suo peggior nemico.

«Ciao, Tanner.»

Era in piedi ai piedi della scalinata che portava al palco.

Cazzo, era bellissima sotto quella luce, senza le luci fumose e scure del locale che le avevano gettato ombre sul viso.

Juliet era sempre stata stupenda. Grande sorriso, grandi occhi azzurri, una cascata di capelli biondi, un seno prosperoso, una vita sottile. Era la quintessenza della reginetta di bellezza texana. E lo era stata. Erano stati la coppia perfetta.

Poi lei aveva mandato tutto all'aria.

«Non mi aspettavo di vederti prima di un altro mese e mezzo.»

«Un mese e mezzo? Perché? Sarei potuta venire in qualsiasi momento.»

«Ma non l'hai fatto.» Si mise il cappello da cowboy in testa mentre le passava accanto, un gesto simbolico e pratico allo stesso tempo. Non doveva guardarla e le faceva capire che non voleva farlo. Salì i gradini del palco a due a due. Più facile uscire attraverso il locale che rispondere alle domande dei ragazzi nel retro.

«Tanner, dobbiamo parlare.»

Continuò a camminare lungo il palco. «*Noi* non dobbiamo fare niente, ma se tu ne senti il bisogno, non posso fermarti. È un paese libero.»

Saltò giù dal palco, poi si girò per assicurarsi che lei riuscisse a scendere.

Maledetta la sua innata cavalleria.

E maledizione al fatto che toccarla avesse ancora il potere di scatenargli lava fusa nelle vene.

L'aiutò a scendere dal palco, poi le lasciò le braccia, facendosi da parte per lasciarla passare.

Lei si girò e gli bloccò la strada tra i tavoli. «Possiamo andare da qualche parte a parlare?»

«No.» Aggirò un tavolo e scelse un altro percorso verso la porta d'ingresso.

«Tanner, ti prego.»

Si fermò. Maledizione. Quando la sua voce diventava così dolce, come se stesse per piangere...

Dio, era ancora un babbeo quando si trattava di Juliet. «Juliet, lascia perdere. Abbiamo ancora un mese e mezzo, poi sarà tutto finito. Userò il mio fondo fiduciario per saldare l'ipoteca di mio padre con tuo padre e poi potremo finalizzare il tutto.»

«Non ho un mese e mezzo.»

Si voltò di scatto, guardandola. *Veramente* guardandola. Non aveva un mese e mezzo? Perché? «Cosa c'è che non va? Che cos'hai? È curabile?»

Quella bellissima bocca a forma di arco si piegò di lato, le sopracciglia naturalmente perfette si unirono a V verso il ponte del naso, uno sguardo che avrebbe reso altre donne, be', se non brutte, sicuramente non al loro meglio, ma per Juliet, era solo un'altra espressione sul suo bellissimo viso. Una che aveva imparato a leggere anni prima perché l'aveva fissata per ore. Giorni. Settimane. Mesi. Non si era mai stancato di guardare Juliet.

«Di cosa stai parlando, Tanner?»

«Di te. Hai detto che non hai un mese. Cosa c'è che non va?»

La sua espressione si trasformò in un sorriso, così, all'improvviso. Come se ci avesse fatto le prove...

Porca puttana. Ci era cascato di nuovo.

«Non sei affatto malata, vero? Volevi solo che mi fermassi e ti ascoltassi. Be', puoi scordartelo, Juliet. Non ci casco più con i tuoi giochetti. Ingannami una volta, è colpa tua, ingannami due volte, è colpa mia, ingannami una terza volta? Portami fuori e sparami.»

«Tanner, aspetta. Non ho detto di essere malata. Sei tu che sei saltato a quella conclusione.»

«Certo. Dai la colpa a me. Perché oggi dovrebbe essere diverso?» Si tolse il cappello da cowboy e si passò le dita tra i capelli. Aveva un mal di testa tremendo e le era stato vicino per meno di dieci minuti.

«Tan, ti prego, dammi solo la possibilità di spiegare...»

«Sei in ritardo di circa dieci anni per le spiegazioni, Juliet. Senti, il mio avvocato contatterà il tuo alla fine del prossimo mese.» Il giorno del suo compleanno. Fortunatamente, era nato alle nove del mattino, quindi l'avvocato di lei non avrebbe potuto obiettare che non avrebbe compiuto trent'anni fino a notte fonda. Sarebbe stato tutto sistemato per bene per l'ora di pranzo e quella sera avrebbe festeggiato il più bel compleanno della sua vita. Juliet Chambers-Wentworth e suo padre sarebbero usciti dalle vite sua e dei suoi genitori per sempre. Non gli sarebbe rimasto un centesimo del suo fondo fiduciario, soldi che avrebbero dovuto pagare il master che stava faticosamente portando a termine mentre guadagnava il necessario, ma ne sarebbe valsa la pena per essere libero.

«*Io* ho un mese e mezzo, Tanner, ma mia nonna potrebbe non averlo.»

Oh, diavolo. Tanner strinse i denti e smise di camminare. La nonna di Juliet era stata una pedina inconsapevole in tutto quel casino tanto quanto lui. «Cos'ha Nana?» Ricadde nel nomignolo con troppa facilità, ma lei era stata come una *sua* nonna, dato che non aveva più avuto nonni dalla terza elementare.

«Ha avuto un ictus.»

«Quando?»

«Due settimane fa. Non sta bene.»

Tanner si pizzicò la radice del naso. Odiava che Nana stesse passando tutto questo, ma sul serio, perché non poteva essere successo tra due mesi, quando il suo incubo sarebbe finalmente finito?

Cazzo, che pensiero di merda. Non le avrebbe augurato una cosa del genere in nessun momento. La sua rabbia verso Juliet non doveva diminuire la sua umanità.

Si voltò. «Mi dispiace molto sentirlo.»

«Grazie. Sai che lei ci tiene ancora a te.»

Tanner non rispose. Nonostante quello che Juliet aveva fatto, sua nonna era sempre stata gentile con lui e, come futuro membro della famiglia ai tempi, si era reso conto che avrebbe potuto andargli molto peggio che avere "la matriarca", come si definiva lei, nella sua famiglia. «Allora cosa vuoi da me, Juliet? Perché venire qui adesso?»

Juliet si guardò intorno. I ragazzi non erano lì, ma stavano ascoltando. Li conosceva. Conosceva anche la sua reputazione. Il fatto che ci fosse una donna lì a cercarlo... E il fatto che lei stesse per vuotare il sacco su quale fosse veramente la loro relazione...

«Vieni.» Le afferrò la mano, ignorando la scintilla di desiderio che sfrigolò dal suo palmo, risalendo su per il braccio, oltre la spalla e giù nelle viscere, dove stava lavorando su alcune terminazioni nervose molto indurite. Non aveva bisogno che i ragazzi sentissero qualunque cosa Juliet stesse per dirgli. Perché i ragazzi non lo avevano mai visto con una donna, e non sarebbero rimasti sorpresi nello scoprire che l'unica con cui finalmente lo vedevano era sua moglie.

Capitolo Tre

C'era una limousine parcheggiata lì davanti.

Ovviamente.

«Tuo padre sa che sei venuta a trovarmi?» Tanner fece un cenno col capo verso la limousine, i cui fari abbagliavano sotto la pioggia battente.

«A dire il vero, no. Non lo sa. Non la prenderebbe bene.»

Eufemismo dell'anno.

Non voleva assolutamente farlo, ma ancora una volta sembrava che non avesse scelta. «Pronta a fare una corsa?» Non era esattamente entusiasta di trovarsi in uno spazio così ristretto con lei, ma se volevano avere un po' di privacy, quello era il massimo che potessero ottenere senza finire nella camera d'albergo di qualcuno. E dato che lui non ne aveva una e non aveva la minima intenzione di mettere piede in quella di lei, la limousine era la loro unica opzione.

Spalancò la portiera per lei. «Allora, come hai fatto a farti prestare la sua auto e l'autista?»

«In realtà,» scivolò lei nell'abitacolo debolmente illuminato, «questa non è di papà. Ho preso l'aereo e l'ho noleggiata.»

Tanner si sedette sul sedile posteriore e si chiuse la portiera alle spalle. «Sai, esistono delle cose chiamate taxi. Molto più economici. Tuo padre sarà felicissimo di ricevere questa fattura.»

Lei bussò sul divisorio che li separava dall'autista e l'auto lasciò il parcheggio. «Le mie spese le pago io.»

Sì, certo. Con i soldi di suo padre. E con i soldi che le mandava lui. Poteva non essere la moglie che voleva, ma *era* sua moglie e nessuno poteva dire che non la mantenesse... fino al giorno in cui avrebbe compiuto trent'anni e avrebbe cacciato lei e suo padre fuori dalla sua vita per sempre.

«Volevo poter parlare con te invece di concentrarmi sulla guida.»

«Allora parla. Non ho tutta la notte.» In realtà, ce l'aveva. Che tristezza, la sua vita negli ultimi anni. Tutto lavoro e studio rendevano Tanner un ragazzo molto noioso. Ma era decisamente meglio della cosiddetta eccitazione che aveva provato quando Juliet faceva parte della sua vita.

Di quel particolare tipo di eccitazione poteva fare a meno.

Juliet allungò la mano verso la bottiglia di vino nel secchiello del ghiaccio incorporato all'interno dell'auto, insieme a un calice appeso a testa in giù dalla rastrelliera fissata al tettuccio. «Ne vuoi un po'?»

Tanner gliela stappò con il cavatappi che si trovava dal suo lato. «No.» Aveva bisogno di avere la mente lucida quando aveva a che fare con Juliet. Sarà anche stata una bomba bionda, ma c'era sicuramente un cervello nella sua testa. «Andiamo, Juliet. Per questo bastava una telefonata. E quando è successo, non due settimane dopo.»

Lei bevve un sorso di vino troppo lungo per essere definito tale, il che lo indusse a chiedersi di cosa si trattasse. Juliet non era mai stata una gran bevitrice.

«Lo so. Ma devo chiederti un favore, Tan.»

«Un favore? A me? Perché mai pensi che accetterei, e che diavolo devi chiedermi che non puoi chiedere a una delle centinaia di persone che lavorano per tuo padre?»

«Perché sei l'unico che può farlo.» Juliet finì il vino, cosa che preoccupò Tanner.

«Che sta succedendo, Jules?»

Lei sospirò e posò il bicchiere. «È che...» Sospirò di nuovo. Sbatté le palpebre un paio di volte. «La nonna non sta... non lo so; è come se si fosse... come se si fosse arresa. Se ne sta seduta nella sua stanza d'ospedale a fissare fuori dalla finestra. Parla di mio nonno e di mia madre come se fossero ancora qui, ed è solo...»

Il petto di Tanner si strinse. La madre di Juliet se n'era andata quando

Juliet era una neonata per una vita senza figli in Europa con un ricco playboy che aveva incontrato chissà come, quindi era stata la nonna, la madre di suo padre, a crescerla. Sua madre era stata un tasto dolente nella vita di Juliet, uno di cui raramente parlava. Il fatto che avesse persino menzionato quella donna la diceva lunga.

«E mio padre... Lo sta uccidendo. Lo vedo quando pensa che non sto guardando. Non va quasi più al lavoro e, be', Tanner, penso solo che se potessi dare loro qualcosa in cui sperare, la nonna si riprenderebbe. Avere un motivo per lottare, capisci?»

«Non ti seguo.» Perché la sua mente stava ancora vacillando. Se n'era andato sette anni prima e non era più tornato; non avrebbe dovuto aspettarsi che tutto rimanesse uguale, ma ora si rendeva conto che lo aveva fatto.

«Ho bisogno del tuo aiuto. Dato che tecnicamente siamo ancora sposati, ha senso. Non posso mettere in scena questa cosa con un'altra persona e sperare che lei ci creda.»

«Mettere in scena cosa? Credere a cosa?» Nel momento in cui la domanda lasciò le sue labbra, conobbe la risposta. «Vuoi che finga che siamo felicemente sposati?»

«Sì.»

«Nessuno ci crederà, Juliet. Non mi sono fatto vedere negli ultimi sette anni; chi pensi che possa credere che ci siamo improvvisamente riavvicinati e vogliamo passare il resto della nostra vita insieme?» Anche mentre pronunciava quelle parole, quella vecchia sensazione gli inondò la cassa toracica. Da adolescente non aveva desiderato altro che invecchiare con Juliet.

E poi era successo. Lei era rimasta incinta all'ultimo anno di liceo e stavano organizzando un matrimonio. Era terrorizzato all'idea di avere un figlio alla loro età, ma la gioia di poter chiamare Juliet sua moglie, di vivere con lei, dormire con lei e vederla al tavolo della colazione per il resto della sua vita aveva superato la sua trepidazione e la tristezza di dover rinunciare alla sua borsa di studio per lo sport.

Sorprendentemente, però, a quel tempo era stato davvero felice. Ma undici anni erano tanti e non riusciva a ricordare come fosse la felicità perché, negli anni intercorsi, aveva cercato di dimenticare tutto di lei. Come appariva nel primo abito da sposa che non avrebbe dovuto vedere, ma che aveva visto quando aveva sbirciato attraverso la porta della sua camera da letto mentre lo provava per la sua amica, Tricia.

Gli aveva tolto il fiato, così come quel prezioso pancione che aveva intravisto quando lei si era sfilata le maniche dell'abito e ne era uscita.

Il suo bambino.

Era così felice. *Erano* così felici. La vita sarebbe stata tutta rose e fiori...

Se solo lei non avesse perso il bambino.

Ancora oggi, il pensiero di quel momento, quando avevano saputo di aver perso Keegan e Tanner era terrorizzato all'idea di perdere anche lei, aveva il potere di metterlo in ginocchio. Li aveva amati entrambi così ferocemente e quando suo figlio era nato troppo presto e non respirava, Tanner non aveva saputo cosa fare.

C'era Juliet lì, che sembrava morta anche lei, tutta collegata a tubi, monitor e flebo, con quell'orribile camice di stoffa dove avrebbe dovuto esserci un abito da sposa... Aveva vagato in una nebbia, mettendo in discussione tutto ciò che pensava di sapere sulla vita. Su come potessero aver avuto apparentemente tutto solo per perderlo nel giro di poche ore.

Le aveva tenuto la mano mentre giaceva in quel letto d'ospedale, contando ogni suo respiro mentre la gente gli faceva domande su servizi funebri e bare e nomi e lapidi. Tutto ciò che voleva era che la sua Juliet si svegliasse e gli dicesse che era tutto un brutto sogno.

Solo che... era stato un incubo quando lei *si era* svegliata ed era stata così inconsolabile da sputare fuori di essere rimasta incinta di proposito, mandando a rotoli la sua vita per le sue ragioni egoistiche e intrappolandolo a sposarla subito dopo il liceo.

E poi, incredibilmente, quattro anni dopo, era cascato di nuovo nelle sue bugie.

Scosse la testa, più per liberarsi dei ricordi a cui non voleva pensare mai più che per dirle di *no*. Ma dirle di *no* era quello che avrebbe fatto. Altri quarantacinque giorni e poi non avrebbe mai più dovuto pensare alla cosa più dolorosa della sua vita.

«Cosa ti fa pensare che tua nonna ci crederà? Tuo padre di sicuro no.»

«Ci crederanno perché vogliono crederci. È tutto ciò di cui parlava la nonna; vedermi felicemente sposata con una famiglia mia. Ovviamente, non ti chiederò di arrivare a tanto, ma vieni solo per un po'. Dalle un po' di speranza. Lascia che si riprenda. Poi, quando starà meglio, potremo dirle che non funziona e potremo andare avanti. Ma se le dico ora che stiamo divorziando, questo *la* ucciderà.»

«Che ne dici se invece rimando il divorzio?» Il pensiero lo colpì come un pugno allo stomaco. Si era preparato all'idea di porre fine al loro matrimonio una volta pagato il debito di suo padre; non voleva prolungarlo. Ma se questo avesse aiutato la nonna...

«Siamo già a questo punto e non la sta aiutando. Ho provato a trovare un'altra soluzione, Tanner, ma non ci riesco. Sarebbe davvero così terribile farlo?»

Su così tanti livelli. «Mi dispiace, Juliet, ma non posso mentire per te. Non *mentirò* per te.»

«Non è una bugia, Tanner...»

«Oh, sì che lo è. Non siamo felicemente sposati. Siamo *a malapena* sposati, un fatto che intendo sistemare tra sei settimane.»

Juliet rimase in silenzio, i suoi occhi azzurri si riempirono di lacrime.

Tanner rafforzò la sua determinazione. Non sarebbe cascato nel tranello delle lacrime. Non lo avrebbe più manipolato in quel modo. Era diventato immune alle lacrime di una donna negli anni trascorsi dall'ultima volta che l'aveva vista.

La limousine si accostò a un marciapiede e l'autista si fermò. «Dove siamo?» Tanner guardò fuori dai finestrini oscurati ma non riusciva a vedere nulla con quel tempo. Non si sarebbe stupito se lei li avesse portati all'hotel più lussuoso della città, e se suo padre si fosse presentato al momento giusto, o meglio, *sbagliato*.

Di nuovo.

Era così che lo aveva costretto a sposarla la seconda volta, quando poi lo avevano fatto davvero. Suo padre era stato così arrabbiato per lo scandalo della gravidanza di Juliet, poi per il bambino nato morto due giorni prima del matrimonio, l'annullamento di quel matrimonio, e Tanner che aveva lasciato la città il giorno dopo il funerale di Keegan, che quando il signor Chambers era entrato trovando lui e Juliet a letto quattro anni dopo...

Tanner si era considerato fortunato che quel tizio non avesse tirato fuori un fucile.

Aveva, tuttavia, tirato fuori un accordo prematrimoniale e il nome dell'avvocato che avrebbe usato per riscuotere l'ipoteca sulla proprietà del padre di Tanner se Tanner non avesse fatto la cosa giusta questa volta.

Così Tanner aveva dovuto accettare. Aveva firmato le carte che volevano, si era impuntato per non avere un grande matrimonio, e aveva cercato di trarre il meglio da una situazione che non era esattamente brutta, ma non era stata ottimale.

Finché non aveva sentito per caso Juliet ammettere a Tricia che aveva architettato tutto lei.

Fregato due volte.

Una terza volta *non* sarebbe successa.

Allungò la mano verso la maniglia della portiera. Preferiva affrontare il tempaccio piuttosto che uno degli intrighi di Juliet. «Mi dispiace per tua nonna, Juliet, ma mentire non la farà stare meglio.»

«Tanner, ti prego.» Gli mise una mano sul braccio mentre lui si accingeva a uscire. «Ti prego, fallo per lei. Non per me. Per lei. Ti prego, Tanner. Lei ti vuole bene. Te ne ha sempre voluto. Ti considerava il nipote che non ha mai avuto, e per tutto questo tempo che siamo stati separati, ti considera ancora parte della famiglia. Ha solo bisogno di qualcosa in cui sperare. Tutto qui. Solo per un po', te lo prometto. La aiuterà, so che lo farà. Ti prego, Tanner. Per mia nonna? Per la nonna?»

Voleva così tanto dire di no. Non voleva farlo.

Ma come poteva rifiutare? Non era come se dovesse vivere questa bugia per il resto della sua vita e se avesse aiutato la nonna...

Aprì la bocca per dire di sì quando Juliet gli mise una mano sul braccio.

«Ci aggiungo l'ipoteca di tuo padre, se questo può aiutare la tua decisione.»

Si bloccò. «L'ipoteca? Cancellerai il debito?»

Lei annuì. «Qualunque cosa serva. Tu fai qualcosa per la mia famiglia; io farò qualcosa per la tua.»

Avrebbe riavuto il suo fondo fiduciario. Avrebbe potuto finire di pagare gli studi, il che significava che avrebbe potuto smettere di ballare, e avrebbe avuto i soldi da offrire a Bryan e Gage per diventare un terzo socio. Avevano parlato di voler espandere la BeefCake, Inc., ma la liquidità era scarsa e, dato che si erano sposati entrambi di recente, non erano molto entusiasti di accumulare un grosso debito. Con i suoi soldi, sarebbe stato possibile per tutti loro.

La nonna, lui, Gage, Bryan, persino Juliet... Era una vittoria per tutti. C'era solo una decisione che poteva prendere.

«Va bene. Lo farò.» Dopotutto, non sarebbe stato per molto. Sarebbe andato lì, avrebbe recitato la parte, la nonna sarebbe guarita, poi avrebbe potuto andarsene con l'ipoteca di suo padre pagata e il suo fondo fiduciario intatto. Cosa potrebbe mai andare storto?

Capitolo Quattro

Tutto stava andando storto.

La storia era venuta a galla e lui era in Texas, due cose con cui si era dato un gran da fare per non avere a che fare negli ultimi sette anni. Eppure, grazie a Juliet — *ancora una volta* — la sua vita non era più sotto il suo controllo.

Merda.

Aveva dovuto dirlo a Bryan e Gage, così che potessero coprire i suoi turni. Loro avevano fatto due più due ed erano giunti a una versione così vicina alla verità che Tanner non l'aveva negata. E quando aveva detto loro che voleva entrare in società... si erano dimostrati favorevoli quanto Juliet al fatto che lui andasse in Texas.

Poi c'era la sua padrona di casa. Lei sapeva che qualcosa non andava, perché l'aveva sentito per caso (origliato) mentre diceva al postino di inoltrargli la posta, quindi ovviamente l'aveva sommerso di domande.

Ce ne sarebbero state orde intere una volta giunto nella sua città natale.

Guardò fuori dal finestrino mentre l'aereo rullava verso il terminal, riportandolo sulla scena del crimine. E, sì, era stato un crimine: la gravidanza gli aveva rubato la possibilità di giocare a football al college.

Quando aveva scoperto la verità, l'amarezza l'aveva quasi ucciso. Se solo lei non l'avesse fatto, le loro vite non avrebbero mai preso la piega che avevano preso. E chissà? Avrebbero potuto essere felicemente sposati, a quel punto, con un paio di figli.

E, come se non bastasse, in città tutti conoscevano ogni minuscolo dettaglio della parte peggiore della sua vita. Lui e Juliet erano stati l'idea che tutti si erano fatti della coppia perfetta. Persino la sua, perciò non aveva voluto affrontare gli sguardi e i pettegolezzi, per non parlare di Juliet, tornando a casa durante il college, frequentato nella sua seconda scelta. Certo, aveva giocato a football, ma non dove avrebbe voluto, e non era arrivato neanche vicino ai professionisti.

Un peccato in più da gettare ai piedi della donna che era stato costretto a sposare.

Colei che lo stava aspettando mentre usciva dall'aeroporto. Maledizione. Avrebbe voluto più tempo per prepararsi. La settimana passata era stato troppo impegnato con gli esami finali, il lavoro e i preparativi per un'assenza così lunga da non averne avuto la possibilità. Rivederla era un'arma a doppio taglio: era così bella che lui spasimava dal desiderio quando la guardava, eppure vederla risvegliava ricordi così dolorosi che non avrebbe mai più voluto posare di nuovo gli occhi su di lei.

«Sarei venuto al ranch da solo, sai». Gettò il bagaglio a mano sul sedile posteriore quando lei accostò una berlina Mercedes al marciapiede. Niente limousine, stavolta. Sorpresa, sorpresa; aveva ottenuto ciò che voleva, quindi non c'era bisogno di sfoderare l'artiglieria pesante.

Scosse la testa. Solo nel mondo di Juliet una Mercedes non era considerata artiglieria pesante.

Lei posò la borsa sul pavimento dietro il suo sedile mentre lui si accomodava sul posto del passeggero. «Mi ricordo di te e degli aeroporti. Non correrò alcun rischio».

Lui posò il cappello da cowboy sul cruscotto mentre si allacciava la cintura. «Se pensi di farmi sentire in colpa per questo, non ci riuscirai».

«In colpa? Perché dovresti sentirti in colpa? Hai mandato tua moglie in luna di miele da sola. Il minimo che avresti potuto fare era organizzare qualcuno che mi incontrasse lì. Non è stato affatto uno spasso, tutta sola».

«Certo, perché andavamo in luna di miele per spassarcela. Dopo avermi costretto a sposarti. Pensi davvero che sarebbe stato meglio se ci fossi stato anch'io?». Si mise il cappello in grembo.

«Sarebbe stato bello scoprirlo».

«Oh no, Juliet. Non ci provare con me. L'unica ragione per cui ci siamo sposati è stata la tua piccola "sorpresa"».

«L'unica ragione?». Juliet inclinò la testa di lato, così che i capelli le ricadessero su una spalla, lasciando scoperta l'altra. Quella che lui, ai vecchi tempi, amava mordicchiare. Ma questi erano i nuovi e migliorati tempi e lui non sarebbe tornato indietro.

Non le rispose. D'altronde, la domanda non richiedeva una risposta. Invece, prese il cellulare e aprì la sua posta elettronica. Il suo banchiere, il suo avvocato, il tizio che stava cercando dei locali per lui per aiutare Gage e Bry a espandere l'attività... Aveva abbastanza lavoro per tenersi occupato per l'intero viaggio verso casa, così da non dover avere a che fare con lei.

Una volta arrivati, però, sarebbe stata tutta un'altra storia.

La stava ignorando. Juliet non ci si sarebbe mai abituata. Tanner non l'aveva mai ignorata. Diamine, era sempre stato il signor Attento fino a—

Odiava pensarci. Sì, aveva commesso degli errori. Enormi. Ma non per malizia. Aveva solo avuto una paura tremenda che lui trovasse un'altra ragazza al college e si dimenticasse di lei. Non aveva davvero riflettuto sulla decisione di rimanere incinta di proposito; di certo non si sarebbe mai aspettata che lui dovesse rinunciare alla sua borsa di studio. Aveva solo pensato che sarebbe andata con lui al college e avrebbe vissuto in un minuscolo appartamento mentre lui andava a lezione e giocava a football. Non sapeva di una clausola morale nel suo contratto, e di certo non si aspettava che suo padre insistesse così tanto per un matrimonio prima della nascita del bambino. Cavolo, tutti sapevano che Juliet Chambers e Tanner Wentworth sarebbero stati insieme per sempre. Era inevitabile come respirare. Si sarebbero sposati più tardi. Quando lui avesse finito gli studi e avrebbero potuto avere un matrimonio come si deve, una casa come si deve e una famiglia come si deve.

Ma poi aveva perso Keegan e aveva avuto lei stessa qualche complicazione. Ed era per questo che, nel suo stato di debolezza con le folli emozioni ormonali, aveva sganciato quella piccola bomba sul fatto di essere rimasta incinta apposta.

Tanner l'aveva visto come il tradimento supremo. Lei l'aveva considerato la prova suprema del suo amore per lui.

Certo, guardando indietro più di un decennio dopo, capiva che era stata una cosa incredibilmente egoista e sconsiderata da fare per tutti loro, bambino incluso. Ma quando aveva cercato di scusarsi, Tanner non ne aveva voluto sapere. E di sicuro non l'avrebbe perdonata, anche se non era così sicura che fosse per la gravidanza e non per l'aborto spontaneo.

Tanner lo aveva voluto quel bambino.

Si immise nel traffico. «Dobbiamo ripassare la nostra storia».

«Gesù, Juliet, menti a tutti o sono solo io il fortunato?».

Contò fino a dieci prima di rispondere. Aveva dato a Tanner un incentivo per fare questo per lei, ma lui avrebbe potuto abbandonare tutto in un batter d'occhio grazie al suo fondo fiduciario. Era lei ad aver bisogno di lui, non il contrario.

La storia si stava ripetendo.

«Senti, Tanner, la nonna non è stupida. Dobbiamo farla funzionare. Le nostre storie devono essere perfettamente sincronizzate o le causeremo solo altro dolore».

«Correzione: *tu* le causerai altro dolore. Non sono io quello che ha avuto quest'idea, e francamente, non sono così sicuro di doverla assecondare. Ciò che a te può sembrare una gentilezza potrebbe rivelarsi molto peggio, se la verità venisse a galla».

«Ecco perché dobbiamo assicurarci che non accada. Dobbiamo sapere esattamente cosa dire ed essere credibili».

«Oh, fidati, Juliet, le tue doti da attrice sono le migliori. Bada solo a non farti venire una crisi di pianto e il tuo segreto dovrebbe essere al sicuro. Io? Be', non sono un attore, ma per la nonna farò del mio meglio. Non voglio ferirla più di quanto non voglia tu».

Lo stomaco di Juliet si strinse in una morsa. Aveva davvero sperato che a lui fosse rimasto un briciolo di sentimento per lei. Lo aveva sperato. Che forse, facendo questo per sua nonna, sarebbe potuto essere un bene per loro. Avrebbe potuto mostrargli che la amava ancora, e lei avrebbe avuto la possibilità di dimostrargli di essere cambiata.

Ed era cambiata. Vederlo scendere da quell'aereo, lasciandola per andare da sola in uno dei posti più romantici del mondo, l'aveva messa di fronte alla verità.

Così come la pietà del concierge, della governante e dei camerieri. Aveva passato i primi due giorni sull'amaca che si affacciava sull'oceano, in una nebbia alcolica di mai-tai. I due giorni successivi erano stati pieni di auto-recriminazioni, e gli ultimi tre erano stati un momento di riflessione. Di capire cosa voleva fare della sua vita — una vita che non avrebbe incluso Tanner.

Oh, aveva intenzione di riconquistarlo, ma come una donna con cui lui avrebbe voluto stare, non come la ragazza insicura che lo aveva ingannato non una, ma ben due volte. Se doveva finire con Tanner, doveva essere degna di lui.

Così era andata al college. La nonna l'aveva sostenuta, ma suo padre era stato scettico; Juliet non era mai stata una grande studiosa. Ma lei si era messa sotto e negli ultimi sette anni aveva conseguito non solo la laurea triennale, ma anche un Master in Business Administration.

Non poteva arrivare in un momento migliore. Stava imparando i rudimenti del mestiere quando la nonna aveva avuto l'ictus, e ora papà voleva — e poteva — stare accanto a sua madre. Quindi era *lei*, ora, a gestire le attività di famiglia. Petrolio, bestiame, trasporti... Si era immersa in ogni aspetto a tal punto che i suoi amici erano sorpresi di sapere che fosse ancora in città, perché era diventata una reclusa — ancor più di quando Tanner l'aveva lasciata — china su contratti, fogli di calcolo e bilanci.

Aveva trovato l'ipoteca del padre di Tanner che suo padre aveva acquistato dalla banca, pochi giorni prima di sorprenderli a letto insieme. Aveva rabbrividito; gli aveva dato la perfetta merce di scambio. E, com'era prevedibile, aveva funzionato; Tanner l'aveva sposata.

E poi l'aveva lasciata.

Non lo biasimava. No, la colpa era tutta sua. E quindi, toccava a lei rimettere tutto a posto.

Ma "a posto" non significava perdere Tanner dalla sua vita. Erano destinati a stare insieme e se solo allora avesse avuto fede in ciò che lui provava per lei, ora lo starebbero.

Be', quella fede ce l'aveva adesso; la fede che ciò che lui aveva provato una volta fosse ancora lì e che sarebbe bastato fargli vedere che lei era cambiata.

«Allora qual è la nostra storia? Come spiegherai i sette anni di silenzio tra di noi?».

Juliet si immise in autostrada e diede gas alla Mercedes. «Il tuo nome non è stato pronunciato molto a casa».

«Sì, sono sicuro che averti abbandonata all'aeroporto mi abbia reso caro a tuo padre e a tua nonna».

«Loro non lo sanno».

Lui si voltò sul sedile e inarcò un sopracciglio. «Non gliel'hai detto?».

«Non è stato esattamente il mio momento più glorioso in una carriera di momenti brillanti per quanto riguarda la nostra relazione, sai?».

«Oh, non saprei, Jules. Per un po' è andata bene».

Prima che lei rovinasse tutto. Non lo disse. Ma d'altronde, non ce n'era bisogno; aleggiava tra loro come un terzo passeggero.

Ma il fatto che ricordasse che c'erano stati dei bei momenti era promettente. Le dava speranza, quando la speranza era praticamente tutto ciò a cui potesse aggrapparsi.

«Allora cosa hai detto loro quando non sono tornato a casa con te?». Giocherellò con la tesa del suo cappello nero.

Stava dannatamente bene con i cappelli da cowboy. Ne aveva avuto uno preferito al liceo, indossato così spesso che era stato praticamente sbiancato dal sole fino ad abbinarsi ai suoi capelli. Era stato sul punto di buttarlo, diceva che sembrava troppo femminile, ma lei gli aveva detto che sembrava d'oro, una corona per il suo principe. Glielo aveva regalato.

Lo conservava ancora.

«Ho detto loro che avevamo bisogno di un po' di spazio. Che il dolore per quello che avevamo passato e gli anni in cui sei stato al college erano stati difficili da superare per noi. Che avevamo bisogno di tempo».

«Sette anni? Che cosa hanno detto quando non mi sono presentato per le feste? Quando non ho mai chiamato?».

Juliet rabbrividì. «Uhm... in realtà hai chiamato. E io sono venuta a trovarti per le feste. In qualunque paese stessi lavorando».

Lui si voltò sul sedile. «Hai mentito. Ancora».

«Li stavo proteggendo».

Le puntò contro il cappello da cowboy. «Stavi proteggendo te stessa».

Sì, anche quello. Ma non la sua reputazione; quella era stata gettata nel fango quando era rimasta incinta. No, stava proteggendo il suo cuore, perché se avesse fatto credere a tutti che lei e Tanner stavano sistemando le cose, forse avrebbero potuto davvero farlo.

«Non sei cambiata di una virgola».

«Sì, invece».

Lui espirò e tamburellò con le dita sulla sommità del cappello mentre guardava fuori dal finestrino. «No, non è vero. Manipoli ancora le persone e le situazioni a tuo piacimento. L'esempio lampante è questo». La trafisse con quegli splendidi occhi azzurri che aveva sognato da sempre. «Se non fosse per tua nonna...».

«Lo so. Capisco. E lo apprezzo, Tanner. Davvero. Ma sono cambiata».

Lui tornò a guardare fuori dal finestrino, un «Sì, be', ci crederò quando lo vedrò» borbottato a mezza voce.

Lo avrebbe visto; glielo avrebbe dimostrato.

«Allora qual è il piano? Perché abbiamo tenuto segreta a tutti la nostra riconciliazione?».

Aveva pensato molto a quella storia, e c'era una cosa da fare quando si creava una bugia: era meglio attenersi il più possibile alla verità. «Avevamo bisogno di sistemare le cose per conto nostro. Di ritrovare noi stessi al di fuori di ciò che era successo tra di noi. Ecco perché te ne sei andato; troppe persone ci conoscevano qui».

«E tu non sei venuta con me perché...?».

«Perché sono andata a scuola».

«Cosa?». La sua testa scattò per guardarla. «Sei andata a scuola? Come pensi di farla franca, Jules? Ci sono, sai, le rette universitarie che non spariscono così. Titoli di studio che non possono essere falsificati se qualcuno guarda da vicino».

«Sono andata a scuola. Ho davvero preso una laurea. Due».

«Due. Tu». Inarcò le sopracciglia. «Sei andata al college».

«Ehi, solo perché ho preso delle decisioni stupide non significa che io sia stupida. In realtà sono piuttosto brava accademicamente quando mi ci metto d'impegno. Non sono una svampita». Le aveva dato non poca soddisfazione dimostrarlo. E non solo a se stessa.

«Non ho mai detto che lo fossi». La fissò. «Hai davvero preso una laurea?».

Annuì, felice che quella non fosse una bugia. «Laurea in Economia e un MBA in Finanza».

«*Tu* hai un MBA».

«Sì, io. Ed è un bene, perché ora posso gestire l'azienda mentre mio padre si prende cura della nonna. È semi-pensionato».

Tanner la fissò per qualche altro secondo prima di scuotere la testa. «Non ti avrei mai immaginata a capo dell'impero».

Lei sorrise al soprannome con cui chiamavano l'azienda di suo padre.

Insieme, le loro famiglie avevano avuto una società di allevamento di bestiame per generazioni, ma suo padre aveva voluto di più e si era espanso. Lei e Tanner l'avevano preso in giro ogni volta che papà era tornato a casa con una nuova iniziativa imprenditoriale.

Avevano anche goduto di alcuni dei vantaggi di quelle iniziative, vale a dire le cabine di più di qualche camion quando non c'era altro posto per stare da soli.

I ricordi risvegliarono lo stesso calore che i pensieri di Tanner avevano sempre acceso. Anche quando l'aveva lasciata, bastava un solo ricordo del suo sorriso e lei lo desiderava di nuovo. Quello non era mai svanito.

Non era cambiato di una virgola. Ancora stupendo, ancora imponente, ancora forte e carismatico come quando si era innamorata di lui tanti anni prima.

«Papà non era esattamente entusiasta di affidarmi il comando, ma il suo direttore finanziario ha avuto un'emergenza familiare, quindi non c'era nessun altro di cui si fidasse abbastanza». Aveva pianificato che quella persona fosse Tanner, ma, grazie a lei, non era successo. Lei aveva *dovuto* farsi avanti e dare una mano. «E in questo modo, può controllarmi alle spalle in un modo che non potrebbe fare con un altro dipendente, pur permettendo a quella persona di gestire effettivamente l'azienda».

«Pensavo non ti piacesse l'azienda».

Alzò le spalle. «Non sapevo cosa volevo fare della mia vita oltre a essere tua moglie. Ho dovuto decidere».

Anche se voleva ancora essere sua moglie. In tutti i sensi.

Juliet lo guardò con la coda dell'occhio. Dio, ricordava come se fosse ieri cosa si provava a essere avvolta dalle sue braccia. Ad averlo con il mento appoggiato sulla sua testa mentre la stringeva a sé. Il suo odore, la sua consistenza. Il suo sapore...

Sì, meglio non andare su quel terreno. Erano passati sette anni da quando era successo tra loro — e quattro anni prima ancora. Meno male che aveva un'ottima memoria.

Se solo non l'avesse avuta anche lui.

Tanner si mosse sul sedile e appoggiò il cappello sulla curva del ginocchio. Lei voleva scostargli i capelli dal colletto, passarci le dita in mezzo. Erano più lunghi di quando abitava lì e a lei piaceva.

D'altronde, non c'era molto che non le piacesse di Tanner. Persino la sua ostinazione nel credere il peggio di lei. Tanner aveva un codice morale molto forte e lei lo apprezzava. Aveva imparato il valore di averne uno.

Quindi, una volta finito questo sotterfugio per sua nonna, non avrebbe mai più detto un'altra bugia.

Ma non avrebbe mai più avuto nemmeno Tanner.

A meno che non fosse riuscita a dimostrargli di essere cambiata.

Capitolo Cinque

«Non mi hai chiesto perché lavoro in uno strip club.» Non aveva detto nulla per l'ultima mezz'ora, non sapeva cosa dire, ma lo colpì il fatto che lei non gliene avesse dette quattro per la sua scelta lavorativa.

Il che era ironico, visto che era stata *lei* a prendere un master in economia. Oh, lui ci stava lavorando, per questo faceva lo spogliarellista per pagarsi le tasse universitarie e le spese, dato che non aveva potuto contare sul suo fondo fiduciario. Gli orari si adattavano ai suoi impegni e la paga era buona. Quanto alle condizioni di lavoro e ai ragazzi... Avrebbe mentito se avesse detto che non era divertente. Gage e Bry gestivano un locale di classe, quindi non c'era nessuno stigma a lavorare lì. E se avesse voluto delle ragazze, ci sarebbe stata la fila alla porta del suo camerino... be', forse non proprio lì, dato che il club aveva la regola di non fraternizzare, ma più di un numero di telefono era finito nel suo perizoma insieme alle banconote da un dollaro.

Peccato che non indossasse il perizoma quando era comparsa lei... anche se, a dire il vero, era contento che non l'avesse visto in quelle condizioni. Non si vergognava di quello che faceva, ma c'era qualcosa nel fatto che una persona con cui era stato così intimo lo vedesse fare in pubblico ciò che aveva fatto in privato che lo metteva a disagio.

Ma Juliet si limitò a scrollare le spalle alla sua domanda, cosa insolita per lei. Nonostante fossero stati inseparabili al liceo, Juliet era sempre stata gelosa.

All'epoca la cosa gli era piaciuta. Prima di rendersi conto che significava che lei era insicura della loro relazione. Che era così insicura da fare qualcosa di sciocco come rimanere incinta di proposito per assicurarsi che lui restasse con lei.

Se solo glielo avesse chiesto, le avrebbe detto che la amava. Cazzo, glielo *aveva* detto che la amava. Cazzo, diceva a chiunque lo volesse *ascoltare* che la amava. Sentiva sempre le cose che la gente diceva di lui: che era stupendo, il ragazzo della porta accanto, un sogno, la fantasia di ogni ragazza; avrebbe potuto avere qualsiasi ragazza avesse voluto. Capiva che il suo aspetto funzionava con il sesso opposto, ma il punto era che lui aveva sempre e solo voluto Juliet. Ed era rimasto sbalordito dal fatto che lei avesse scelto lui, tanto quanto lei era rimasta sbalordita dal fatto che lui avesse scelto lei. La differenza era che lui le aveva creduto quando lei gli aveva detto che lo avrebbe amato per sempre.

Fece scorrere un dito lungo la tesa del cappello. Se solo lei avesse avuto la stessa fede e fiducia in lui, gli ultimi undici anni sarebbero stati molto diversi.

«Non ho alcun diritto di avere voce in capitolo su ciò che fai per vivere. Me ne rendo conto.» Si spostò sulla corsia di sinistra per superare l'auto davanti a loro, premendo sull'acceleratore per farlo.

Tanner rimase sorpreso; Juliet aveva sempre avuto paura di guidare in autostrada. Diceva che la velocità la spaventava, quindi aveva sempre insistito perché guidasse lui.

D'altronde, quello era stato ai tempi del liceo e poi per le due settimane che le erano servite per convincerlo a riportarsela a letto dopo il college e i tre mesi che erano stati insieme prima che succedesse tutto il resto.

Non che si fosse dovuto far convincere più di tanto. La perdita del bambino li aveva legati e aveva voluto perdonarla per essere rimasta incinta perché, alla fine, dopo quattro anni lontano da lei, perdere entrambi era stato troppo difficile. Juliet era stata la sua vita, il suo futuro. Keegan un bonus. Così aveva voluto che le cose con lei funzionassero. In realtà non gli era dispiaciuto che suo padre li avesse sorpresi quella notte e fosse stato così irremovibile sul loro matrimonio... fino a quando non l'aveva sentita dire a Tricia quello che aveva fatto.

Si era sentito come una merce. Un pezzo di carne. Aveva ucciso ogni tenera emozione che provava per lei.

O almeno così pensava.

La guardò di sfuggita. Quel profilo perfetto. Il modo in cui le sue labbra si curvavano in un sorriso naturale. Gli zigomi alti, le lunghe ciglia di cui la natura l'aveva dotata e che tante donne si incollavano. L'onda perfetta dei suoi lunghi capelli biondi che ricordava scivolargli sulle cosce mentre lei scendeva su di lui...

Merda. Non aveva bisogno di ricordarselo. Aveva cercato di cancellarlo e ci era riuscito. O almeno così pensava. Bastava mezz'ora in sua presenza per tornare a immaginarla nuda.

«Cosa pensi di dire esattamente sul fatto che io sia comparso ora? E dove dovrei stare? Non starò al ranch con te.»

«No, non lo farai. Non vivo più lì.»

«Io non sto con te, punto e basta, Juliet.»

«Tanner, devi, se vogliamo che questa cosa sembri vera.»

Non voleva che sembrasse vera. *Vorrei che Dio non mi fosse testimone, ma avrei preferito non aver mai accettato.* «Come sta Nana dalla settimana scorsa?»

Juliet lo guardò e il sorriso che gli rivolse gli tolse il fiato. Il tempo le aveva riempito il viso, rendendo la sua trasformazione da ragazza a donna sbalorditiva.

«Quando le ho detto che saresti venuto, si è rianimata. Ha insistito perché la portassimo a casa. Abbiamo delle infermiere a domicilio, ma ha rifiutato l'assistenza ventiquattr'ore su ventiquattro. 'Tuo padre c'è per questo', dice. Ma è così entusiasta di vederti. Sapevo che era una buona idea.»

«Gliel'hai detto? E se non fossi salito sull'aereo all'ultimo minuto?» *Come aveva pensato di fare.*

«Non lo avresti fatto. Sapevo che saresti venuto.»

Sarebbe stato più facile arrabbiarsi se avesse avuto un'espressione compiaciuta, ma non era così. Perché non ne aveva bisogno: lui *era* venuto; non c'era stata altra opzione perché aveva dato la sua parola.

«Pensavo di farti sistemare a casa mia, poi di andare a trovarla questo pomeriggio. Si stanca facilmente e il momento migliore è verso le tre, subito dopo il suo pisolino. Le mattine sono dure con le infermiere, il bagno e il tentativo di farle mangiare qualcosa, poi a papà piace portarla a fare una passeggiata nei giardini sul retro. Ha fatto venire un paesaggista per piantare altre delle sue rose preferite e ha aggiunto un sentiero di cemento per poter spingere facilmente la sedia a rotelle. Ti ricordi quanto amava il suo giardino?»

Un altro ricordo affiorò in superficie. Avevano fatto l'amore nel capanno degli attrezzi un paio di volte. Quando Nana si era trasferita, aveva ridecorato un po' l'interno e l'esterno della casa. I giardini erano il suo orgoglio e la sua gioia. Era stata categorica sul fatto che i paesaggisti non dovessero toccare i suoi fiori, così quando usciva di casa per delle commissioni, il capanno era l'unico posto dove lui e Juliet sapevano che non sarebbero stati scoperti. La loro coperta da picnic preferita aveva visto molta azione in quel posto, e ancora oggi, Tanner non poteva sentire il profumo delle rose senza ricordare quel capanno.

Lo aveva ucciso più di una volta negli ultimi sette anni.

«Non trovano strano che io torni ora? Perché non sarei dovuto tornare subito dopo l'accaduto? Questo non mi mette in buona luce.»

«Ho detto loro che non te l'avevo detto. Che volevo che tu volessi stare con me per me, non per Nana.»

«L'esatto contrario della verità, Juliet. Che, credo, si chiami bugia.»

Le dita di lei si strinsero sul volante e un muscolo le pulsò nella mascella. Impiegò qualche secondo a rispondergli. «È una bugia per una buona ragione, Tan. Senti, lo sto facendo per Nana. Mi hai detto cosa farai per il tuo compleanno... avrei potuto aspettare un altro mese e mezzo, prendere i soldi per il mutuo e le carte del divorzio e lasciare andare tutto. Pensi che mi piaccia vederti, sapendo cosa pensi di me? Dopo tutto quello che siamo stati l'uno per l'altra e dopo che io ho mandato tutto a monte, pensi davvero che mi metterei in questa situazione se non fosse importante? Nana ha fatto così tanto per me; questo è qualcosa che posso fare per lei per alleviare le sue preoccupazioni. Se avessi potuto creare un altro marito dal nulla, credimi, l'avrei fatto. Sarebbe stato molto più facile per me che trascinarti di nuovo nella mia vita.»

Stava mentendo spudoratamente. Di nuovo. Ma questa bugia era per autoconservazione. Non avrebbe potuto fingere di stare con un altro uomo, e tanto meno *stare* con un altro uomo, più di quanto potesse dimenticare Tanner. Lui era tutto per lei. Lo era sempre stato e, si rese conto, lo sarebbe sempre stato. Ciò che avevano avuto, prima che lei rovinasse tutto, era roba da favola.

Sfortunatamente, il suo nome non era Cenerentola e gli unici topi che avesse visto non lavoravano certo per lei.

Voleva il lieto fine. Voleva il Principe Azzurro.

Voleva Tanner.

Il fatto era che probabilmente avrebbe dovuto sentirsi in colpa per aver usato la salute di Nana, ma non era così. Era quello che sua nonna voleva per lei. Mentre papà aveva odiato Tanner dal momento in cui aveva saputo della sua gravidanza, Nana voleva solo che lei fosse felice, e sapeva che Tanner la rendeva felice. E Tanner era buono, gentile e morale. Ecco perché se n'era andato; si era sentito tradito. Ingannato. Non poteva fidarsi di lei. Tutte cose che lei capiva.

L'ironia era che, mentre sua madre aveva tradito suo padre andandosene, Juliet aveva fatto la stessa cosa a Tanner cercando di tenerselo stretto. Non le piaceva affatto il paragone con quell'inutile nullità che era sua madre. Era stato quello, tanto quanto la necessità di fare qualcosa della sua vita, a spingerla a iscriversi all'università. Lei *non* sarebbe diventata come sua madre; Juliet doveva diventare una donna indipendente e qualcuno di cui Tanner potesse fidarsi.

Ecco perché non gli aveva parlato dell'ictus di Nana quando era successo. Non voleva che pensasse che stesse usando la salute di sua nonna per i suoi scopi, ma quando Nana non faceva progressi, Juliet aveva iniziato a pensare che avrebbe dovuto farlo. Poi Nana aveva detto che avrebbe voluto che Tanner tornasse per alleviare un po' il fardello di Juliet, e questo le aveva dato una ragione legittima.

«E allora perché sono qui, se non per rendere felice tua nonna? Cristo.» Espirò e si passò una mano tra i capelli. «Queste sono bugie su bugie e non riuscirò a ricordare cosa è vero e cosa no per non fare confusione. Potresti pentirtene, Jules.»

Scivolò nel suo nomignolo per lei con tale facilità. Non aveva mai permesso a nessuno di abbreviare il suo nome così, tranne a lui. Di solito lo diceva dolcemente al suo orecchio quando facevano l'amore, o in un luogo affollato quando voleva farle sapere che stava pensando di fare l'amore con lei.

Peccato che non fosse quello che aveva in mente ora. Lei ci sarebbe stata decisamente.

«Ho detto che stiamo cercando di sistemare le cose. Quindi agisci nell'interesse di Nana e andrà tutto bene, Tan. Vogliamo che pensi che ci siamo riconciliati e che siamo felici, così potrà stare meglio. Questa cosa ci ha spaventati tutti e non sappiamo quanto tempo le resti.»

Le dita di lui si strinsero sul suo ginocchio. «Cristo, Jules. Mi dispiace.»

«Grazie.» Strinse un po' più forte il volante, le scuse di lui la riempirono di un calore che le sarebbe mancato quando tutto fosse finito. Doveva ricordarsi che era solo una finzione. Temporanea. Una bugia.

Ma se dava speranza a sua nonna perché stesse meglio, ne valeva la pena.

E se serviva a far restare Tanner, ancora di più.

* * *

«Sono già qui?» Penelope Chambers si infilò la dentiera in bocca e la sistemò con la lingua. Voleva essere pronta per la visita di Tanner. Doveva andare bene. «Burt? Che ha detto Juliet?»

Suo figlio alzò lo sguardo dal vassoio che le stava preparando. Finalmente aveva una ragione per alzarsi da quel dannato letto da malata. Juliet ci aveva messo abbastanza a cogliere quel dannato suggerimento...

«Ha detto che stava arrivando proprio ora all'aeroporto. Dagli un po' di tempo, mamma.»

«Potrei non averne, di tempo.» Penelope distolse lo sguardo da suo figlio. Il senso di colpa non era un'emozione divertente, ma qualcuno doveva fare qualcosa per questa famiglia e, Dio l'aiuti — e lo stava facendo, ne era convinta, con questo piccolo attacco ischemico transitorio — quella sarebbe stata lei.

Quella era stata la sua discussione con il dottor Jackson, e anche se lui non aveva accettato di mentire, le aveva promesso di tenere il suo giuramento di riservatezza medico-paziente al primo posto quando avrebbe avuto a che fare con la sua famiglia. Era l'unico modo in cui era riuscita a tirare avanti così a lungo questa commedia della sua miserevole convalescenza.

Come *se* un piccolo contrattempo potesse abbatterla. Ah. Aveva ancora molto da vivere. Ed era solo un *pochino* irritata che la sua stessa famiglia non lo sapesse. Eppure, le aveva dato l'occasione perfetta per fare l'invalida, così che Juliet finalmente si desse una mossa e andasse a riprendersi suo marito. Quei due non avrebbero mai sistemato le cose se non fossero stati nello stesso posto.

«Dagli un'oretta. A seconda del traffico, il viaggio potrebbe durare un po', e poi andranno a lasciare le sue cose a casa di Juliet e poi verranno qui.»

«Non vedo perché non potrebbero stare qui.»

«Senti, mamma. So che sei entusiasta che Juliet e Tanner abbiano sistemato le cose, ma io sospendo il giudizio. Quel ragazzo ha deluso mia figlia più di una volta e non mi fido che non lo faccia di nuovo. Possiamo usare la distanza.»

«Sei troppo duro con lui.» Anche se Penelope capiva certamente il perché. Ma Tanner non era Elaine, grazie al cielo. La sua ex nuora era di un'altra categoria.

«A quanto pare non sono stato abbastanza duro. Altrimenti sarebbe stato qui negli ultimi sette anni invece di sprecare le vite di entrambi.»

Penelope si sistemò di nuovo la gonna sulle ginocchia. Era del parere che gli ultimi sette anni fossero stati uno spreco solo perché Juliet e Tanner non avevano avuto altri figli, pace all'anima del piccolo Keegan. Ma trent'anni non erano troppo vecchi di questi tempi, e la maturazione che Juliet aveva raggiunto nel frattempo valeva ogni grammo di solitudine. O almeno una buona parte. Penelope non augurava del male a sua nipote, ma Juliet aveva dovuto imparare a fare qualcosa di diverso dal seguire Tanner come se fosse un dio. Le donne devono stare in piedi da sole, non cavalcare l'onda del successo di qualcun altro. O rannicchiarsi al loro interno come quella puttana di madre che Juliet si ritrovava.

Penelope non usava mezzi termini. Be', quando li pensava, sì. Quando li esprimeva... quella era tutta un'altra faccenda, perché non aveva senso ferire i sentimenti di Burt più di quanto Elaine avesse già fatto. Penelope aveva saputo fin dalla prima volta che aveva incontrato quella piccola arrampicatrice sociale che sarebbe bastato che arrivasse qualcuno con più soldi perché lei se ne andasse. Grazie a Dio — di nuovo — quella sgualdrina aveva lasciato Juliet. Le aveva dato la figlia che non aveva mai avuto.

Ed era orgogliosa della donna che Juliet era diventata. E di suo figlio per averglielo permesso, un'altra cosa che il suo attacco ischemico aveva accelerato, dato che lui era così ossessionato dall'abbandono di Elaine che aveva protetto Juliet da qualsiasi dura realtà della vita. Non aveva fatto un favore a nessuno dei due, così Penelope aveva dovuto farlo quando si era presentata questa opportunità. Che Tanner venisse trascinato in questa situazione era un bonus, uno che avrebbe visto quando avrebbe imparato ad apprezzare la Juliet che avrebbe conosciuto invece della bambina che si era lasciato alle spalle.

Penelope doveva saperlo; aveva messo alla prova il suo William prima di sistemarsi finalmente con lui. E guarda che vita avevano avuto. Forse non era stata lunga quanto avrebbe desiderato, ma sotto ogni altro aspetto, il suo matrimonio era stato perfetto. A volte la gratificazione ritardata rende il risultato finale meritevole.

Ora, se solo potesse alzarsi da questa dannata sedia a rotelle. Già la settimana passata l'aveva resa irrequieta, ma avrebbe sopportato per dare a Juliet e Tanner il tempo di capire che erano destinati a stare insieme.

Be', qualunque cosa fosse servita, l'avrebbe fatta. Perché *questa* volta, non ci sarebbe stato nessun matrimonio frettoloso in tribunale: voleva ballare alle loro nozze.

Capitolo Sei

«È questa casa tua?» Tanner guardò il piccolo Cape Cod in pietra nel cui vialetto Juliet si era appena fermata. Juliet era il tipo da grandiose sale da ballo, non da qualcosa che sarebbe potuto entrare nel bagno della sua infanzia. «È poco più grande della rimessa degli attrezzi di tua nonna.»

Non avrebbe dovuto dirlo.

L'atmosfera in auto cambiò all'istante. Entrambi stavano ricordando quella rimessa degli attrezzi, ed entrambi sapevano che l'altro stava pensando la stessa cosa.

Tanner strattonò la maniglia. «È chiusa.»

«Eh? Oh.» Juliet si affrettò a cercare la levetta di sblocco. «Ecco fatto.»

Lui afferrò il cappello e la borsa e scese dall'auto, avvolto dal caldo afoso. Stava per arrivare un temporale; poteva sentirne l'odore. Lo sentiva nell'aria: calda e sensuale, aggettivi che non aveva bisogno di notare, con le visioni della rimessa e di Juliet sopra di lui che gli danzavano in testa.

E ora stava per entrare nella minuscola casa di fronte a lui con la donna al suo fianco, e avrebbe dovuto fingere di non provare niente per lei, fingendo *al contempo* di provare qualcosa, così che la nonna non sospettasse che stessero mentendo.

Merda. Questa storia gli faceva venire il mal di testa.

Juliet aprì la porta d'ingresso ed entrò.

Tanner fece un respiro profondo di aria calda e la seguì.

All'interno la temperatura scese di un buon dieci gradi, facendogli venire la pelle d'oca; una pelle d'oca che non aveva nulla a che fare con il braccio di Juliet che sfiorò il suo mentre chiudeva la porta dietro di lui.

«Puoi prendere la camera degli ospiti. Ovviamente.» Gli lanciò un'occhiata fugace, poi si sistemò i capelli dietro le orecchie.

Il ricordo di lei che faceva quel gesto quando era imbarazzata lo travolse come se l'avesse vista farlo il giorno prima. Dannazione, aveva dimenticato quanto bene la conoscesse. E quanto ricordasse. Come quella voglia all'interno della sua coscia destra che sembrava l'impronta di un bacio. Sua nonna aveva detto che un angelo l'aveva baciata alla nascita; lui e Juliet dicevano che era una X lasciata dalla Natura, a indicare il punto che lui doveva trovare.

Merda. E ora perché diavolo gli era tornato in mente?

Lasciò che la borsa gli penzolasse davanti, sperando che spostasse il suo membro abbastanza da fargli abbandonare quel ricordo e calmare i bollenti spiriti.

Niente da fare.

«È, uhm, di là.» Indicò la stanza sul lato sinistro del soggiorno-sala da pranzo in cui si trovavano. Sul retro, un muretto separava quell'area dalla minuscola cucina, grande appena per gli elettrodomestici standard e circa sessanta centimetri di piano di lavoro.

«Immagino che tu non riceva molta gente qui.» Le parole gli uscirono di bocca prima che potesse fermarle. Intendeva che non desse molte feste, ma se lei l'avesse interpretato in un altro modo, beh, avrebbe voluto saperlo comunque. Dopotutto Juliet *era* ancora sua moglie, e lui aveva onorato i loro voti nuziali per tutto il tempo in cui erano stati separati.

Non era del tutto sicuro del perché, dato che non aveva pianificato di restare sposato con lei e non le aveva fatto alcuna promessa quando se n'era andato, ma *aveva* fatto quelle promesse davanti a Dio e al giudice e, se c'era una cosa che era, era un uomo di parola.

Ma ciò significava che era rimasto frustrato per un tempo davvero lungo, ed eccolo lì, a casa di sua moglie, a chiedersi se lei avesse *intrattenuto* qualcun altro lì.

«Non ho davvero tempo per dare feste. Ho studiato tutto il tempo che non ero a lezione per potermi laureare il più in fretta possibile in entrambe le facoltà. Poi ho dovuto imparare il mestiere, e ora, con quello che sta succedendo a Nana e le esigenze dell'ufficio, non ho proprio tempo.»

Non rispose alla sua domanda sugli appuntamenti, ma a cosa gli sarebbe servita la risposta? Se *fosse* uscita con qualcuno, il tizio non era lì, quindi ovviamente non era abbastanza importante per lei da essere quel tipo di ragazzo. E il fatto che Tanner fosse lì...

Un attimo. Non *voleva* più significare così tanto per lei. Erano cresciuti, andando ognuno per la sua strada. La loro relazione. Il loro matrimonio. Entrambi avrebbero dovuto voltare pagina e, una volta finalizzato il divorzio, Tanner *avrebbe potuto* farlo ed essere libero di inseguire qualsiasi cosa – e chiunque – volesse, senza preoccuparsi di infrangere il suo voto.

Ma il divorzio non è comunque infrangerlo?

Lo sarebbe stato se avesse contratto quel matrimonio di sua spontanea volontà, ma c'era stato costretto, con una metaforica pistola puntata alla tempia. Quando tutto fosse finito, avrebbe chiuso per sempre con Juliet.

Il pensiero gli bruciò nel petto. «Dov'è il mio bagno?»

Lei indicò una porta sulla destra. «Il *nostro* bagno è di là.»

«Ne hai solo uno?»

«Fino a ora, c'era solo una persona qui. Immagino di poter noleggiare un bagno chimico per la tua permanenza, se vuoi, ma dovrai usare la canna dell'acqua sul retro per la doccia... e lì non c'è l'acqua calda.»

Non avrebbe fatto differenza; si sarebbe fatto solo docce fredde per tutto il tempo che sarebbe rimasto lì, comunque.

Condividere un bagno con lei? Che Dio l'aiutasse. Ricordava ognuna delle sue creme, dei suoi saponi e dei suoi shampoo. Profumavano tutti di fiordaliso, un profumo legato a ricordi significativi per entrambi e a un certo campo...

Stare lì diventava un'idea sempre peggiore di minuto in minuto.

«Ho messo lenzuola pulite sul letto e un set di asciugamani sul cassettone.» Si batté le mani sui fianchi. «Quindi, se vuoi rinfrescarti, rilassarti, fare un pisolino o qualsiasi altra cosa prima delle tre, puoi farlo.»

«Tu cosa farai?»

«Io?» La sua domanda suonò quasi come uno squittio.

Mmm, nonostante la sua calma apparente, avrebbe scommesso che Juliet non fosse più a suo agio di lui a condividere la sua casa con lui.

«Devo controllare alcuni contratti.»

«Vai in ufficio?»

«Oh, no. La casa potrà anche non sembrare un granché, ma è cablata per l'Internet ad alta velocità. Lavoro molto da casa.»

Fantastico. Non avrebbe avuto molta tregua da lei se non fosse uscita di casa.

Allora se ne sarebbe andato *lui*.

«Avrei dovuto noleggiare un'auto all'aeroporto e guidare fin qui. Dov'è il posto più vicino per prenderne una?»

«Puoi prendere in prestito la mia. Mi fido che te ne prenderai cura.»

C'era un significato nascosto in quella frase? Tanner non ne era sicuro. Ma, d'altra parte, la Juliet con cui era cresciuto non conosceva il significato della parola *sottile* quando si trattava di loro due. Lei si era buttata a capofitto fin dalla prima volta che si erano guardati in quel modo. Non aveva mai dovuto indovinare cosa pensasse o provasse. Soprattutto, non aveva mai dubitato di ciò che lei provava per lui, quindi non riusciva a capire perché lei avesse dubitato di lui.

Scosse la testa. Ormai non aveva più importanza. Quella Juliet non esisteva più. Questa Juliet, quella che era cresciuta, era andata al college, ottenendo un master prima di lui, non la conosceva. Per quanto avesse detto che non era cambiata, per alcune cose lo era. La Juliet reginetta del ballo non si sarebbe rimboccata le maniche per gestire l'azienda di papà; avrebbe sposato qualcuno che l'avrebbe fatto, e lei avrebbe speso i soldi andando a pranzo e a fare shopping con le sue amiche.

E lui era stato pronto a firmare per quel ruolo.

Tanner scosse la testa. Dio, quanto era stato ingenuo allora. Aveva la testa tra le nuvole.

Ora era tornata saldamente sulla terra. «Ma se ne avessi bisogno tu?»

«Tanner, dove devi andare? Pensi di andare a trovare tutti i nostri amici e passare ore e ore in giro come facevamo una volta?»

Quel pensiero non gli era nemmeno passato per la testa. Odiava che la gente sapesse cosa era successo tra lui e Juliet. Odiava che sapessero che era stato sul punto di sfondare nel football e poi non l'aveva fatto. Che aveva avuto un figlio... e poi non più. «Non mi piace essere bloccato. Se voglio uscire, voglio uscire.»

«Okay, okay. Ci fermeremo in città tornando dal ranch più tardi. Per ora, se vuoi andare da qualche parte, usa la mia macchina.» Gli lanciò le chiavi. «Ho dei rapporti da controllare.»

E così, lo lasciò lì in piedi mentre si dirigeva verso quello che lui presumeva fosse il suo ufficio, la sua camera da letto o entrambi. Qualunque cosa fosse, era dietro l'angolo, e lei era sparita dalla sua vista.

Ne sentì subito la mancanza.

E odiava sentirla. Aveva lavorato sodo per togliersi Juliet dalla testa. Ora riusciva a passare un giorno o due senza pensarci. Be', non ultimamente, perché aveva il conto alla rovescia giornaliero che gli garantiva di pensarci, ma negli ultimi anni, sì. Era riuscito a non pensarci molto.

Ma quando *ci* pensava...

Tanner si calcò il cappello in testa, poi si mise in spalla la borsa, colpendosi *di proposito* le palle. Così avrebbe imparato, il suo membro, a entusiasmarsi pensando a Juliet. Fantasticare su di lei era una cosa; essere così vicino a lei e sperare che succedesse qualcosa era da pazzi. Gli aveva già incasinato abbastanza la vita. Tra trentotto giorni, se la sarebbe ripresa.

Capitolo Sette

Non l'avrebbe lasciato andare.

Juliet si appoggiò allo stipite della porta del suo ufficio e contò fino a dieci. Lentamente. Doveva tenere sotto controllo il battito cardiaco, in modo che il sangue smettesse di affluirle alla testa... e in altre parti. Il suo corpo doveva darsi una dannata calmata.

Non riusciva a credere che lui fosse in casa sua. La sensazione che le dava averlo *lì*, in casa sua. Le era sempre piaciuta l'intimità di quel posto; dopo l'enorme ranch in cui era cresciuta, aveva desiderato qualcosa di piccolo e raccolto. Il ranch in cui aveva programmato di vivere con Tanner. Questa casa non poteva essere più diversa dal ranch. Ma poi ci aveva portato lui.

Con il suo metro e ottanta e passa, Tanner riempiva il soggiorno. Anche se, a dire il vero, Tanner avrebbe potuto essere alto un metro e venti e il suo carisma l'avrebbe riempito comunque. Aveva sempre dominato qualunque stanza in cui fosse entrato. Se l'era dimenticato. O meglio, non l'aveva dimenticato, semplicemente non se n'era ricordata finché non se l'era trovato lì davanti.

Il suo posto era lì. Con lei. In quello spazio. E *non* nella camera da letto dall'altra parte del corridoio, ma lì, nella stanza accanto al suo ufficio con il suo letto king-size; quello che sua nonna aveva comprato per il loro matrimonio e di cui non era riuscita a liberarsi. Stupido, davvero, perché Tanner non ci aveva mai dormito.

Forse era per quello che lei ci riusciva.

Juliet fece un altro respiro tremante. Santo cielo, sarebbe stato difficile. Doveva fingere con lui che la sua presenza non la facesse impazzire, ma doveva dimostrare il contrario a sua nonna. Ed entrambe la conoscevano così bene... Sperava di riuscire a cavarsela, sia per il bene di Nana *che* per il suo.

Beh, e anche per quello di Tanner. L'aveva reso felice una volta; poteva farlo di nuovo. Ma ci sarebbe voluto molto di più di sguardi ammiccanti da sotto le ciglia, di ancheggiate sensuali o di vestiti carini che lasciavano intendere ciò che nascondevano...

Anche se, perché non approfittare di ciò che già sapeva catturare la sua attenzione?

Tanner poteva pensare di odiarla – poteva *davvero* odiarla, fu costretta ad ammettere – ma tutti sapevano che l'attrazione fisica non sempre ascoltava i dettami del cuore e della mente. L'attrazione fisica ragionava per conto suo e, se era quella che lo avrebbe spinto a vederla di nuovo, a notarla, sarebbe stata una sciocca a non usarla.

Aveva smesso di essere una sciocca sette anni prima.

Si discostò dal muro. Non aveva pensato molto oltre la loro storia di copertura per portarlo lì, ma ora, la realtà di averlo in casa sua, giorno dopo giorno, cominciava a farsi strada. Se rivoleva Tanner – e non c'era dubbio che lo volesse – aveva un'ultima possibilità. Non poteva mandare tutto all'aria.

Tanner emise un lungo sospiro mentre lanciava il cappello sul comò, poi lasciò cadere la borsa sul letto e si sedette sul bordo del materasso.

Quel posto *urlava* Juliet.

Niente di così evidente come tappezzare la stanza di sue fotografie – Juliet non l'avrebbe fatto; non era piena di sé. No, la stanza aveva quell'aria da Juliet, perché l'aveva arredata come se avesse saputo che sarebbe venuto lì.

La sua sfumatura di blu preferita era stata l'azzurro ardesia dei suoi occhi. Sì, le aveva davvero detto quelle parole smielate, ma erano vere. Il piumone era di quella esatta tonalità. I pavimenti in legno massiccio erano dello stesso colore di quelli della sua camera da letto da ragazzo, dove l'avevano fatta entrare di nascosto più volte di quante avrebbero dovuto rischiare. La sedia nell'angolo assomigliava a quella dello studio dei suoi genitori, e i quadri alle pareti raffiguravano le Guadalupe Mountains, di cui si era innamorato durante una gita in campeggio al primo anno. La stanza era maschile senza esserlo in modo sfacciato, eppure sembrava appartenere alla casa di una donna. La casa di Juliet.

Avrebbe dovuto alloggiare in un hotel. Avrebbe dovuto insistere perché stessero entrambi lì, se lei voleva che tutti pensassero che stavano insieme. Avrebbe affittato una suite con una porta comunicante, che sarebbe rimasta chiusa a chiave. Non aveva bisogno di quella tentazione. D'altra parte, per lui, Juliet era una tentazione che camminava.

Si lasciò cadere all'indietro sul letto e guardò il soffitto. L'aveva ricoperto di carta da parati a rilievo e l'aveva dipinto di un grigio peltro chiaro, come aveva fatto sua madre nel bagno degli ospiti.

O Juliet aveva pianificato di portarlo lì da molto tempo, o le piaceva davvero quello stile d'arredamento.

Voleva credere che fosse la seconda opzione, perché la prima avrebbe significato che era tornata ai suoi vecchi trucchi, a mentirgli.

Si stropicciò gli occhi con pollice e indice, con una smorfia. Non riusciva ancora a credere a come gli avesse mentito. A come si era affannata per tenerselo stretto, quando tutto ciò che avrebbe dovuto fare per non perderlo era amarlo ed essere onesta con lui.

Si mise a sedere. Basta pensare a quelle cose. Era finita. Chiusa. Aveva sperato di porre fine al matrimonio senza doverla rivedere, ma aveva un debole per sua nonna, quindi eccolo lì. Se ne sarebbe fatto una ragione.

Dandosele pacche sulle cosce, Tanner si alzò. Non aveva intenzione di fare un pisolino con Juliet dall'altra parte del corridoio. Non aveva idea di come avrebbe fatto a dormire lì quella notte. Sarebbe stata un'esperienza divertente.

O forse no.

Spostò la borsa sul comò; non avrebbe messo i vestiti nei cassetti, aggrappandosi ancora a una strana speranza di un miracolo che gli avrebbe evitato di dover restare lì.

Datti una regolata, Wentworth. Sei incastrato fino alla fine.

Dannazione. Il suo cuore sussultò, o ebbe un fremito, o qualunque diavolo fosse quella sensazione, al pensiero di essere bloccato lì con Juliet. Un tempo, non aveva desiderato altro.

Dannazione. La storia non poteva ripetersi; Juliet era un pericolo e doveva solo lasciarla andare.

Lasciala andare.

Quelle parole suonavano aspre. Dolorose.

Vuote.

Scosse la testa. Doveva schiarirsi le idee. Sarebbe andato a buttarsi un po' d'acqua fredda in faccia. Sui polsi. Dietro il collo. *Sul cazzo.* Quello l'avrebbe svegliato. L'avrebbe tirato fuori da quello stato di torpore. Doveva essere colpa di tutto quel viaggiare. Si era alzato a un'ora assurda quella mattina per arrivare a un orario decente.

Trascinò una mano lungo il muretto vicino alla cucina e girò intorno al lavello. Più vicino del bagno e, quindi, non così vicino a Juliet.

«Ehi, Tanner». Juliet sbucò dall'angolo della sua stanza proprio mentre lui si stava schizzando l'acqua in faccia. Il che significava che mancò il bersaglio e finì per bagnarsi quasi tutta la testa, con l'acqua che gli gocciolava lungo la schiena. Beh, pazienza, niente come l'acqua fredda per dissipare il calore che lei si portava dietro nella stanza.

Beh, in teoria.

Le gambe di Juliet in quegli shorts, tuttavia, fecero tornare il calore a divampare.

Era tutta gambe. Pelle dorata, polpacci e cosce tornite... Non aveva perso quell'aria da cheerleader.

«Potresti usare la doccia, sai». Gli sorrise, e la fossetta all'angolo destro della bocca fece la sua comparsa.

Quante volte aveva baciato quella fossetta? L'aveva percorsa con la lingua...

«Io, ehm, non ho voluto disturbarti. Con l'acqua che scorre, intendo».

«Oh, non fa niente. Non mi avrebbe dato fastidio».

Stavano avendo una conversazione banale sull'acqua. Qualcuno doveva dire qualcosa per andare avanti, o avrebbero iniziato a contare le imperfezioni del soffitto a buccia d'arancia.

«Volevi dirmi qualcosa?»

«Oh. Ehm. Sì». Incrociò le braccia e inclinò un fianco di lato, una mossa che Tanner ricordava bene.

Lei pensava che fosse un'espressione seria per quando aveva qualcosa di importante da dirgli, ma, in realtà, era tremendamente sexy il modo in cui il suo fianco si curvava di lato e le braccia incrociate accentuavano la sua vita sottile... e il seno sopra.

Saggiamente, non le aveva mai detto l'effetto che gli faceva quella mossa. «E... cosa c'è?»

«Oh. Giusto». Gli rivolse un sorriso finto. Era il suo sorriso di copertura, quello che usava quando doveva pensare bene a una risposta.

«Andiamo, Juliet. Di che si tratta? Non c'è bisogno di esitare. Sono io, ricordi? Conosco tutti i tuoi trucchi».

«Questo non è un trucco, Tan. Stavo solo venendo a cercarti perché ha chiamato mio padre. Nana vuole sapere quando andiamo da lei. Dovremmo muoverci».

«Oh. Okay. Nessun problema. Lascia solo che, ehm, mi cambi la maglietta». Si portò una mano dietro la testa e tirò il colletto dietro il collo. «È bagnata».

Lei si leccò le labbra. Maledizione. Perché tutto doveva essere carico di doppi sensi sessuali? C'erano stati momenti, quando stavano insieme, in cui si erano davvero divertiti senza che ogni sillaba fosse sessualmente carica.

Certo, ce n'erano stati altrettanti, se non di più, carichi di allusioni. O, il più delle volte, di pura lussuria. Juliet non era mai stata timida nel fare l'amore con lui.

Porca miseria. Non ce l'avrebbe mai fatta se avesse continuato a ricondurre tutto al sesso.

«Tanner?»

Sbatté le palpebre, mettendo a fuoco.

La stessa Juliet. Troppo meravigliosa nei suoi pantaloncini e nella maglietta con lo scollo rotondo. Quella donna rendeva bello anche un sacco di iuta. «Sì?»

«La maglietta?» Agitò le dita verso di lui. «Stavi andando a cambiartela? Non abbiamo molto tempo prima che Nana inizi a perdere le forze. Vorrei arrivare finché può ancora parlarti».

«Oh. Giusto». Si schiarì la gola e aggirò il bancone della cucina per dirigersi nella sua stanza.

Si chiuse la porta alle spalle, assicurandosi che restasse chiusa. Non aveva bisogno di spogliarsi senza la protezione di una porta tra loro. Certo, era una porta sottile e vuota, ma la barriera visiva era sufficiente.

Sperava.

. . .

Peccato che non ci fosse una barriera tra loro in macchina. Se non avesse comportato troppe spiegazioni – scuse – si sarebbe seduto dietro. Non voleva che Juliet sapesse che gli faceva ancora effetto. Sarebbe stato il colmo: Juliet che pensava di poter riprendere da dove avevano interrotto.

Un po' pieno di te, eh, Wentworth? Magari è lei *a non volerti più.*

Beh, quello era un pensiero che riportava con i piedi per terra.

La guardò di sottecchi. Era strano vederla al posto di guida; aveva sempre guidato lui. Certo, il più delle volte, era perché lei aveva le mani sulla sua coscia e voleva spostarle altrove. Tanner aveva imparato a guidare molto in fretta, tanti anni prima.

Ma ora le sue mani erano salde sul volante – dove dovevano stare – e stava guidando la Benz come un pilota di Formula 1. «Da quando guidi così?»

«Così come?» Girò la testa per guardarlo, poi di nuovo verso la strada, i capelli che le ondeggiavano intorno alle spalle.

I capelli di Juliet erano incredibilmente setosi. Le ciocche dorate le restavano impigliate sotto la schiena mentre lui la penetrava con forza...

Maledizione. Doveva davvero smettere di pensare al sesso con lei.

«Come se fossi in ritardo per un appunta... ehm, come un diavolo scatenato». Aveva bloccato la parola prima che uscisse del tutto, ma il danno era fatto. Come se avessero bisogno di un ricordo fin troppo crudo del giorno in cui *avevano* guidato come diavoli scatenati per arrivare dal dottore, quando lei stava perdendo il bambino.

Juliet si schiarì la gola e fece rombare il motore mentre sfrecciava nella corsia accanto. «Ho un sacco di cose da fare in questo periodo e non abbastanza tempo. Probabilmente dovrei trasferirmi più vicino all'ufficio, ma non voglio rinunciare a casa mia».

«È una bella casa. Non è quello che avrei pensato avresti scelto, però».

«Sì, beh, come ho detto, sono cambiata molto dall'ultima volta che siamo stati insieme. A volte sorprendo persino me stessa».

Proprio come stava iniziando a sorprendere lui.

Capitolo Otto

«Ciao, nonna. Guarda chi ti ho portato.» Juliet si stampò in faccia il suo sorriso da reginetta di bellezza ed entrò impetuosamente in salotto. Maledizione se avesse permesso che l'accenno a quella terribile visita medica le rovinasse la giornata, o che turbasse anche solo lontanamente quella di sua nonna.

Maledetto Tanner, però. In meno di un'ora le aveva dovuto ricordare uno dei giorni più tristi della sua vita e il fatto che fosse stata lei a creare quella situazione, bucando i preservativi.

Dio, cosa non avrebbe dato per poter tornare indietro a quel momento. Diciassettenne e stupida, ecco cos'era stata. Un errore che pagava da undici anni.

«Tanner!» La nonna spinse le ruote della sedia a rotelle e si mosse verso di lui.

«Nonna, fa' attenzione. Non vogliamo che ti affatichi troppo.» La nonna era stata così debole e Juliet si era preoccupata che l'arrivo di Tanner potesse essere uno shock troppo grande. Ecco perché le aveva detto in anticipo che sarebbe venuto, ma non si aspettava che la nonna provasse a muovere la sedia a rotelle da sola. Non aveva avuto alcuna forza dall'ictus. Per fortuna, la sua mente e la sua coordinazione non erano state intaccate, ma comunque... la nonna non era esattamente una giovincella. Doveva fare attenzione.

Ecco perché, qualunque dolore la visita di Tanner le avrebbe causato — o meglio, qualunque dolore le avrebbe causato la sua partenza —, valeva la pena vedere quella scintilla negli occhi della nonna.

Quella era stata la parte più difficile di tutta la faccenda: la nonna aveva una tempra d'acciaio, una cosa che Juliet aveva sempre ammirato di lei. Perciò, vederla nel letto d'ospedale e ora, qui a casa, non riprendersi come avevano sperato... Non poteva perdere anche la nonna. Non ancora.

Era per quello che era andata a cercare Tanner. Ci era voluta la salute della nonna per darle finalmente il coraggio di affrontarlo.

Non era riuscita a farlo prima perché lui avrebbe messo fine al loro rapporto. Qualsiasi contatto sarebbe stato lo stimolo di cui aveva bisogno, quindi aveva aspettato fino a poco prima del suo compleanno. Sapeva del suo fondo fiduciario e sapeva che l'ipoteca sulla proprietà dei suoi genitori era ciò che lo aveva spinto al matrimonio. Non era stato difficile fare due più due.

E sebbene la salute della nonna fosse la sua scusa, la realtà era che aveva voluto vederlo e aveva cercato un pretesto. Un'ultima volta. Era tutto ciò che aveva desiderato.

Beh, non proprio tutto. Ti piacerebbe rimanere sposata con lui, e che fosse un vero matrimonio. Non questa farsa di unione solo di nome.

Insieme erano stati troppo bene per accontentarsi di quello.

«Salve, signora Chambers.» Tanner entrò nella stanza, un pezzo d'uomo texano, imponente e sexy. Era la quintessenza del ragazzo americano, riempiendo lo stereotipo con la stessa disinvoltura con cui riempiva i jeans.

Non doveva guardargli i jeans. Specialmente dopo quel pensiero.

Diavolo, non avrebbe dovuto nemmeno *fare* quel pensiero.

«Signora Chambers?»

La nonna si alzò in piedi e Juliet quasi crollò a terra per lo shock. Doveva essere una scarica di adrenalina dovuta all'indignazione o qualcosa del genere. La nonna aveva bisogno di aiuto anche solo per mettersi a sedere ogni volta che Juliet era nei paraggi.

«Ma senti un po', Tanner Wentworth. Hai smesso di chiamarmi signora Chambers in quinta elementare e non ti permetterò di ricominciare. La signora Chambers è mia suocera, pace all'anima sua, e tu lo sai.»

Il sorriso di Tanner era devastante come Juliet ricordava. «Mi dispiace, nonna.»

«Così va meglio. Ora dammi un abbraccio come si deve.»

Parole che Juliet avrebbe voluto dirgli lei stessa.

«Sono così felice per te e Juliet.» La nonna diede una pacca sul bicipite di Tanner quando lui la lasciò andare dal suo abbraccio gentile.

Tanner era sempre stato consapevole della propria forza. Quando Juliet aveva avuto bisogno che lui fosse duro e forte, lo era stato. Quando aveva avuto bisogno che fosse gentile, aveva fatto anche quello. E non stava parlando di sesso. Beh, non del tutto.

Oh, diavolo. Sarebbe stato molto più difficile di quanto pensasse mettere in scena quella recita. E non intendeva fingere con sua nonna, no, in quello non c'era finzione. Lei voleva che Tanner tornasse. Fingere con Tanner di non volerlo, *quella* sarebbe stata la vera prova.

«Ti vedo bene. Vedo che vivere al nord ti fa bene.» Sua nonna gli prese le guance tra le mani e Juliet dovette distogliere lo sguardo. La nonna gli voleva così bene, fin dalla prima volta che Juliet le aveva detto di volerlo sposare, quando avevano nove anni. Poi di nuovo a dodici. E a tredici. E praticamente ogni anno da allora.

«Ci è voluto un po' per abituarsi agli inverni, ma non mi manca il caldo.»

«Ma ti è mancata Juliet, quindi dovrai solo riabituarti al caldo.» La nonna allungò una mano dietro di sé verso la sedia.

Tanner l'aiutò a sedersi.

Juliet cercò di non sospirare vedendo la tenerezza che lui aveva per sua nonna. Era un uomo così buono e lei non avrebbe mai dovuto dubitare di lui.

«Ti andrebbe un po' di quella cheesecake che adori? Ermalinda l'ha preparata quando ha saputo che saresti venuto.»

«Sarebbe fantastico. Grazie.» Tanner aveva sempre amato la cheesecake di Ermalinda. Ancora oggi, la loro governante non voleva rivelare la ricetta a nessuno, ma la preparava per le occasioni speciali, e considerava il ritorno di Tanner una di quelle. Anche lei gli aveva voluto bene tanto quanto il resto della famiglia.

Un'altra persona le cui speranze sarebbero state infrante quando lui alla fine se ne fosse andato.

«Tanner.» Papà entrò nella stanza e gli tese la mano. «Grazie per essere venuto.»

Tanto di cappello a papà per averlo detto. Non era stato entusiasta del fatto che Tanner se ne fosse andato entrambe le volte e si stava sforzando di essere gentile solo per il bene di sua madre. E di Juliet. Ma se avesse saputo che

Tanner se ne sarebbe andato di nuovo, probabilmente non sarebbe stato altrettanto civile.

Juliet avrebbe affrontato la cosa a tempo debito. In quel momento, aveva bisogno che le reazioni di tutti fossero il più reali e normali possibile nello scenario che aveva creato.

Ora, se solo fosse riuscita a tenere sotto controllo le sue.

«Juliet, tesoro, chiederesti a Ermalinda di portare la cheesecake?»

«Non ce n'è bisogno, *Señora*. Ho sentito arrivare la macchina.» Ermalinda entrò con la teglia grande come una pizza in cui cuoceva la cheesecake. Nessuno sapeva come facesse a cuocerla così uniformemente in quella tortiera così grande, ma il risultato era sempre lo stesso: strepitoso. «Signorina Juliet, se Lei potesse prendere i piatti e la limonata, *por favor*.»

La nonna era sempre stata la *Señora*, mentre Juliet era sempre stata *Signorina Juliet* da quando Ermalinda aveva iniziato a lavorare per loro dopo... beh, dopo che la nonna era venuta a vivere con loro. E anche dopo che Juliet si era sposata, per Ermalinda era ancora *Miss*.

Purtroppo, era così che si sentiva anche lei, nonostante sulla sua patente ci fosse ancora scritto *Wentworth*.

«Certo.» Si scrollò di dosso la tristezza, si diresse in cucina, tenendo un orecchio teso alla conversazione. Tanner era lì ora e quello era ciò che contava.

Beh, quello e convincerlo a restare.

«Sette anni sono tanti,» disse la nonna a Tanner, senza mai peli sulla lingua. «Hai già visto i tuoi genitori?»

«Non ancora.»

La voce di Tanner era tesa. Era in cattivi rapporti con i suoi genitori da quando aveva scoperto del vizio del gioco di suo padre. Grazie a Dio il nonno di Tanner aveva istituito quel fondo fiduciario che nessuno poteva toccare, perché il signor Wentworth doveva soldi a tutti, mettendo a rischio l'impresa commerciale in comune con suo padre. Papà aveva dovuto tirarlo fuori dai guai, prendendo come garanzia l'ipoteca sul ranch dei Wentworth.

Ma lo aveva fatto per aiutare il suo amico, non per tenerlo sotto scacco. Certo, era servito a porre fine all'accesso del signor Wentworth ai conti aziendali, ma quando Tanner lo aveva scoperto — e quando papà lo aveva usato come leva per convincerlo a sposarla — le cose si erano incrinate non solo tra suo padre e Tanner, ma anche tra Tanner e suo padre. Aveva detto più di una volta che stava pagando per i peccati di suo padre attraverso i suoi sentimenti per lei.

E lei lo aveva reso possibile.

«Sono contenta che tu e Juliet abbiate risolto le vostre divergenze. Perdere un figlio non è mai facile e so che la situazione non è stata ottimale» — ecco la nonna con il suo talento per gli eufemismi — «ma c'è così tanto amore tra voi due, e c'è sempre stato, che sapevo che avreste risolto. Sono solo felice di essere vissuta abbastanza per vederlo accadere.»

Juliet strinse più forte il vassoio con la limonata, i piatti e i bicchieri mentre tornava in salotto. Era per questo che aveva dovuto farlo; aveva avuto così paura che la nonna morisse. Non poteva sopportare un'altra perdita.

Tanner si schiarì la gola. «Mi dispiace molto per il Suo ictus. Juliet non me l'ha detto fino alla settimana scorsa.»

«Lo so. Non gliel'ho permesso. Voi due dovevate risolvere la vostra relazione da soli, non per causa mia. Non lo state facendo per me, vero, Tanner?»

«Signora Chambers... cioè, nonna.» Le prese la mano tra le sue. «Lo sto facendo per Juliet. Non si sbagli. Riguarda solo me e Juliet.»

Maledizione, quell'uomo era bravo a dire tutto ciò che sua nonna voleva sentire, ma con un significato completamente diverso per lei.

Papà, tuttavia, stava guardando Tanner con gli occhi socchiusi. Certo, lo guardava in quel modo da quando erano passati da amici d'infanzia ad amici con benefici, ma suo padre era scaltro. Poteva essere sconvolto per l'ictus di sua madre, ma quando si trattava di altre faccende, era ancora sveglio come una volpe.

Fantastico, ora avrebbe dovuto alzare il tiro con la sua recita per convincere anche lui che lei e Tanner erano di nuovo follemente innamorati.

Così posò il vassoio, poi si avvicinò a Tanner per posargli una mano sulla spalla. Aveva cercato una scusa per toccarlo di nuovo. Aveva sempre voluto toccare Tanner. Tenergli la mano, massaggiargli la schiena, appoggiarsi a lui... Prima, non aveva mai avuto bisogno di un motivo e lo toccava sempre. Era stato naturale come l'amore che aveva provato per lui, e l'aveva eccitata ogni volta.

Questa volta non era diverso.

. . .

Tanner cercò di non trasalire quando la mano di Juliet si posò sulla sua spalla. Era già abbastanza difficile fingere di essere il marito felice di ritorno per la terza volta quando avrebbe voluto uscire dalla stanza e non rivedere mai più nessuno di loro.

La nonna non gli stava rendendo le cose facili, e dal padre di Juliet emanavano ondate di rabbia. Non che Tanner potesse biasimarlo, ma quel tizio doveva riconsiderare la situazione e capire che era stata sua figlia a crearla, non solo con la prima trappola, ma anche con la seconda.

Sì, Tanner probabilmente non avrebbe dovuto cedere e portarsela a letto dopo il college, ma stava cercando di rimettere insieme i pezzi del suo cuore e Juliet aveva saputo esattamente come attirarlo a sé. Lo aveva sempre fatto, da quel primo bacio nel fienile quando lui aveva cercato con tutte le sue forze di starle lontano, ma lei non ne aveva voluto sapere. Poi c'erano state le volte in cui lo aveva trascinato nelle cabine dei camion e nel retro del magazzino con lei quando non c'era nessun altro posto dove andare.

Il suo corpo si scaldò all'immagine di lei a cavalcioni su di lui su quella sedia da ufficio, il pensiero di essere scoperti tanto eccitante quanto l'atto che stavano compiendo.

Dio, un tempo l'aveva amata.

Le dita di lei gli strinsero la spalla, come se gli stesse leggendo nel pensiero.

Strinse di nuovo. Altre due volte.

Oh, giusto. Il loro segnale.

Merda. Non voleva ricordarselo. Non voleva farlo, ma sua nonna se ne sarebbe accorta — e anche suo padre — se non l'avesse fatto, e lui era venuto lì per recitare una parte per una donna malata, quindi era meglio che la recitasse bene.

Allungò una mano e afferrò le dita di Juliet, picchiettandole contro la sua spalla tre volte come avevano fatto per anni. Tutti sapevano che era il loro segnale, i loro colpetti per dirsi "ti amo". Avevano iniziato al liceo ed era stata un'altra parte del loro arsenale da coppia perfetta che li aveva portati tra i candidati del ballo e li aveva premiati con le corone di re e reginetta, oltre al titolo di Coppia più Carina sull'annuario.

Aveva buttato via il suo annuario quando se n'era andato.

Per fortuna, in quel momento Ermalinda distribuì la cheesecake, così poté lasciare le dita di Juliet. Prese il piatto, senza dover fingere la sua gratitudine. Per molte ragioni. La torta di Ermalinda era davvero incredibile. Gli aveva detto che gli aveva lasciato la ricetta in eredità nel suo testamento. Lui le aveva risposto che non voleva mai avere la ricetta, così lei sarebbe dovuta rimanere in circolazione per potergli preparare la torta per sempre.

Gli era mancata. In realtà, gli erano mancati tutti. Ma se fosse tornato, avrebbe visto Juliet. Era stato abbastanza difficile starle lontano dall'altra parte del paese; figurarsi dall'altra parte della città.

E dall'altra parte di casa sua?

Già, non sarebbe stato facile.

«Allora, cosa hai fatto in tutto questo tempo, Tanner?» chiese il padre di Juliet.

Juliet si strozzò con la limonata.

Avrebbe dovuto dire la verità a quel tizio. Far sapere a tutti che si guadagnava da vivere facendo lo spogliarellista. Non se ne vergognava, ma loro sì, e non era giusto sfogare la sua rabbia per Juliet sulla nonna. Anche se, in realtà, la nonna diceva sempre le cose come stavano; forse si sarebbe fatta una bella risata per quello che faceva.

Il signor Chambers, tuttavia, sarebbe rimasto inorridito.

Quello era un incentivo quasi sufficiente per dirglielo.

Ma era Juliet quella che voleva che sapesse cosa faceva per vivere. Gli sarebbe piaciuto sapere cosa ne pensava davvero. In macchina era stata tutta tranquilla, dicendo che non aveva il diritto di avere voce in capitolo, ma lui la conosceva. Diavolo, era metà del motivo per cui aveva iniziato a farlo. Lei aveva fatto la sua sceneggiata perché era infastidita dal fatto che altre donne lo desiderassero? All'epoca non gliene aveva dato motivo, ma ora era tutta un'altra storia.

Probabilmente era infantile, ma il lavoro pagava molto bene e gli permetteva di vivere la sua vita. E aveva il vantaggio aggiuntivo di sapere che l'avrebbe infastidita, sebbene a un bel niente gli fosse servito, dato che lei non lo aveva nemmeno saputo finché non si era presentata al club.

L'aveva guardato; aveva sentito i suoi occhi su di lui. Aveva sempre saputo quando Juliet lo stava guardando. L'aveva eccitata?

A pensarci bene, forse non voleva sapere cosa ne pensava Juliet.

«Mi occupo di acquisizione di terreni.» Beh, ora che stava per entrare in affari con Gage e Bryan, era così.

«Questa è una novità.» Il signor Chambers lanciò un'occhiata a Juliet prima di guardarlo.

Tanner mantenne un'espressione composta. Lui e Juliet avrebbero dovuto ripassare quell'aspetto della loro storia, ma ormai era troppo tardi.

Avrebbe dovuto entrare in affari con suo padre. L'unione di due proprietà di ranch. Il signor Chambers era proattivo quando si trattava di far crescere l'azienda, e voleva che la persona che avrebbe preso il suo posto al momento del suo pensionamento avesse un interesse diretto nel vedere il ranch e le altre industrie prosperare.

A dire la verità, Tanner non vedeva l'ora di lavorare con il signor Chambers. Di far crescere l'azienda per i suoi stessi figli e nipoti. Figli che erano stati sospesi dal "piccolo stratagemma" di Juliet.

A Tanner mancò il respiro e dovette tossire per riprenderlo. Non riusciva mai a pensare a suo figlio senza quel battito mancato. Come se uno dei suoi gli fosse stato strappato via.

«Che progetti hai in corso?»

Si concentrò sulla domanda e cacciò i terribili ricordi in fondo alla mente. Era il modo migliore per affrontarli. «Un paio di proprietà commerciali. Sono nelle fasi preliminari al momento.» Molto preliminari.

«Sarei interessato a saperne di più.» Il signor Chambers perse davvero la sua voce burbera, quella che aveva avuto fin da quando lo aveva affrontato per la prima volta riguardo alla gravidanza di Juliet, tanti anni prima.

«Sono sicuro che potremo trovare un accordo.» Tanner annuì verso di lui, sottintendendo che sarebbe rimasto nei paraggi per parlare dei progetti.

«Sei sempre stato un tipo intraprendente, Tanner.» La nonna gli diede una pacca sul ginocchio, facendogli salire un senso di colpa al cuore. «Hai reso orgogliosa questa famiglia.»

In un'altra vita, quelle parole avrebbero significato qualcosa per lui. Ma ora... Erano basate su così tante bugie di Juliet che Tanner non sentiva di avere un ruolo legittimo in tutto questo.

Così sorrise e addentò la torta di Ermalinda, facendole un cenno di saluto con la seconda forchettata. *«Maravillosa como siempre, Ermalinda.»*

Lei gli sorrise raggiante e gli diede un bacio sulla testa mentre prendeva il piatto della nonna, da cui mancava una porzione considerevole di torta. Da quello che Juliet aveva detto, aveva pensato che la nonna si stesse spegnendo a letto, quindi vederla in salotto con un discreto appetito era una buona cosa.

Gli fece anche domandare se Juliet non avesse esagerato la gravità della malattia della nonna.

Fece una smorfia. Un ictus a qualsiasi età non era una cosa da prendere alla leggera. Doveva essere grato che la nonna fosse in grado di essere lì, e lo era. Ma odiava il fatto di doverselo chiedere.

«Neanche Juliet se la cava male in quel campo,» disse il signor Chambers, prendendo posto accanto a lei e dandole una pacca sulla mano. «Ha fatto un ottimo lavoro gestendo l'azienda mentre, beh, mentre io mi occupavo di mia madre.»

«Mi dispiace solo che ci sia voluto questo per farti rallentare, Burt.» La voce della nonna era tagliente. «Te lo dico da anni che Juliet era più che capace di occuparsi di tutto.»

«Sì, mamma, me l'hai detto.»

La voce del signor Chambers era dolce in un modo che Tanner non aveva mai sentito. Ma forse era perché di solito era lui il destinatario di un tono aspro e inquisitore da parte dell'uomo.

«Allora, Tanner.» Ed eccolo lì: quel tono. «Hai intenzione di restare questa volta, non è vero? È per questo che sei tornato, giusto?»

«Sono tornato perché è ora che io e Juliet facciamo qualcosa per il nostro matrimonio.» E se questo dava speranza al signor Chambers era perché l'uomo voleva trovare speranza in quella frase. Ma Tanner avrebbe fatto del suo meglio per non mentire loro. Non significava che dovesse confessare tutta la verità, ma non avrebbe mentito spudoratamente se avesse potuto evitarlo.

«Il matrimonio non è facile, figliolo. Devi impegnarti per farlo funzionare.» Il signor Chambers incrociò le braccia e si appoggiò allo schienale. Da quello che Juliet aveva raccontato a Tanner nel corso degli anni, suo padre era stato devastato dall'abbandono della moglie. Lo aveva indurito, quindi quando aveva insistito perché Tanner sposasse Juliet — entrambe le volte — non era stata una cosa arbitraria. Si aspettava che Tanner la sposasse e restasse.

Tanner era stato assolutamente favorevole, finché non aveva scoperto cosa aveva fatto Juliet.

«Papà.» Juliet si sedette sul bracciolo della poltrona di Tanner. «Non c'è bisogno che tu dica cose del genere.»

Perché non voleva rischiare la risposta di Tanner.

Aveva colto i doppi sensi nelle sue risposte a suo padre; non sapeva quanti commenti di papà Tanner avrebbe potuto sopportare prima di rivelare la verità, e quello era qualcosa che non poteva permettersi. La nonna aveva un sorriso così grande sul viso ed era più vigile di quanto Juliet l'avesse vista nelle ultime tre settimane. E anche prima dell'ictus.

«Forse invece sì, Juliet. Ho taciuto per troppo tempo. Forse se avessi detto qualcosa prima, non avremmo dovuto aspettare fino ad *adesso* perché voi due rimetteste le cose come dovrebbero essere.»

Tanner si irrigidì accanto a lei. Sì, la sua pazienza stava per finire. E non poteva biasimarlo, non davvero. Lo stava facendo perché amava sua nonna, *non* perché amava lei. Su questo non si faceva illusioni.

Un tempo, sì... L'aveva amata abbastanza da fare qualsiasi cosa per lei. Beh, tranne chiederle di sposarlo. Diceva che erano troppo giovani. Aveva il college e, si sperava, una carriera da professionista, e voleva aspettare di poterlo fare nel modo giusto.

Per quanto la riguardava, il modo giusto era metterle un anello al dito — non le sarebbe importato se fosse uscito da una scatola di popcorn caramellati — ma lui non la vedeva così. Quello che lei vedeva era che non voleva reclamarla come sua. Aveva anche visto il modo in cui le altre ragazze lo guardavano. Le aveva viste toccarlo mentre gli passavano accanto. Tanner era un dio tra gli dei del Texas e ogni ragazza lo voleva, specialmente lei.

Aveva scelto il modo sbagliato per tenerselo e se ne pentiva da anni.

Eppure eccoti qui, a fare di nuovo qualcosa di simile.

No, non era una situazione simile. Non aveva mentito sulle condizioni della nonna. Questo riguardava davvero, prima di tutto, il riportare Tanner a casa per confortare sua nonna. E se aveva dovuto mentire alla nonna, beh, l'aveva fatto con le migliori intenzioni. La nonna avrebbe capito quando la verità alla fine fosse venuta a galla, ma Juliet contava sul fatto che la nonna sarebbe tornata la donna combattiva di sempre prima che ciò accadesse.

Papà, d'altra parte...

Avrebbe affrontato suo padre più tardi. Ma l'avrebbe affrontato *lei*, non Tanner. La responsabilità di Tanner nei suoi confronti era finita il giorno in cui le aveva chiesto di sposarlo la prima volta. L'amava e stava facendo la cosa giusta per lei. Ma poi l'aveva sentita parlare con papà, e le cose erano andate a rotoli, e la colpa era tutta sua.

«Papà, Tanner e io siamo adulti adesso. Non devi più combattere le mie battaglie.»

«L'amore non dovrebbe essere una battaglia.» La nonna e le sue perle di saggezza. Allungò una mano a ciascuno di loro, una mano meno tremolante di quanto non lo fosse stata negli ultimi giorni. Avere Tanner lì *era* una buona cosa. «Prendetevi cura l'uno dell'altra, voi due. Siate gentili. Guardate al quadro generale. Quello prima che arrivasse Keegan. Dove stavate andando, cosa stavate facendo, chi stavate diventando prima che le circostanze vi costringessero a prendere decisioni difficili che nessuno dovrebbe dover prendere, tanto meno dei ragazzi della vostra età.»

Juliet fece scivolare un braccio attorno alle spalle di Tanner. Per lei era il movimento più naturale del mondo.

Ovviamente non per lui, invece. Si irrigidì, ma poi mosse una mano verso il ginocchio di lei, stringendolo dolcemente, e fu quasi come se... come se avesse voluto farlo.

«Non si preoccupi, nonna. Io e Juliet sistemeremo le cose come dovrebbero essere.»

Le parole avrebbero fatto sorridere Juliet se non avesse sentito il «Me la paghi,» che lui le sussurrò mentre si alzava per aiutare sua nonna a tornare in camera sua.

Capitolo Nove

«Allora, come hai iniziato a fare... lo spoglia... ehm, il ballerino?» Juliet cercò di mantenere un tono leggero nelle prime parole che si scambiavano da quando, ventidue minuti prima, avevano lasciato il ranch della sua famiglia, perché quel silenzio la stava snervando. E perché voleva una risposta. Quando aveva scoperto che era uno spogliarellista, le era venuta voglia di spaccare qualcosa. Era ancora suo marito e tutta quella magnificenza era sua, anche se solo per poco ancora.

Era così ironico che le veniva da piangere. L'unica cosa che aveva temuto —— le donne che lo desideravano —— era adesso il suo mestiere. Il karma è proprio una stronza.

«Dovevo fare soldi in fretta. Pagavano meglio di tutti, e gli orari alla fine si rivelarono un vantaggio. Mi permettevano di andare all'università di giorno. Mi mancano un semestre e la tesi per laurearmi, e senza nemmeno un debito per gli studi. Per me era importante.» A Tanner non piaceva avere debiti con la gente, lo aveva detto più di una volta quando aveva scoperto di suo padre.

«E adesso userai la laurea per gestire il locale?» Se si fosse limitato a quello, avrebbe potuto tirare un sospiro di sollievo, ma se ballava ancora...

Avrebbe voluto salire su quel palco e gettargli addosso una coperta. E poi avrebbe voluto trascinarlo in una stanza d'albergo per mostrargli l'effetto che le facevano tutti quei movimenti nei suoi vestiti attillati e quasi inesistenti.

Juliet regolò la bocchetta dell'aria sul cruscotto, aumentando l'aria condizionata. Lo spazio angusto della sua auto non aiutava, con pensieri del genere mentre lui le sedeva accanto.

«Aiuterò a gestirli. Se vogliamo espanderci, dovremo formare il personale.»

«Formarli? Insegnerai ai ragazzi come ballare?»

«Ehi, non si tratta solo di salire lassù e ancheggiare. Abbiamo delle coreografie, creiamo dei personaggi, lavoriamo sulla presenza scenica. Non è un bar malfamato con luci blu e aria fumosa. Hai visto il BeefCake, Inc. È un locale di classe. Stiamo pensando di ampliare il menù, quindi avremo bisogno di chef di alto livello. Ci vogliono soldi e impegno per gestire un posto di classe. Non ho intenzione di perdere il mio investimento e nemmeno Gage e Bryan. Loro hanno famiglia a cui pensare.»

Magari ce l'avesse anche lei. Cosa non avrebbe dato per una famiglia con Tanner.

Non poteva pensarci in quel momento. «Allora perché mi hai mandato i soldi, Tanner? Avresti potuto usarli per l'università e avresti già finito.»

«Sei mia moglie.»

Come se quello avesse fatto la differenza negli ultimi sette anni... Ma si morse la lingua. Stavano avendo una conversazione piacevole; non c'era bisogno di rovinare tutto. «Non li ho toccati, sai. I soldi. Io, ehm, non ne avevo bisogno e non mi sembrava giusto prenderli da te.»

«Sono tuoi. Io mi prendo cura di ciò che è mio.»

Desiderava così tanto essere sua in ogni modo possibile.

«Vorrei donarli, se non li rivuoi indietro.»

Tanner si strinse nelle spalle e guardò fuori dal finestrino. «Sono tuoi. Fanne quello che vuoi.»

«Pensavo di darli al Children's Medical Center.» Le parole le uscirono più sommesse di quanto intendesse.

Tanner si voltò a guardarla. «A nome suo?»

«Certo.»

Lui sbatté le palpebre, poi distolse lo sguardo. Juliet dovette fare lo stesso per non uscire di strada. E perché non voleva vedere il dolore nei suoi occhi.

«Credo sia una buona idea.» La voce di Tanner era sommessa tanto quanto la sua.

Juliet si concentrò sulla guida, con il silenzio che ora era più denso di prima. Più imbarazzante.

Dopo un isolato, non ne poté più. Lui stava pensando a Keegan; lei stava pensando a Keegan. Quei pensieri erano sempre dolorosi, e se lei e Tanner volevano andare avanti con le loro vite, dovevano guardare avanti. Keegan sarebbe sempre stato nel suo cuore, ma non poteva lasciare che quella perdita colorasse il suo futuro, o la tenesse ancora in quel limbo.

Raddrizzò la schiena e si schiarì la gola. «Allora, ehm, gestire uno strip club è un po' diverso dall'entrare in affari con mio padre.»

Lui espirò e tamburellò con le dita sul bordo dello sportello vicino al finestrino. «È redditizio, mi diverto e mi piacciono le persone con cui lavoro. Meglio che stare rintanato in un ufficio per più di quaranta ore a settimana.»

Lo guardò di sottecchi. «Ti lascia tempo per fare altro.»

«Cosa mi stai chiedendo, Juliet?»

L'unica domanda scottante di cui voleva la risposta ma che non sapeva come formulare. «Hai... c'è... Voglio dire...»

«Cosa? Sputa il rospo. Sono io, ricordi?»

Come se potesse dimenticarlo. «C'è qualcuno di... speciale?»

Ci mise due isolati prima di rispondere. «Vuoi sapere se ho una ragazza?» Scosse la testa. «Andiamo, Jules. Siamo sposati. Non lo farei.»

Era la risposta che voleva, ma l'accusa nel suo tono la ferì. «È una domanda onesta. Voglio dire, non siamo stati insieme. Sarebbe comprensibile se tu fossi, sai, uscito con qualcuna.»

Dopotutto, lui aveva avuto altre ragazze al college; era stato il motivo principale per cui aveva orchestrato la scena per farsi scoprire da suo padre. Le si era spezzato il cuore scoprendo che aveva avuto altre relazioni e aveva dovuto assicurarsi che non accadesse mai più.

Dio, se solo avesse potuto cancellare gli errori che aveva commesso. Di certo non c'era voluto molto per convincere Tanner a tornare nel suo letto; probabilmente sarebbero bastati un paio di mesi, se non meno, prima che decidesse di rendere la cosa permanente. Se solo avesse aspettato, ma la pazienza non era mai stata il suo forte.

«Ho fatto un giuramento, Juliet. E prendo i miei giuramenti sul serio. La mia parola è sacra.» Il che implicava, giustamente, che la parola di lei non valeva neanche lontanamente quanto la sua. «Perché? Tu sì?»

«Neanche per sogno.» Non c'era riuscita. Le c'era voluto un po' per desiderare di andare avanti dopo che lui l'aveva lasciata sull'aereo, e aveva costruito un muro intorno a sé per affrontare le domande di tutti. E ovviamente, dato che lui l'aveva lasciata subito dopo la luna di miele —— si era tenuta per sé il piccolo *dettaglio* di esserci andata da sola —— sarebbe passato per il cattivo della situazione se lei l'avesse raccontato. Per quanto fosse arrabbiata con lui, non aveva voluto che venisse etichettato in quel modo, così aveva fatto i salti mortali per giustificare le sue assenze con gli amici, la maggior parte dei quali aveva capito che non stava raccontando tutta la storia. Ma non erano affari di nessuno se non suoi e di Tanner, e voleva che rimanesse così. In più, se *fossero* riusciti a sistemare le cose, non voleva che nessuno lo odiasse.

No, non c'era stato alcun desiderio di uscire con qualcuno, specialmente subito dopo che Tanner se n'era andato. Poi era stata impegnata con l'università e a imparare il mestiere... e semplicemente il suo cuore non c'era. Il suo cuore sarebbe sempre stato con Tanner e non sapeva come avrebbe potuto trovare qualcun altro dopo che lui avesse divorziato da lei.

Lo stomaco le si strinse. Non voleva pensarci.

Un'insegna all'ingresso del centro commerciale alla sua sinistra catturò la sua attenzione e le diede la scusa perfetta per cambiare argomento.

«Ti dispiace se mi fermo qui?» chiese mentre svoltava nel parcheggio.

«Come se avessi fretta.» Si girò leggermente, appoggiando il braccio destro sul bordo dello sportello e il sinistro sullo schienale del suo sedile, con la mano che stringeva la parte superiore del suo. Le piaceva la sua Benz sportiva, ma l'aveva comprata quando lui non faceva parte della sua vita. E ora che era tornato, l'auto era decisamente troppo piccola con lui dentro.

Sfrecciò in uno dei parcheggi più vicini al negozio di animali. «Probabilmente ci metterò un po'. Vuoi che ci vediamo da qualche parte o ti chiamo quando ho finito?»

Lui guardò il negozio. «Non hai animali domestici.»

«Non ancora.» Scese dall'auto.

Anche Tanner scese e socchiuse gli occhi verso l'insegna. «Stai prendendo un gattino? Così, su due piedi?»

Non capiva perché sembrasse così sorpreso. Lei amava gli animali. Avevano parlato di prendere un cane insieme. Quello era il piano, prima di iniziare ad avere figli.

Non era riuscita a prendere un cane da quando lui se n'era andato. Ma un gattino poteva farcela. Specialmente uno da un rifugio. E averlo in casa avrebbe dato a entrambi qualcosa su cui concentrarsi, oltre a loro stessi e al passato.

«È un po' che penso di prenderne uno, e poi ho visto l'insegna. Mi sembra destino.»

Tanner scosse la testa mentre la raggiungeva alla porta. «Non sei cambiata per niente, vero? Sempre impulsiva.»

Per un secondo, quel commento la ferì. Ma poi la fece arrabbiare. «Mi sembra di ricordare che ti piacesse quando ero impulsiva. Più di qualche volta.»

Spalancò la porta ed entrò a grandi passi, senza curarsi se lui la seguisse o meno, mentre cercava di sfuggire ai ricordi di quando *era* stata impulsiva.

Buffo, ma una di quelle volte *non* era stata quando aveva bucato i preservativi. Quel momento era stato ben ponderato e pianificato. Fino a sterilizzare lo spillo che aveva usato per non rischiare di prendere nulla. Be', nulla tranne un bambino.

Dio, era stata così ingenua. Così egocentrica.

Così giovane.

Be', ora era più grande e se voleva un gattino, si sarebbe presa un gattino e lui non poteva fermarla.

Sì, questo sì che suona maturo.

Ignorando quella vocina, si diresse verso la donna al bancone di fronte ai recinti. «Salve. Mi piacerebbe tanto portare a casa con me uno di questi teneri cuccioli.»

«E a noi piacerebbe che lo facesse.» La donna le porse un modulo. «Prima però avremo bisogno delle referenze di un veterinario.»

«Referenze del veterinario? Ma non ho un veterinario perché non ho animali.»

«Allora dovremo fare una valutazione a domicilio.»

«Intende dire che verrete a casa mia per assicurarvi che sia un ambiente sicuro per un gattino?»

«Sì, e che non sia invasa da gatti. Che sia un ambiente sano. Cose del genere.»

«Immagino che vi capitino dei personaggi poco raccomandabili, eh?»

«Quando offriamo animali gratuitamente, vogliamo assicurarci che vadano in una casa sicura e amorevole.»

Juliet sospirò. «Quindi immagino che questo significhi che non posso portarne uno con me adesso.»

«Mi dispiace, non oggi. È un'altra parte del profilo di valutazione. Se è seria riguardo all'adozione di uno dei nostri cuccioli, capirà.»

«Oh, capisco. È solo che... volevo portarne uno con me subito.»

«Possiamo usare il mio veterinario.» Tanner le arrivò alle spalle e tirò fuori il telefono. «È di un altro stato, ma sto per tornare in città. Può garantire per me.»

Con un gesto che scioccò Juliet, Tanner le mise una mano sulla vita. Sperò solo che non le fosse caduta la mascella. Aiutarla era l'ultima cosa che si aspettava da lui.

«È molto generoso da parte sua,» disse la donna, «ma avremo bisogno di una referenza del luogo dove il gattino vivrà effettivamente.»

«Ah, forse non mi sono spiegato bene. Sto per trasferirmi da mia *moglie*.» Enfatizzò la parola tirandola a sé.

Meno male, perché le serviva una specie di stampella per restare in piedi.

«Oh, be', allora è diverso. Se poteste compilare questa parte del modulo di adozione.» La donna indicò il lato destro con la scritta, *Co-garante*.

L'ironia che lui facesse da garante per un animale domestico per lei, quando mancavano solo un mese e mezzo alla fine del loro matrimonio, non sfuggì a Juliet. Avrebbe pianto se non avesse sollevato troppe domande, sia da parte della donna di fronte a lei che da parte di Tanner.

«Certamente. Nessun problema.» Le strinse le spalle. «Juliet? Per te va bene?»

«Uhm, certo. È un'ottima idea.» Probabilmente mise troppa felicità nella sua voce, ma la donna si sarebbe aspettata che fosse più che d'accordo, dato che lui aveva appena detto che stava tornando a vivere con lei. Non voleva che si insospettisse, perché all'improvviso Juliet desiderava quel gattino con ogni fibra del suo essere. E non l'aveva nemmeno ancora scelto.

Tanner finì la sua parte e poi le porse la penna. «Tieni, tesoro. Compila questo, così lei può chiamare il dottor Bingham mentre noi andiamo a vedere quale vuole venire a casa con noi.»

Juliet prese la penna con le dita molli, mentre i "noi" che uscivano a raffica dalla sua bocca le mandavano i nervi in tilt. Un tempo, si era meritata quei "noi" e non aveva apprezzato veramente quanto fossero preziosi.

Adesso lo sapeva.

Compilò il modulo, ridendo interiormente della sua grafia tremolante, poi firmò in fondo accanto alla firma di Tanner. *Juliet Wentworth*. Aveva da tempo eliminato il suo cognome da nubile con il trattino, una necessità su cui Tanner aveva insistito quando avevano compilato il certificato di matrimonio. Probabilmente per farle capire che non erano veramente la squadra che sarebbero stati quando lei aveva diciotto anni e aveva coperto il suo quaderno di svolazzi con la firma *Juliet Wentworth* in tutti i colori del suo arcobaleno di Sharpie. Ma dopo che lui se n'era andato, aveva voluto un legame con lui, così aveva abbandonato il *Chambers* e si era goduta l'essere una Wentworth. Qualcuno avrebbe potuto dire che era masochistico, ma lei voleva una parte di Tanner con sé e il suo nome era l'unica opzione che aveva.

«Bene, allora,» disse la donna quando Juliet le porse il modulo. «Faccio subito la telefonata e avviamo le pratiche.»

«Pronta, tesoro?» Il braccio di Tanner scivolò di nuovo sulla sua vita e la guidò oltre il tavolo delle registrazioni verso i recinti dei gattini.

«S-sì.» Ehi, era già tanto che fosse riuscita a emettere un suono.

Ma quando arrivò ai recinti, le uscì un coro di «Ooooh».

«Voglio portarli tutti a casa con me.» Si sistemò una ciocca di capelli dietro l'orecchio mentre si chinava per prendere un batuffolino di pelo grigio. «Guarda che carino.»

Sfiorò la sua guancia con quella del gattino mentre guardava Tanner, e il respiro le si mozzò per il modo in cui lui la stava guardando...

Oh, mio Dio.

Juliet non distolse lo sguardo. Conosceva quello sguardo. Adorava quello sguardo. *Voleva* quello sguardo.

Motivo per cui, ovviamente, fu *Tanner* a distogliere improvvisamente lo sguardo.

Per poco non le cadde il gattino. A quanto pare, Tanner non era così immune a lei come voleva far credere, il che poteva avere delle implicazioni molto interessanti.

Capitolo Dieci

Che diavolo gli *prendeva*? Non poteva desiderare di nuovo Juliet. Solo perché era incredibilmente sexy con quel sorriso sul volto mentre teneva il gattino contro la guancia, ricordandogli la notte in cui aveva gettato una coperta di pelliccia sintetica sul letto dopo che i suoi genitori erano usciti, con la piena intenzione di regalare a Juliet una prima volta che non avrebbe mai dimenticato. La pelliccia era dello stesso colore di quel gattino e Juliet vi aveva fatto le fusa dopo che avevano finito di fare l'amore, prima che lui la stringesse tra le braccia e la tenesse finché i loro respiri non erano tornati normali; be', per quanto normale potesse mai essere il suo respiro quando le era vicino. Sì, era stata una prima volta che *nessuno* dei due avrebbe dimenticato.

Anche se a lui sarebbe piaciuto eccome poterlo fare.

Non aveva bisogno di pensieri del genere che minassero i suoi piani. Voleva quel divorzio per non doversi più chiedere se lei lo stesse di nuovo prendendo in giro o cosa si sarebbe inventata la volta successiva. O quando lo avrebbe deluso ancora.

E di certo non avrebbe dovuto subire la tortura di starle vicino, desiderarla e non poterla avere.

Potresti averla...

«Credo sia questo quello che voglio».

La sua voce era roca, e lui sapeva che aveva scelto il gattino grigio per la stessa ragione per cui lui avrebbe preferito che non lo facesse.

Si schiarì la gola e fece un passo indietro, desiderando solo andarsene al diavolo da quel negozio, ma non avrebbe rovinato la possibilità di quel gattino di avere una buona casa solo perché non riusciva a togliersi dalla testa il pensiero di Juliet nuda sul suo letto.

Era così bella, allora, con quel sorriso dolce e sazio che le spuntava sempre sul volto dopo quella notte, ogni volta che facevano l'amore.

Lei era vergine; lo erano entrambi. Quella prima volta... era stata imbarazzante, ma così colma di amore e lussuria che avevano capito come fare.

Non poté trattenere un sorriso e dovette mordersi il labbro per impedirgli di allargarsi su tutto il viso. Oh, sì. Avevano decisamente capito come fare.

«Immagino che quel sorriso significhi che sei d'accordo?»

Figuriamoci.

Si riscosse mentalmente e riportò la testa al presente. Ricordare la prima volta in cui aveva fatto l'amore con quella donna era controproducente rispetto al motivo per cui si trovava lì. Aveva già lasciato che i suoi ormoni lo dominassero quando era tornato dopo il college, e guardate un po' come gli era andata bene. «È il tuo gatto. Se ti piace quello, prendilo».

Un'espressione le attraversò il viso. Conosceva quello sguardo: ferito. Diavolo, conosceva ogni singola espressione facciale di Juliet. Dal giorno in cui aveva afferrato la palla da baseball che lui aveva colpito durante una partita improvvisata al parco, le aveva sempre prestato attenzione. In quel momento, da sua amica era diventata femmina, un momento che era impresso nella sua mente perché era stato così profondo. Abbastanza profondo da dare forma ai successivi vent'anni della sua vita.

Juliet annuì e si rannicchiò il gattino nell'incavo del collo, sotto la cascata di capelli, mentre si dirigeva di nuovo verso la donna al bancone. Aveva sempre amato i capelli di Juliet. Morbidi e setosi, abbastanza lunghi da rimanere intrappolati sotto di lei quando lui le era sopra... Amava intrecciare le dita tra i suoi capelli dopo, con la testa di lei appoggiata sul suo petto e i suoi piccoli sbuffi di fiato che gli solleticavano i capezzoli, mantenendo vive le sensazioni del loro amore.

Dio, quanto aveva amato fare l'amore con lei. Non si era mai tirata indietro. Gli aveva dato tutto. Perché diavolo non si era fidata di ciò che lui provava per lei, lasciando che la natura facesse il suo corso? Avrebbe finito per avere esattamente ciò che voleva se non avesse fatto altro che amarlo.

E lui avrebbe avuto esattamente ciò che voleva.

La osservò con la donna. Juliet non stava mai ferma; una parte di lei era sempre in movimento. La mano mentre parlava, la punta del piede che tamburellava, i fianchi che si muovevano come se danzasse al ritmo di una musica che solo lei poteva sentire. Amava guardarla.

Si passò una mano sul viso. Certe cose non erano cambiate.

Lei lo guardò con un sorriso spontaneo e gli tolse letteralmente il fiato. Juliet era sempre stata così aperta, così onesta, ogni emozione le si leggeva in volto. Non riusciva a nascondergli ciò che provava... o almeno così lui aveva creduto.

Ecco perché il suo tradimento gli aveva fatto così male. Non l'avrebbe mai creduta capace di una cosa tanto subdola come architettare una gravidanza o preparare la scena in modo che suo padre li trovasse a letto insieme. Evidentemente, non conosceva la donna che aveva sposato bene come pensava.

Ma vorresti.

Quella dannata vocina. Saltava sempre fuori quando meno se l'aspettava. Quando preparava la colazione nel suo appartamento e si chiedeva se Juliet stesse facendo quei pancake a forma di faccina sorridente che gli preparava dopo gli allenamenti di football. O quando rifaceva il letto e la ricordava chinata su quello nella sua stanza. O il modo in cui il suo viso si illuminava quando lo vedeva. Ogni volta che si guardava allo specchio, vedeva il volto di Juliet riflesso per un secondo, ma era abbastanza per impedirgli di dimenticare.

Guardandola ora, con il fianco destro sollevato e la punta del piede che tamburellava abbastanza da farle ondeggiare il sedere, sapeva che non l'avrebbe mai dimenticata.

Gesù. Voleva farlo.

Poi lei si girò di nuovo con un sorriso grande quanto lo stato in cui si trovavano. Il Sorriso di Juliet, come l'aveva soprannominato. Tutti lo chiamavano così al liceo. Juliet era famosa per quel sorriso, e tutti sapevano che era lui il motivo per cui sorrideva in quel modo.

Faceva male. Faceva fisicamente male rivedere quel sorriso sul suo volto, quando quello che avevano avuto non le era bastato.

Eppure, gli si avvicinò quasi saltellando con quel sorriso, i capelli biondi che ondeggiavano dietro di lei come se avessero di nuovo sedici anni.

«È mia! La tua veterinaria ti ha dato ottime referenze e la signora ha detto che possiamo portarla a casa subito». Gli afferrò il braccio proprio come faceva un tempo e, per un minuto, sembrò di essere tornati al liceo. Prima di Keegan, quando il mondo era pieno di possibilità per loro.

Poi il gattino miagolò, riportandoli bruscamente alla realtà, e Juliet ritirò la mano così in fretta che fu come se si fosse scottata.

No, quello scottato era lui.

«Congratulazioni». Cercò di infondere un po' di calore nelle sue parole perché era felice per lei. Per quanto lo avesse ferito, non avrebbe mai potuto odiare Juliet. Semplicemente, non avrebbe mai più potuto fidarsi di lei. «Hai un nome?»

Juliet sollevò il gattino, naso contro naso con lei. «Non ancora. Sto cercando di capire a cosa assomiglia».

«A un gatto».

«Divertente». Questa volta, gli diede un colpetto sul braccio e tutto tornò di nuovo a posto.

«Allora immagino che ti serviranno un po' di cose».

«Oh, caspita, sì. Non ci avevo proprio pensato. Lettiera, cibo, qualche giocattolo».

«Una cuccia. Ciotole. Un tiragraffi».

Lei inclinò la testa. «Sembra che te ne intenda di gatti. È per questo che hai un veterinario?»

«Avevo. Avevo un gatto. Buddy. Mi adottò un giorno. Continuava a presentarsi alla mia porta. Non la smetteva finché non aprivo, a quel punto si precipitava dentro e nessuna lusinga riusciva a farlo uscire. Immagino che Buddy ne avesse avuto abbastanza dell'inverno, della pioggia e di essere inseguito da altri gatti, e non avrebbe rinunciato alla sua nuova casa sicura e calda per niente al mondo. Per fortuna la dottoressa Bingham faceva visite a domicilio, ed è per questo che sa che ho un ambiente sicuro per i gatti».

«Allora chi si occupa di Buddy adesso?»

Tanner indicò il cielo. «È morto circa sei mesi fa».

«Non ne hai preso un altro?»

Tanner si strinse nelle spalle, non volendo davvero affrontare quell'argomento. Perdere le cose a cui teneva era dura, quindi perché mettersi di nuovo in quella situazione di proposito? «Non era il momento giusto. Ho avuto

Buddy solo perché mi ha trovato lui. Con il mio stile di vita, gli animali domestici non sono una buona idea. Ma era abbastanza felice».

Si guardò intorno e adocchiò un sacco enorme di lettiera per gatti. Non voleva davvero parlare della perdita di Buddy. Non dovrebbe far così male perdere un animale che aveva avuto solo per tre anni, ma era stato così. E aveva riportato a galla ricordi dolorosi. A volte la gioia di avere qualcuno di cui prendersi cura era compensata dal dolore di perderlo; un dolore che conosceva in prima persona. «Ecco, prendo io la lettiera. Suppongo che la signora ti abbia dato consigli su quale cibo comprare?»

«Sì. Cerco quello».

«Okay, io prendo il tiragraffi e la cuccia, tu prendi cibo, ciotole e giocattoli, e ci vediamo alle casse tra dieci minuti».

«Facciamo a gara».

Sfoderò quel suo malizioso sorriso e partì prima che lui potesse rispondere. Non che ce ne fosse bisogno; sapeva che non poteva resistere a una sfida.

Immagini di lui che reclamava la vittoria, o che perdeva contro di lei perché il premio era lo stesso, gli balenarono nella mente. Juliet sotto di lui nello stadio di football, quella notte. Un'altra volta nel prato all'angolo più lontano dei loro ranch. Quella volta non erano sicuri su quale proprietà si trovassero, quindi avevano dovuto spostarsi un paio di volte quel pomeriggio per assicurarsi di battezzare entrambe le proprietà. La terra che avrebbero unito con il loro matrimonio.

Tecnicamente, era unita adesso. Non ci aveva davvero pensato da quando era sceso da quell'aereo. No, aveva toccato terra e non si era più voltato indietro, come aveva fatto negli ultimi sette anni.

Lei non lo aveva mai contattato. Non che avrebbe potuto, suppose. I suoi genitori sapevano come mettersi in contatto con lui; be', avevano il suo indirizzo di casa. Non aveva detto loro cosa facesse per vivere. Non voleva scandalizzarli.

Era buffo che si fosse messo a ballare. Era stata Juliet a insegnargli a ballare. Ad ascoltare il ritmo del suo corpo e a muoversi seguendolo. Il ritmo che lei gli aveva messo dentro.

Quindi, sì, all'inizio, prima di elaborare la sua routine, si ispirava a lei quando ballava. Prima di sentirsi a suo agio. Si ispirava al tempo passato insieme, a come ci si sentiva a strusciarsi contro di lei. Ricordando come lo eccitava quando gli si strusciava addosso. Aveva odiato ricordare, ma le sue mosse facevano impazzire i clienti del locale; era quello che guadagnava più mance. Un paio di ragazzi dicevano che era per via del suo pacco, ma Bry aveva detto che sapeva gestire il pubblico come un professionista. Come fosse una cosa naturale.

Amare Juliet era stata la cosa più naturale della sua vita.

Gesù. Doveva riscuotersi. Era lì per una sola e unica ragione. Poi avrebbe potuto ottenere l'atto di proprietà del ranch di suo padre, dare a Juliet i documenti del divorzio e andarsene. Per sempre, questa volta. Non c'era più niente per lui lì, perché tutto era contaminato dai ricordi di Juliet.

«Tanner Wentworth, è atteso alle casse. Tanner Wentworth, è atteso alle casse».

La risatina maliziosa di Juliet seguì alla fine. Non importava quanto cercasse di sembrare seria, quella risatina la tradiva.

Aveva vinto, dannazione. Mentre lui era rimasto lì, paralizzato dai ricordi del passato, Juliet stava andando avanti a tutto vapore verso il suo futuro con il suo gattino... e senza di lui.

Per qualche ragione, anche se era quello che voleva, l'idea gli faceva male.

Capitolo Undici

«Che ne pensi di Buttercup?» Juliet posò la ciotola dell'acqua sul tappetino nella sua lavanderia.

Tanner le diede la ciotola del cibo. «Non è gialla.»

«Duchessa?» Si alzò e si spolverò le mani.

Lui inclinò la testa, perché la gattina voleva leccargli il collo. «La gatta era bianca in quel film della Disney.»

Lei passò una mano sulla schiena della gattina. «Che ne dici di Beauty?»

«Prova con Bestia, piuttosto.» Tanner le sfilò gli artigli da selvaggia dal collo mentre la restituiva a Juliet.

«Vuole solo un po' di coccole, tutto qui.» Juliet prese da lui la palla di pelo.

«Potrebbe avere più fortuna se ritraesse gli artigli.» Vero in così tanti aspetti della vita...

Juliet si accovacciò per mettere la gattina sul tappetino vicino al cibo. «Pensi che dovremmo spostare la ciotola lontano dalla sua lettiera? E se ai gatti non, sai, piacesse farlo vicino a dove mangiano?»

Tanner sollevò il contenitore della lettiera sullo scaffale più in basso dell'armadio, così Juliet avrebbe potuto prenderlo dopo che se ne fosse andato. «Non posso aiutarti. Buddy non era poi così schizzinoso. Finché aveva da mangiare, non gli importava dove lo mettessi. Probabilmente era solo grato di non doversi arrangiare da solo.»

Qualcosa in cui Tanner poteva immedesimarsi, da quando se n'era andato.

Gesù. Non doveva percorrere quella strada. Doveva anche uscire da quella lavanderia. Era troppo dannatamente piccola e il profumo di Juliet era troppo dannatamente forte.

Stava forse cercando di ucciderlo?

«Allora qual è il verdetto? Bestia?»

Juliet alzò gli occhi al cielo. «Dovrò pensarci ancora un po'. Voglio vedere che aspetto ha.» Accarezzò il pelo della gattina. «Come vorresti essere chiamata, piccola?»

Lei lo aveva accarezzato e chiamato *piccolo*, una volta.

Doveva davvero andarsene al diavolo da quella lavanderia.

Juliet espirò l'aria che aveva trattenuto quando Tanner lasciò la lavanderia. Non l'aveva mai considerata una stanza particolarmente piccola, ma con lui lì dentro... Sì. Lo era. E non si riferiva solo allo spazio fisico. L'essenza di Tanner riempiva la stanza. Poteva ancora sentire l'odore del sapone che usava lui, non metteva il dopobarba. Non ne aveva bisogno.

Neanche lei aveva mai usato il profumo, preferendo la lozione che lui le aveva comprato dopo che avevano fatto l'amore in un campo di lupini del Texas. Ci si erano imbattuti al centro commerciale e lui aveva usato i soldi delle consegne delle pizze per comprargliela. Aveva finito il tubetto originale molto tempo prima, ma aveva continuato a ricomprarla. L'olfatto era un potente promemoria e lei non aveva mai voluto dimenticare quel pomeriggio nel campo o come era stata la vita quando Tanner l'aveva amata. Ora, forse, l'odore avrebbe aiutato *lui* a ricordare. Così, quella mattina, se l'era spalmata un paio di volte in più, sperando per il meglio. Sfortunatamente, finora, non vedeva alcun segno che lui avesse anche solo *sentito* il profumo, tanto meno che lo ricordasse.

Ma non si arrendeva. Lui era lì, era a casa sua, e se mai avesse avuto una possibilità di riconquistarlo, era quella.

* * *

Due ore dopo, dubitò che lo avrebbe mai riconquistato. Per farlo, avrebbe dovuto effettivamente starle vicino. Ma mentre lei e la gattina erano rimaste in soggiorno a giocare con una quantità esagerata di giocattoli, era andata fuori di testa con gli acquisti anche quando aveva arredato la nursery di Keegan, che era stato un vero strazio svuotare, Tanner non era uscito dalla camera degli ospiti neanche una volta.

Lanciò la pallina di plastica con un campanello al centro perché la gattina la rincorresse e la piccola si precipitò via, seguendo la palla mentre rotolava... oh no. C'era un'apertura alla fine della libreria di cui non si era resa conto che fosse abbastanza grande non solo per il giocattolo, ma anche per una gattina. E, ovviamente, la gattina ci si infilò.

«Oh, no! Torna qui!» Juliet si alzò da terra e gattonò fino alla libreria, afferrando il giocattolo con le piume lungo il tragitto. Forse poteva convincere la gattina a uscire con quello.

Un paio di colpi di piuma vicino all'apertura fecero uscire una zampetta e un occhio blu che sbatté le palpebre nell'oscurità, ma l'apertura era abbastanza grande da permettere a Juliet di infilarci solo le dita. Impossibile raggiungerla e tirarla fuori.

Cibo. Quello era sempre un incentivo. E non quella roba secca che aveva comprato; a mali estremi, estremi rimedi.

Juliet aprì una scatoletta di tonno. Nessun gatto poteva resistere al tonno.

Tranne questa, a quanto pare. La zampa scomparve nel momento in cui apparve il tonno, e così fece anche l'occhio blu.

«Forza, piccola.» Juliet prese un po' di tonno sul dito e lo infilò nell'apertura.

Neanche una leccata.

«Okay, proviamo qualcos'altro.» Tornò in cucina e prese un pezzo di formaggio.

Stavolta ottenne un'annusata.

Una spalmata di burro le valse una leccata, e un pezzo di prosciutto un morsetto al dito.

Ma la gattina non si avvicinava minimamente all'apertura. Non che Juliet sarebbe riuscita a tirarla fuori anche se lo avesse fatto. La piccola Houdini doveva uscire da sola.

Juliet si lasciò ricadere sul sedere dopo aver sparso un po' di cibo secco in un sentiero che si allontanava dall'apertura. Tutto ciò che ottenne fu che la zampetta uscì per raschiare dentro i pezzetti più vicini.

Incrociò le gambe e si mise il mento nel palmo della mano. «Perché è stato così facile per te entrare lì dentro ma troppo difficile uscirne?»

«Stai parlando al muro?»

Certo che Tanner doveva beccarla non al suo meglio: quando era stata battuta da una gattina. «Sto parlando alla gattina, ma non so dire se sta ascoltando.»

«Lo sai che non può capire quello che dici, vero?» Si accovacciò accanto a lei. «Ah. Ha trovato un buco.»

«È questo che è? Pensavo fosse una puntura di spillo, ma in qualche modo è riuscita a passarci attraverso.»

«I gatti sono così.» Ci sbirciò dentro. «Non porta da nessuna parte, vero?»

«Da nessuna...? Oh no!» Juliet balzò in piedi. «Quello è l'angolo esterno della casa. Se c'è un'apertura...» Corse fuori dalla porta d'ingresso.

Ottimo. Semplicemente ottimo. Se questa gattina fosse scappata, sarebbe stata un'altra cosa che Juliet amava ma non riusciva a tenersi stretta.

Corse all'angolo, passando il palmo della mano dove il rivestimento incontrava le fondamenta, facendo leva con le dita sotto di esso, cercando un buco.

Fin qui, tutto bene. Almeno non doveva preoccuparsi di un seminterrato.

Provò dall'altro lato, passando le dita sotto il bordo del rivestimento, facendo leva sul vinile il più possibile, ma non riuscì a sentire alcuna apertura. Sembrava tutto intatto.

Raddrizzandosi e scostandosi i capelli dal viso, Juliet cercò di riprendere fiato. Doveva calmarsi. Stava esagerando. Era solo una gattina intrappolata in un angolo. Avrebbe trovato una soluzione.

Tornò dentro e trovò Tanner sdraiato a pancia in giù, con un cacciavite nella mano destra e la sinistra vicino all'apertura.

«Forza, tesoro. Va tutto bene. Non devi avere paura. Ci sono io», sussurrò alla gattina.

E proprio così, Juliet fu trasportata indietro di undici anni, a quando lui l'aveva tenuta in braccio dopo aver dato alla luce Keegan e il loro mondo era crollato intorno a loro. Aveva pianto, Dio, come aveva pianto, e Tanner era stato lì, a piangere con lei, a stringerla, a consolarla. Promettendole che ci sarebbero stati altri bambini. Che ce l'avrebbero fatta insieme.

Si era aggrappata a lui così strettamente, la sua ancora nella nave alla deriva della sua vita di allora. Ma lui non sapeva cosa aveva fatto. Non sapeva che era il suo senso di colpa, oltre al suo dolore, a consumarla. Aveva dovuto confessare. Aveva dovuto dirglielo per assolversi dalla colpa di aver creato Keegan prima che fossero pronti.

E poi tutto era sprofondato in un inferno ancora peggiore di quello che avesse mai immaginato esistesse.

«Vieni da papà, piccola.»

Le sue parole, la colpirono allo stomaco. Lo fecero a pezzi. *Piccola. Papà.* Erano parole così speciali e lei le aveva rese una farsa.

Si aggrappò allo schienale della sedia e vi si lasciò cadere, cercando di non piangere.

Già, non funzionò. Non poteva *non* piangere. Per tutto ciò che aveva perso. Che *avevano* perso. Ciò che era costata a Tanner.

Era pazza a pensare che lui avrebbe mai voluto dare loro un'altra possibilità. Non riusciva a capire perché fosse persino lì. Se fosse stato lui a chiederle aiuto, dopo aver fatto quello che aveva fatto lei, forse gli avrebbe detto di andare a farsi un giro, indipendentemente dal dolore che stava provando.

Tanner era una persona migliore di lei, come dimostrava la gattina che usciva dal buco e si raggomitolava nel suo palmo.

«Così, piccola. Ti ho presa.»

La sua mano sembrava così grande rispetto alla minuscola gattina. Così grande eppure così gentile.

Quanto bene ricordava Juliet quelle mani su di lei. E non intendeva in modo confortante, anche se erano state anche quello. Ma no, stava ricordando quelle mani che correvano su tutto il suo corpo. Come le toccava il viso così delicatamente, le stringeva i seni, le afferrava i fianchi, scivolava tra le sue cosce...

A quel punto dovette stringere le cosce. Serrare contro il dolore che iniziava sempre quando ricordava di fare l'amore con Tanner. Anche quando l'aveva visto ballare in quel club, si era eccitata pur sapendo che non stava ballando per lei. Tutto ciò che Tanner faceva la eccitava. Fino a sussurrare a una gattina.

«Forse dovresti trovare una tavola o un libro o qualcosa da mettere davanti a questo buco», disse lui, senza voltarsi mentre continuava ad accarezzare la gattina. «Ora che sa dov'è, vorrà continuare a tornarci.»

Se quella gattina fosse stata furba, non si sarebbe mossa da dove si trovava in quel preciso momento.

«Buona idea.» Juliet si alzò e si diresse verso il garage. Aveva degli scarti di legno là fuori, e questo le avrebbe dato il tempo di ricomporsi. Non si era aspettata di essere assalita dai ricordi ogni secondo che passava con lui. Aveva sperato che potessero concentrarsi sul futuro, ma il loro passato continuava a sopraffarla.

Sei minuti dopo, era di ritorno con un paio di scarti, qualche vite, il trapano a batteria e un po' di vernice.

Tanner era sul divano quando entrò. «Tieni, prendi tu la gattina e io tapperò quel buco», disse.

«Posso farlo io. Tu gioca con lei.» Voleva concentrarsi su qualcosa che non fosse lui e se era seduto di fronte a lei, di certo non avrebbe prestato attenzione alla gattina.

Allineò i pezzi, scelse quello che si adattava meglio, poi praticò dei fori guida nella base della libreria per avviare le viti.

Tutto sommato, le ci vollero circa dieci minuti per chiudere il buco e dare la prima mano di vernice, e poi proteggere quella vernice dalle zampe curiose della gattina con una barriera di libri intorno.

«Non sapevo che sapessi cosa fosse un trapano, tanto meno come usarlo.»

«Ci sono molte cose che non sai di me, Tanner. Te l'ho detto, non sono la stessa ragazza che hai sposato.» *E abbandonato*, ma non avrebbe aggiunto quello. Per quanto la ferisse, non poteva davvero biasimarlo per essersene andato. Soprattutto perché si sentiva in colpa.

Si spazzolò via la lanugine del tappeto dalle cosce, poi raccolse i suoi attrezzi. «Torno subito, poi comincio a preparare la cena. Pensavo a una costata alla griglia?»

«Il mio piatto preferito.»

Lo sapeva. Ma non era per quello che l'aveva scelto. L'ultima cosa che voleva era stare in cucina con lui, a fare qualcosa di domestico. Il patio era un posto più sicuro. «C'è della birra in frigo se vuoi prenderne una. Puoi mettere la gattina nella lavanderia. Basta che chiudi la porta così non può uscire.»

«Non credo che andrà da nessuna parte.» Alzò la mano. La palla di pelo era raggomitolata lì, con la coda sul naso, e faceva le fusa.

Gattina fortunata.

«Okay, allora resta qui e ti prendo una birra. Sembra che tu sia di turno per badare alla gatta.» Il che lo avrebbe tenuto fuori dalla sua immediata vicinanza mentre lei preparava la cena.

Gli diede la birra che aveva comprato apposta per lui, gli porse il telecomando, poi accese la griglia a gas. Preparò le costate con burro, aglio e sale grosso, prese degli asparagi e del limone, e affettò delle cipolle con qualche patata che mise in una padella d'olio sul fornello laterale della sua griglia. Non aveva mai avuto bisogno di imparare a cucinare piatti elaborati con Ermalinda e Nana nei paraggi, ma da quando si era trasferita, lei e la griglia erano diventate grandi amiche. Un'altra cosa che era cambiata in lei.

* * *

Venti minuti passati a lottare con sé stessa per non tornare dentro con Tanner dopo, portò il vassoio da portata dal patio. «È pronto.»

«Credo che la metterò nel suo letto nella lavanderia. È crollata.»

«Okay, io apparecchio.»

Sembrava tutto fin troppo domestico. Quello che avrebbe dovuto essere.

Quello che dovrebbe essere.

Juliet mise i loro piatti uno di fronte all'altro, ignorando la tentazione di metterli in diagonale, dove le loro gambe avrebbero potuto accidentalmente sfiorarsi sotto il tavolo, come avrebbe fatto se fossero stati in quella casa insieme per il giusto motivo.

Diavolo, se fosse stato così, non sarebbe stata fuori ad accendere la griglia quando avrebbe potuto essere dentro ad accendere la loro camera da letto.

La *tua* camera da letto, Juliet. Non lasciamoci trasportare.

Troppo tardi.

Entrò in cucina, con i pantaloncini color cachi che gli pendevano bassi sui fianchi.

Si maledisse per averlo notato.

«C'è un buon profumo», disse lui.

Per un secondo lei pensò che stesse parlando di lei, e quasi gli saltellò incontro con un sorriso stampato in faccia, ma poi si rese conto che si riferiva alla cena.

«Hai un pelo di gatto sul, ehm, naso.» Glielo tolse, mantenendo quel sorriso stampato sul viso perché lui non sapesse cosa aveva pensato o la verità che aveva realizzato. Grazie a Dio per tutti quei concorsi di bellezza a cui aveva

81

partecipato; l'esperienza le tornava utile per mantenere la calma in situazioni imbarazzanti, e ne aveva appena evitato uno colossale.

«Meglio che ti ci abitui. Ne troverai dappertutto. È l'unica cosa che non mi manca di Buddy.»

«Non ti senti solo? Odio tornare a casa e non trovarci nessuno.» Le parole le sfuggirono prima che potesse fermarle. Non le piacque quanto rivelassero della sua vita. Ma era vero. Odiava tornare a casa senza nessuno ad aspettarla. Odiava stare lì da sola.

«Sono raramente a casa. Con gli orari che faccio, ci vado praticamente solo per dormire. Era bello avere Buddy, ma mi sentivo anche in colpa a lasciarlo solo. Non ho bisogno di questo nella mia vita.»

Il senso di colpa o il fatto di lasciarlo? Juliet non glielo domandò; non voleva sentirgli dire "entrambi".

Spolverò sale e pepe sulle patate saltate, poi gli porse il vassoio. «Ecco a te. Ermalinda mi ha insegnato a prepararle proprio come piacciono a te.»

«Accidenti, non le mangio da anni.» Prese il vassoio e ne rovesciò una quantità generosa nel suo piatto.

«Perché no? Adori le patate saltate.»

«Ma al mio girovita no.» Ciò non gli impedì di prendere una forchettata e di portarsela alle labbra.

Labbra che avevano baciato le sue. Che le avevano percorso il corpo... «Non c'è niente che non va nel tuo girovita.»

Maledizione. La sua mente era così distratta che non badava a ciò che diceva.

Ma era vero. L'aveva notato quando lei e Sandy erano state al club. Solo un dettaglio tra i tanti.

«È perché non mangio queste.» Sollevò la seconda forchettata, per fortuna, senza trasformare il commento in una domanda su cosa, esattamente, lei *avesse* notato.

Che era stato molto. Tanner era sempre stato in buona forma – okay, ottima forma – ma niente in confronto a com'era su quel palco.

E com'era adesso, seduto di fronte a lei.

La sua maglietta gli stava un po' più attillata rispetto al passato. I polpacci erano un po' più definiti. Il sedere – buon Dio, il suo sedere – era un po' più sodo e rotondo, e il viso... Quei sette anni avevano scolpito maturità ed esperienza su zigomi cesellati e una mascella che pareva di granito. Tanner era maturato così bene e in modo così sexy che lei doveva fare uno sforzo immane per rimanere dalla sua parte del tavolo. Ma lì sarebbe rimasta. Doveva guadagnarsi il diritto di toccarlo come faceva un tempo.

Dio, che idiota era stata a non credere in lui. A non fidarsi. Ma aveva ascoltato le ragazze a scuola sospirare per lui. Le aveva sentite parlare quando non si erano rese conto che le stava ascoltando – o forse sì – di come sarebbe andato al college e si sarebbe dimenticato di lei. Di come le cheerleader e le altre universitarie si sarebbero buttate addosso a quel pezzo di figo sul campo da football. Juliet non aveva avuto motivo di dubitarne, perché le ragazze gli si gettavano addosso già al liceo, quando sapevano che lei e Tanner stavano insieme. Come sarebbe stato quando un intero campus pieno di donne *non* avesse saputo che Tanner era suo? E quando lei non sarebbe stata lì a dirglielo.

Aveva dovuto *renderlo* suo. In un modo che nessuno avrebbe potuto negare.

Tanner tagliò la bistecca. «Wow, Juliet, è fantastica.»

«Grazie.» Tagliò la sua, ma non aveva fame. Non di cibo. Non quando lui era nella stessa stanza.

Era stata una pessima idea. Avrebbe dovuto inventarsi un congresso a cui lui doveva partecipare o un viaggio di lavoro in Europa o una scadenza che non poteva mancare, invece di convincerlo a venire qui. Voleva bene a sua nonna, ma la sofferenza che sarebbe seguita alla sua partenza sarebbe durata molto più a lungo dell'ultima volta, perché rivederlo non era stato come strappare via un cerotto: questa volta, si stava portando via anche le cicatrici.

«Ti tieni in contatto con qualcuno del vecchio gruppo?» domandò lui.

Sapeva che non lo faceva, perché tutti chiedevano di lui quando la vedevano. Il che non accadeva spesso. Non le piaceva rispondere alle domande. C'era un limite ai congressi e alle riunioni con i clienti a cui lui poteva partecipare prima che diventassero sospettosi.

«Li vedo ogni tanto. Anzi, quando hanno saputo che saresti venuto, mi hanno chiesto se potevamo vederci.»

Tanner rimase in silenzio per altri tre bocconi di bistecca. E un'altra porzione di patate. «Ci saranno un sacco di domande sul perché sono qui. Non vogliamo che la verità arrivi alla tua famiglia.»

«In realtà...» Infilzò la sua bistecca con un po' più di forza del necessario.

«In realtà cosa?»

«Beh, non potevo dire una cosa a papà e alla nonna e un'altra a tutti gli altri.»

Lui appoggiò i gomiti sul tavolo e coprì una mano con l'altra, lasciando penzolare la forchetta. «Hai mentito ai nostri amici.»

Almeno stava usando il plurale *nostri*. «Non esattamente.»

«È come la gravidanza che *non esattamente* è stata un incidente?»

Ahi. «Non ho mentito loro, Tanner. Semplicemente... mi sono defilata. Quando li vedo, dico che sei fuori città per lavoro. Il che, tecnicamente, non è una bugia.»

«Tecnicamente no. Ma implicitamente... sì. Eppure ora sanno che sono in città.» Posò la forchetta sul piatto e intrecciò le dita. «Perché, Juliet? Cosa speri di ottenere mentendo questa volta?»

«Te l'ho detto, Tanner, non si tratta di loro. Si tratta della nonna.»

«Quindi tutti pensano che non sia stato nei paraggi abbastanza a lungo da vederci per *sette* anni? Non sono stupidi, Juliet. L'unica che stai ingannando sei tu.»

E non stava ingannando neanche se stessa. Non poteva, non dopo aver dovuto costruire una storia elaborata per mantenere la finzione. C'erano stati i viaggi fuori città che aveva fatto, fingendo di incontrarlo. Tutto quello studio che era stato la scusa perfetta per non stare con lui. Poi aveva iniziato a lavorare e le visite che non fossero nei fine settimana erano diventate impossibili. Si era coperta le spalle, ma solo perché sapeva che ci sarebbe stata una fine in vista con il compleanno di lui. Una fine che in realtà non voleva.

«È solo per un altro po'. Solo finché la nonna non starà meglio.» Le parole le uscirono a stento, soffocate dalle lacrime che le ostruivano la gola. A quel punto lui se ne sarebbe andato, e il sogno che aveva custodito nel cuore per sette anni se ne sarebbe andato con lui.

Ma se c'era una cosa che la morte di Keegan le aveva insegnato, era che la forza di volontà non poteva sistemare tutto. Che a volte, semplicemente non dipendeva da lei, non importava quanto duramente lo desiderasse o cosa facesse per far andare le cose a modo suo. Tanner era un uomo con la sua testa. Aveva le sue idee. Il suo cuore.

«E *sta* migliorando, Tanner. Non la vedevo su una sedia da prima che andasse in ospedale, per non parlare di stare in piedi. E uscire dalla sua stanza per stare con noi? Doveva essere così emozionata, perché di solito le faccio visita nella sua stanza. E quella fetta di torta che ha mangiato? Credo sia la cosa più abbondante che abbia mangiato in una sola volta da quando è tornata a casa. Te l'avevo detto che le avrebbe fatto bene. Non posso pentirmene. Proprio non posso.»

«Sono contento di sentire che vedi dei miglioramenti.» Tanner infilzò un altro pezzo di costata e masticò lentamente, guardandola come se avesse qualcosa in mente.

Voleva essere lei quel qualcosa.

«Voglio vederli.»

Lei lasciò cadere la forchetta. Quella non se l'era aspettata. «Chi? I nostri amici? Ma dovremo mantenere la finzione.»

Tanner scrollò le spalle. «Non posso disfare quello che hai già fatto e mi piacerebbe vedere tutti. Sono tornato adesso, per quanto a lungo sia, e avrò bisogno di qualcosa da fare oltre a fissare queste pareti e salvare quel gatto dai buchi che ci sono.»

Lei riusciva a pensare a un paio di cose che avrebbero potuto fare...

«E con te al lavoro, potrei dare di matto. Vorrei riallacciare i rapporti. Magari mi cerco un lavoro.»

«Come spogliarellista?»

Lui inarcò un sopracciglio, una mossa che lei ricordava bene. Soprattutto per quanto lo rendesse sexy.

Non era quello a cui avrebbe dovuto pensare.

«No, non a *ballare*. Anche se... in realtà, magari potrei cercare un paio di location per Gage e Bryan, per vedere se avrebbe senso aprire una sede qui. Forse possiamo entrare nel franchising.»

Se avessero assunto ragazzi come quelli che lei aveva visto ballare con lui quella sera al club, sì, il franchising sarebbe stata una buona idea. E ci sarebbe stato sicuramente interesse da queste parti, specialmente se anche lui si fosse esibito.

Non voleva pensarci.

«Quindi avrò bisogno di una macchina. Ci siamo dimenticati di prenderne una.»

«Farò mandare una delle auto aziendali. Non le usiamo molto.»

Il silenzio calò di nuovo, assordante.

Avevano usato un paio di auto aziendali qualche volta. E non per guidare.

Tanner ingoiò il pezzo di bistecca e lo mandò giù con la sua birra. Poi posò coltello e forchetta sul piatto, lasciando qualche patata. «Grazie, Juliet. Era buono. Ma sono a pezzi. Vado a farmi una doccia e a letto.»

Si alzò e fu come se si portasse via l'aria dalla stanza. Le era sempre piaciuto quanto fosse grande lui in confronto a quanto fosse piccola lei. La faceva sentire al sicuro e protetta.

Ma ora, mentre si dirigeva in cucina per lavare il suo piatto e metterlo sullo scolapiatti, facendole un piccolo cenno mentre andava verso la sua stanza, le differenze nelle loro corporature la fecero sentire solo insignificante.

* * *

Dopo che Juliet e Tanner se ne furono andati, Penelope si trasferì da quella sedia a rotelle orribile alla sedia a dondolo di fronte al suo bovindo, ridacchiando per il fatto di averli cacciati via perché era "stanca".

Era così lontana dall'essere stanca che avrebbe considerato l'idea di correre una maratona se ciò avesse significato non dover più stare su quella sedia, ma queste cose andavano gestite con delicatezza. Non poteva riprendersi troppo in fretta o la gente sarebbe diventata sospettosa.

Rise tra sé e sé. Persino Burt non aveva il minimo sentore che stesse fingendo il novanta per cento della sua fragilità.

Le piaceva ignorare il dieci per cento che non fingeva. Quel dannato attacco ischemico transitorio era servito solo a darle la scusa per fare l'invalida e far correre la sua famiglia. Ma, francamente, ne aveva abbastanza. Tanner e Juliet dovevano rendersi conto che dovevano stare insieme, così lei avrebbe potuto continuare a vivere il resto della sua vita in attesa che arrivassero quei pronipoti.

«*Silencio, Señora.*» Ermalinda chiuse la porta del salottino alle sue spalle. «Se il signor Burt la sente, si chiederà perché ride.»

«E gli diremo che è perché sono molto felice.»

«Sarà felice di sentirlo. Si preoccupa per lei.» Ermalinda prese il telecomando della televisione da accanto alla poltrona reclinabile e glielo porse. «Che film vuole guardare oggi?»

Penelope mise da parte il senso di colpa. Burt non avrebbe apprezzato le sue motivazioni, ma d'altronde, era prevenuto nei confronti di Tanner. Se suo figlio non fosse stato così accecato da ciò che aveva fatto la sua ex moglie, si sarebbe accorto che Juliet non era *proprio* perfetta come pensava.

Ci voleva una donna per capirlo. Una che voleva molto bene a Juliet. Ecco perché stava mantenendo quella finzione. Juliet aveva sofferto abbastanza. Meritava di essere felice, e Tanner la rendeva felice.

E anche Juliet rendeva felice Tanner e, se solo fosse riuscito a ricordarselo, sarebbe stato in grado di perdonarla per le sue azioni disperate.

«Niente film. Sono stufa dei film. Vorrei invece saltare di gioia e fare una corsetta nel roseto.»

Ermalinda scosse la testa. «E poi dovrà spiegare a tutti perché si è ripresa completamente all'improvviso.»

«Possiamo semplicemente dire che le vie del Signore sono infinite.»

«Non così infinite.» Ermalinda le diede una pacca sulla spalla e le porse il romanzo rosa che le aveva consigliato la suocera di Ermalinda.

Nel momento in cui Penelope lesse della nonna impicciona che aveva complottato per far sì che sua nipote condividesse una casa con il ragazzo che era stato la sua prima cotta, in modo che potessero prepararla per metterla in vendita, cosa che poi diede loro il tempo e l'opportunità di innamorarsi e vivere felici e contenti, fu il giorno in cui capì quale fosse il modo perfetto per aiutare Juliet a conquistare il suo uomo.

Non che avesse architettato il suo piccolo ictus, ma era successo proprio mentre stava cercando di inventarsi una malattia credibile da cui poter guarire, che avrebbe causato la giusta dose di preoccupazione per far accorrere tutti.

Le vie del Signore erano, in effetti, infinite.

Il dolore e la paura ne erano quasi valsi la pena, e lo sarebbero stati se da tutto questo avesse ottenuto dei pronipoti.

«*Mi suegra* è stata così felice che lei abbia letto il libro e seguito il suo consiglio. Ma spero che nessuna di voi due mi faccia mai uno scherzo. Siete entrambe troppo brave. Le signore della sua età dovrebbero stare sedute a sferruzzare, non a cacciarsi nei guai.»

«Sarei più che felice di sferruzzare una caterva di maglioncini per bambini se quei due fossero riusciti a risolvere le cose da soli, ma sono entrambi troppo testardi. O spaventati. Non ho ancora capito chi dei due sia Tanner, ma so che Juliet era preoccupata di fare la prima mossa perché pensava che avrebbe spinto Tanner a porre fine al loro matrimonio. Si è portata addosso il suo senso di colpa per tutto questo tempo. Ma non può andare avanti così all'infinito. Non voleva fargli del male; quella povera ragazza è innamorata di lui da tutta la vita. È ora che superi se stessa e inizi a lavorare per il suo futuro.»

Ermalinda si sedette sul pouf e si strinse un cuscino allo stomaco. «Sta correndo un rischio con Tanner, però. È stato ferito profondamente.»

«Lo so. Ed è un così bravo ragazzo... ehm, uomo. Continuo a dimenticare che sono cresciuti.» Posò il libro sul ginocchio. «Ma solo perché sono cresciuti non significa che non possa dar loro una mano.»

«Non so, *Señora*. Lei non si sta comportando in modo molto maturo con questa sua sceneggiata.»

Penelope si appoggiò allo schienale e intrecciò le dita, tamburellando gli indici l'uno contro l'altro. «A volte, Ermalinda, il fine giustifica i mezzi.»

«Non sono sicura di voler capire quella particolare frase. So solo che *mi suegra* è una sensale nel mio paese, quindi deve sapere quello che fa.»

«Beh, ha fatto venire Tanner qui, e lui e Juliet si stanno toccando. Sarò anche una vecchia signora, but mi ricordo ancora come sono le scintille e se quelle che volavano tra mia nipote e suo marito non erano scintille, allora... ecco, resterò in quella sedia a rotelle maledetta per un altro mese dopo il loro prossimo matrimonio.»

Ermalinda si fece il segno della croce. «Zitta, *Señora*. Non tenti la sorte.»

«Tentarla?» Penelope si sventolò con il libro. «Non la sto tentando, Ermalinda. Le sto dando una spintarella.»

Capitolo Dodici

Fiuuu. Ce l'aveva fatta.

Tanner chiuse la porta della camera degli ospiti alle sue spalle, resistendo all'impulso di sbatterla. Sarebbe fuggito dalla cucina il più in fretta possibile, con le visioni di lui e Juliet sul sedile posteriore di una delle Lincoln Town Car di suo padre che lo inseguivano per tutto il tragitto.

Tirò fuori dalla borsa un paio di pantaloncini da ginnastica e una maglietta e afferrò gli asciugamani blu che Juliet aveva lasciato sul comò. Desiderò con tutto se stesso di avere un bagno personale, ma i desideri non diventavano realtà, quindi avrebbe dovuto sfidare la sala da pranzo carica di ricordi per raggiungere il bagno e una doccia fredda. Tra i ricordi, il profumo della lozione di Juliet e il solo starle vicino — per non parlare dei suoi sette anni di celibato autoimposto — la tentazione non si limitava ad alzare la sua testa seducente, ma ruggiva per tutta la minuscola casa, divorando ogni cosa sul suo cammino.

Fece un respiro profondo prima di aprire la porta, poi attraversò il salotto a grandi passi, grato che lei gli desse le spalle. Anche se, *ovviamente*, lei si voltò proprio mentre lui stava passando davanti al tavolo.

«Ti conviene dare una smossa al soffione della doccia se la pressione dell'acqua è troppo bassa. Devo chiamare qualcuno a dargli un'occhiata.»

«Probabilmente è solo il soffione intasato. Posso dargli un'occhiata domani.»

«Oh, sarebbe fantastico. Grazie.»

Sorrise — un sorriso tirato — non volendo interagire con lei. Aveva pensato che sarebbe stato più facile; che la sua rabbia verso di lei sarebbe stata una barriera sufficiente. Che il tempo trascorso lontani sarebbe stato una barriera sufficiente. Ma, a quanto pare, i ricordi erano più forti della distanza.

Spinse la porta del bagno e si bloccò di colpo.

Santo cielo. La stanza non avrebbe potuto essere più 'da Juliet' di così, a meno che non fosse stata lì in persona.

Si voltò per assicurarsi che non fosse dietro di lui, intravide i suoi capelli mentre lei si alzava dal tavolo e, questa volta, la porta la sbatté.

Oltre al viola che era una parte essenziale del suo guardaroba, e la prima cosa a cui pensava quando pensava a lei, la stanza odorava di lei. Avrebbe dovuto immaginarlo, dato che c'erano un paio di tubetti di quella lozione che le piaceva in un cestino sul retro del water.

Tirò la tenda della doccia a fiori. Un flacone di bagnoschiuma alla campanula era nella griglia di metallo appesa al soffione. E avrebbe scommesso che anche quella spugna di luffa odorava allo stesso modo. La spugna che lei usava sul suo corpo.

Cazzo. Merda. Diavolo. Non c'erano abbastanza parolacce per bloccare le immagini che assalivano il suo cervello. L'avevano fatto in modo un po' spinto qualche volta nella doccia quando erano adolescenti e in grado di fare quelle contorsioni. Dio, era stato fantastico.

Sbottonò i jeans e abbassò la cerniera, spogliandosi più in fretta che poteva, poi girò il rubinetto tutto a destra per ottenere l'acqua più fredda possibile. Sarebbe stata l'unica cosa a fargli superare un paio di minuti in uno spazio chiuso che odorava di lei.

O almeno così diceva la teoria. Ma dalla sua lozione al sapone, a quella dannata spugna di luffa che pendeva proprio all'altezza del naso, non poteva sfuggire a Juliet. E poi il suo cervello si unì alla festa, immaginandola lì dentro, nuda, bagnata, insaponata, che si passava quella spugna su tutto il corpo—

Merda. Cazzo. Diavolo. Era duro come una roccia e aveva la sensazione che, anche se dal soffione fossero caduti cubetti di ghiaccio, avrebbe comunque voluto fare irruzione in quella sala da pranzo, caricarsela in spalla e portarla nella sua stanza dove avrebbe fatto l'amore con lei per ore.

Tanner appoggiò la fronte contro le piastrelle fresche, sperando — no, *pregando*, e non era un tipo particolarmente religioso — che quel desiderio intenso svanisse. Che il suo corpo si calmasse, ascoltasse i dettami del suo cervello e la smettesse con quella fissa 'voglio Juliet'.

Insaponarsi non aiutò. Né lavarsi i capelli, perché desiderava solo le dita di lei che glieli pettinavano. Alla fine, staccò il soffione dal supporto e diresse un getto costante di acqua gelida su una certa parte della sua anatomia, così da poter almeno percorrere i pochi passi necessari a uscire dalla doccia.

Usò l'asciugamano blu che lei gli aveva dato, in mezzo al suo mare di asciugamani viola, strofinando forse un po' troppo forte, ma doveva porre fine a quella folle tensione che gli scorreva sotto la pelle. Come se ci fosse una cosa viva sotto di essa, che cercava di farsi strada a unghiate per uscire.

Come aveva potuto dimenticare quella folle reazione che aveva nei suoi confronti? Questo intenso desiderio di stringerla contro di sé e dimenticare che il mondo esistesse?

Aveva pensato che lei l'avesse ucciso con le sue bugie, ma a quanto pare, la lontananza faceva bene agli ormoni, perché di sicuro il cuore non c'entrava nulla.

Amico, sei ancora suo marito... Perché non approfittare della cosa?

Fantastico. Proprio quello di cui non aveva bisogno: il permesso della sua libido di rivendicare i suoi diritti coniugali. Era suo marito solo di nome e avrebbe fatto bene a ricordarselo.

Indossò i vestiti, ripetendosi a forza la litania che lei era sua moglie solo sulla carta. Che solo perché un qualche Giudice di Pace aveva pronunciato formule senza senso sulle loro mani unite sette anni prima non significava che avessero un matrimonio felice o che lui avesse diritto a quei privilegi coniugali in qualsiasi modo, forma o maniera.

E che ne dici di quelle contorsioni sotto la doccia?

Aprì il rubinetto del lavandino e unì le mani a coppa, gettandosi altra acqua fredda sul viso.

No, la desiderava ancora.

Si passò l'asciugamano sul viso, asciugando l'acqua. Diavolo, forse era la proverbiale crisi del settimo anno. Visto che non si era 'grattato' nell'ultimo decennio meno un quarto, si stava facendo sentire. Esigeva uno sfogo.

Uno sfogo non sarebbe male...

Merda. Cazzo. Diavolo.

Si strofinò l'asciugamano tra i capelli, tirando un po' più del necessario, sperando di concentrarsi sul dolore su *questa* testa invece che su quella che stava esultando per l'argomentazione della sua libido. Non aveva bisogno di una festa nei pantaloni la prossima volta che si fosse trovato di fronte a Juliet.

Cosa che sarebbe accaduta tra circa due minuti, non appena avesse messo a bada la sua mercanzia e fosse uscito con calma dalla porta.

Era seduta in salotto, la gattina raggomitolata in grembo, il suo portatile aperto su un tavolino di fronte a lei, un libro in mano e il telegiornale che borbottava in sottofondo.

«Da quando hai iniziato a portare gli occhiali?» Maledizione. Avrebbe dovuto tenere la bocca chiusa ed entrare nella sua stanza, dove avrebbe potuto passare il resto della notte a leggere bilanci. Niente ammazzava un'erezione come i fogli di calcolo. Lo sapeva; erano stati la sua principale fonte di materiale di lettura negli ultimi mesi, mentre cercava di capire il suo futuro, e anche se non aveva una ragazza per cui struggersi — perché aveva una moglie, una che aveva cercato di cancellare dai suoi pensieri — a volte il suo corpo esigeva attenzione.

Almeno non aveva ceduto comprandosi una lozione per le mani alla campanula per risolvere il problema. Principalmente perché avrebbe creato un problema più grande. Sia letteralmente che metaforicamente.

Un po' come quello che stava ricominciando a succedere nei suoi pantaloncini.

Maledizione.

«Oh, ho, uh...» Fece scivolare gli occhiali tra i capelli, tirando indietro la cascata dorata dal viso.

Cavolo, Juliet era bella. Di una bellezza naturale. Come la maggior parte delle donne, si truccava, ma a differenza della maggior parte delle donne, non ne aveva bisogno. Era altrettanto bella senza. Certo, le sue labbra e le sue guance erano un po' più pallide, ma questo faceva risaltare ancora di più i suoi occhi blu. Aveva sempre amato perdersi nei suoi occhi.

Distolse lo sguardo e guardò fuori dalla finestra.

Grosso errore. Era buio. Un bozzolo di nero che li avvolgeva lì, insieme in quella casa.

Deglutì. A fatica.

«Affaticamento degli occhi per tutte le scartoffie e il lavoro al computer. Trovo che mi aiutino quando sono stanca. Mi danno meno prurito agli occhi.»

«Ah. Bene. Ha senso.» Almeno qualcosa ce l'aveva. «A proposito di stanchezza...» Indicò la porta della sua stanza. «Notte.»

Era abbastanza sicuro di aver sentito un «Buonanotte» mentre raggiungeva la sua stanza, ma il cuore gli batteva troppo forte, il sangue gli scorreva troppo rumorosamente nelle vene per esserne certo. E quella era una buona cosa. Perché, in qualunque modo la guardasse, essere nella stessa casa — specialmente se erano ai lati opposti — non costituiva affatto una buona notte, secondo lui.

Juliet chiuse il libro. Comunque non ne stava leggendo le parole. Ci aveva provato, ma la verità era che lo stava ascoltando nel suo bagno. Aveva sentito il rumore degli anelli che scorrevano sul bastone della tenda della doccia. Sentito il cigolio del rubinetto mentre apriva l'acqua. Sentito lui che rimetteva a posto la tenda e sentito il cambiamento nel getto dell'acqua quando si era messo sotto il soffione.

E poi la sua immaginazione si era scatenata. E lei glielo aveva permesso.

Sebbene ricordasse molto bene come fosse Tanner nudo, quel piccolo spettacolo di una settimana e mezza prima non aveva fatto altro che affinare i ricordi. Metterli a punto. Perfezionarli. In un proiettile perfetto per trafiggerle il cuore.

La gattina si stiracchiò contro le sue cosce, i suoi piccoli proiettili che si conficcavano nella carne di Juliet, facendo un ottimo lavoro nel tirarla fuori dal suo torpore indotto dagli ormoni.

«Cosa vuoi, piccola?» Sollevò la gattina e strofinò il suo naso contro quello di lei, poi la accoccolò nell'incavo del suo collo. Sapeva cosa voleva quella gattina; la stessa cosa che voleva lei: qualcuno con cui rannicchiarsi stanotte. Sentirsi al sicuro. Sentirsi amata.

Sospirando, spinse via il tavolino e poi spense la TV. Di solito teneva la televisione accesa come rumore di sottofondo, ma il telegiornale era troppo deprimente. Dio solo sapeva che non aveva bisogno di altre cose deprimenti nella sua vita. La morte di Keegan, la malattia della nonna e la fine del suo matrimonio erano il suo tris di sventure. Tre colpi e al tappeto. Da quel momento in poi, le cose potevano solo migliorare.

Ma poi suonò il campanello.

Capitolo Tredici

«Ehi, Juliet! Che bello vederti!». Delia, un'ex cheerleader, seconda classificata come reginetta del ballo di fine anno e la ragazza che Tanner aveva definito "un'aspirante Juliet" per tutti i dodici anni che avevano passato insieme a scuola, la salutò con la mano dal portico di casa, poi le si avvicinò e le diede un abbraccio come se l'ultima volta che si erano viste fosse stato qualche giorno prima, invece di oltre un decennio.

Perché Juliet aveva la sensazione che quella visita improvvisata, subito dopo il ritorno di Tanner in città, non fosse una coincidenza?

«Ciao, Delia. Cosa posso fare per te?».

«Beh, sai com'è». Delia assunse la sua posa saltellante, incrociò le braccia e piegò un fianco di lato. «Stasera un gruppo di noi era fuori a cena, parlavamo dei tempi della scuola, e qualcuno ha detto di aver sentito che Tanner era in città, e ho pensato, visto che comunque passavo vicino a casa tua per tornare a casa, di fare un salto e vedere come stavate voi due. Per quanto foste in vista al liceo, siete diventati dei veri e propri eremiti da quando ci siamo diplomati. Sarai pure pronta a condividerlo con il mondo, dopo tutto questo tempo, no?». Sorrise e le fece l'occhiolino, fingendo che fossero le migliori amiche del mondo e che avesse il diritto di dire quelle cose. Ma anche se fosse stato tutto vero, Delia era l'ultima persona a cui Juliet avrebbe spiattellato i dettagli del suo matrimonio.

«Adesso gestisco l'azienda di mio padre, quindi questo mi porta via la maggior parte del tempo. E anche Tanner è impegnato. Viaggia ancora molto».

«Beh, dev'essere una bella scocciatura per te. Finalmente non dovete più vedervi di nascosto, e ora lui è da un'altra parte del paese. La vita è una stronza, eh?».

Di sicuro Delia lo era. La donna stava pescando a strascico, in cerca di scandali. Juliet non aveva la benché minima intenzione di dargliene. Aveva lavorato sodo per mantenere in piedi la storia della loro relazione felice tra le persone che la conoscevano meglio, quindi di certo non avrebbe mandato tutto all'aria con qualcuno che voleva solo spettegolare su di lei. Se solo Delia avesse fiutato la verità, sarebbe finito tutto in un istante.

«È un gioco di equilibri, ma siamo riusciti a farlo funzionare». Se così si poteva definire.

«Beh, dov'è quel gran pezzo di fusto di tuo marito? Caspita, non gli metto gli occhi addosso dal giorno in cui vi siete sposati».

Delia aveva sempre voluto mettere addosso a Tanner molto più dei suoi occhi. Era la barracuda per eccellenza in un mare di pericoli di cui Juliet si era dovuta preoccupare.

O di cui *non* si sarebbe dovuta preoccupare, se avesse creduto a Tanner a quei tempi. Ma lui non sapeva come fossero le ragazze come Delia. E le sue complici, Savannah, Jamison e Kiley. Loro quattro erano come Medusa, senza i capelli inquietanti. Ma avevano tentacoli in ogni direzione: viscidi e striscianti sensori di pettegolezzi che non sarebbero mai scomparsi.

Eppure, adesso, *forse* poteva tornare utile... «Tanner è a letto. Dorme».

«Oh, sei sicura di non volerlo svegliare?». Delia mise un'enfasi particolare su *svegliare*, come se stessero parlando della conquista di qualcuno e non del marito di Juliet.

Marito.

Era così strano pensare a quella parola in relazione a lui, ora che era lì. A casa sua. Nella sua vita.

Ma era proprio quello. Suo marito.

Uno da cui Delia doveva tenere lontane le sue grinfie avide da arrampicatrice sociale e scostumata.

«Non ora, Delia. È atterrato stamattina ed è piuttosto stanco».

Il sorriso sul volto di Delia si incrinò appena, ma Juliet se ne accorse.

Un'altra cosa che quei concorsi di bellezza le avevano insegnato: dietro ogni bel sorriso si celavano gli occhi di una vipera in attesa di un momento di debolezza per colpire. Juliet non aveva intenzione di farsi mordere.

Almeno, non da Delia. Tanner, d'altra parte...

«Tesoro?».

Parli del diavolo.

«Chi c'è?».

La testa di Juliet scattò così velocemente che fu una fortuna che Delia non fosse più così vicina come prima, altrimenti i suoi capelli le avrebbero dato una bella sberla in faccia. «Tanner?».

«Doveva starti aspettando, Juliet», mormorò Delia, caricando la frase di tutte le allusioni e le insinuazioni legalmente consentite nello stato senza essere considerata volgare.

Se solo quello che Delia stava pensando fosse stato vero...

«È, ehm, Delia. Magellan. Del liceo. Te la ricordi?». Juliet voleva fargli una specie di segnale per ricordargli la loro storia di copertura, ma sentiva gli occhi di Delia addosso come quelli di un falco.

Sì, Delia era venuta a pesca.

Tanner sbadigliò mentre le si avvicinava, la maglietta che aderiva a un paio di spalle magnifiche... e pettorali... e addominali, e i pantaloncini molto bassi sui fianchi.

Si appoggiò allo stipite della porta e posò la mano sull'altro lato, coprendole di fatto le spalle sia in senso letterale che figurato.

«Ciao, Delia. Piacere di rivederti».

«Beh, di sicuro è un piacere rivedere anche te, Tanner».

A Juliet venne da vomitare per le ondate di estrogeni che emanavano da Delia. Era esattamente quello che aveva temuto tutti quegli anni prima e, tra due mesi, lui sarebbe stato una preda facile per donne come Delia. E forse *persino* per Delia.

A quel pensiero ebbe un conato di vomito.

«Cosa ti porta qui a quest'ora di notte?».

«*Quest'*ora? Ma dai, Tanner Wentworth, ricordo quando le dieci di sera per te erano l'ora di inizio. Subito fuori dai blocchi di partenza come un cavallo da corsa al Kentucky Derby».

Juliet dovette sturarsi le orecchie. Che cos'era quel marcato accento del sud? Da quando Delia parlava come Rossella O'Hara?

«Quelli erano i tempi in cui non avevo responsabilità. Ora io e Juliet siamo così impegnati con le aziende che dobbiamo andare a letto presto. Dormire un po', sai?».

Il suo braccio le scivolò intorno alla vita, rigirando l'insinuazione a Delia, perché *dormire* non era quello di cui stava parlando.

Al diavolo, quella frase le scatenò un putiferio di farfalle nello stomaco. Desiderava così tanto fare ciò che lui aveva appena lasciato intendere; avrebbe cacciato Delia giù dal portico così in fretta che la ragazza sarebbe stata contenta di aver imparato a cadere durante gli allenamenti di cheerleader.

Delia li stava guardando come se non ci credesse. Così Juliet le passò un braccio intorno alla vita.

Dovette trattenersi per non svenire, però. Sul serio, le ginocchia quasi le cedettero quando lo toccò. Tutti quei muscoli duri e nervosi sotto il palmo della mano e contro l'avambraccio. E premuti contro il lato del suo seno. Dio, Tanner era meraviglioso come sempre e la uccideva sapere che avrebbe dovuto lasciarlo andare non appena Delia se ne fosse andata.

«Oh, beh, allora credo che andrò. Non vorrei che voi due piccioncini vi perdiate tutto quel, ehm, sonno. Ma volevo dirvi che alcuni della squadra di football e delle cheerleader si riuniranno domani per un barbecue alle tre e non accetteremo un no come risposta. Dovete venire. Nessuno vi vede da anni e vogliamo recuperare il tempo perduto».

Volevano qualcosa, questo era certo...

Juliet tenne la bocca chiusa. In realtà non le sarebbe dispiaciuto andarci con Tanner. Essere lì come una coppia. Mantenere viva l'immagine. Ma questo perché voleva che fosse la realtà. Tanner, che non lo voleva, avrebbe potuto avere altre idee.

«Dobbiamo vedere, Delia. La nonna di Juliet è malata, quindi in questi giorni non facciamo piani precisi. Diciamo che navighiamo a vista».

Delia, maledizione, squadrò i pantaloni di Tanner. Beh, i suoi pantaloncini. Che gli mettevano in mostra le cosce e, se aveva mantenuto le sue vecchie abitudini, sotto non portava niente.

Il pensiero fece vacillare le gambe di Juliet più di quanto non facesse il braccio di lui sulle sue spalle.

«Beh, lascia che ti dia il mio biglietto da visita così sapete dove trovarci. Ci troviamo a casa mia. Il patio sul retro è delizioso. Il mio ex marito era un paesaggista».

Quale ex marito?, avrebbe voluto chiedere Juliet. Era risaputo che Delia avesse l'abitudine di fare buoni matrimoni. Era andata all'università per prendere una "laurea in matrimonio" e ne aveva ottenute due.

Tanner non sarebbe stato il numero tre. Se fosse stata l'ultima cosa che Juliet avesse fatto, se ne sarebbe assicurata.

Tanner prese il biglietto di Delia con la mano che non era incollata alla vita di lei. Senza guardare l'indirizzo, glielo porse.

Juliet resistette all'impulso di appallottolare il biglietto. Dopotutto, voleva andare alla festa, perché se il solo vedere Delia poteva fargli mettere un braccio intorno a lei, chissà cosa avrebbe ottenuto da un gruppo di vecchi amici che parlava con loro.

La mano di Tanner si staccò dalla sua vita nel momento in cui chiuse la porta a Delia. «Allora, che ne dici di andare a quella festa?».

Certo che sì, e possiamo andare anche subito? «Pensavo che volessi vedere tutti».

«Infatti. Sono anni che non penso a Sean, a J.D. o a Tank. Ma ho chiesto a te cosa ne pensi di andarci».

«Oh. Beh, allora certo che mi piacerebbe». Con una certa trepidazione. «Ma cosa diremo, Tanner? Riguardo a noi?».

«Esattamente quello che hai detto finora. Ma dovremo attenerci il più possibile alla verità. Che perdere Keegan è stato difficile e che abbiamo avuto delle questioni da risolvere. Non credo che faranno domande più dirette dopo una cosa del genere».

Probabilmente no, visto che lui sarebbe stato con lei. Prima? Tutti avevano voluto sapere dov'era e cosa stesse facendo. Perché non si era fatto vivo.

«Cosa gli hai detto che dovrei sapere?».

Juliet cercò di ricordare le storie di copertura. «Che avevi un sacco di viaggi di lavoro a Napa e Las Vegas».

«Non hanno chiesto perché non lavorassi per tuo padre?».

«Sì, e ho detto loro che volevi costruirti un curriculum da solo e che si erano presentate altre opportunità, così sono subentrata io per aiutare papà».

«Plausibile, immagino. E cosa gli hai detto che facevo?».

«Import-export. Era l'unica cosa a cui ho potuto pensare che ti avrebbe fatto viaggiare così tanto e di cui non si sarebbero aspettati che conoscessi i dettagli. E dato che studiavo all'università e imparavo a gestire l'azienda di papà, la cosa sembrò placarli. Insomma, quanto potevo saperne di due aziende diverse, no?». Era tornato utile che tutti la ritenessero una bionda svampita. Non lo era, in realtà non lo era *ora*, ma prima la sua più grande aspirazione era stata essere la moglie di Tanner e lo sapevano tutti. Li aveva sconvolti abbastanza con l'idea che non solo sarebbe andata all'università, ma avrebbe anche preso un master, e questo aveva impedito loro di fare troppe domande su Tanner.

«E ora mi occupo di compravendita di terreni». Tanner si grattò la mascella. «Sì, posso farla funzionare. Dirò che ho trovato un'opportunità e mi sono buttato in quella direzione». Si staccò dal muro e allungò le braccia sopra la testa, sollevando il bordo della maglietta di qualche centimetro per rivelare quella tartaruga che si ritrovava al posto dello stomaco. «Beh, speriamo di non avere altre visite a sorpresa. Ho davvero bisogno di dormire un po'». Abbassò le braccia. «Buonanotte, Juliet».

Dovette leccarsi le labbra prima di rispondere, perché tutto quello stiracchiarsi... Wow. Semplicemente... wow. «Buonanotte, Tanner».

Sì, lo guardò mentre tornava in camera sua. E, sì, desiderò di andare con lui.

Espirando, si assicurò che la porta d'ingresso fosse chiusa a chiave, spense la luce del portico, prese il gattino dalla sedia, ma poi si rese conto che avrebbe dovuto spostare la lettiera nella sua stanza, così la piccola Houdini non avrebbe dovuto girovagare per casa mentre lei dormiva. L'ultima cosa di cui aveva bisogno era dover cercare il gattino e imbattersi in Tanner nel cuore della notte, con addosso i pantaloncini striminziti e la maglietta che costituivano il suo pigiama.

Che, ovviamente, fu esattamente ciò che accadde.

Ok, non era il cuore della notte e lei non era ancora in pigiama, ma quando uscì dalla lavanderia, con la lettiera sotto un braccio e il gattino sotto l'altro, Tanner stava svoltando l'angolo dalla cucina con un bicchiere d'acqua in mano e, beh...

La lettiera cadde a terra, spargendo pezzetti croccanti di sabbietta che, per fortuna, non erano ancora stati usati, seguita a ruota dal bicchiere d'acqua, che andò in frantumi, e il gattino riuscì a saltarle dalle braccia e a sfrecciare in soggiorno senza finire sul disastro, evitando almeno una catastrofe.

«Maledizione!». Juliet avrebbe voluto pestare i piedi, ma non lo fece, essendo scalza, e Dio solo sapeva dove fossero finiti i frammenti di vetro. Tutto ciò che voleva era entrare in camera sua e stare lontana da Tanner, e invece gli era letteralmente finita addosso.

«Non muoverti». Tanner alzò le mani. «Vado a prendere qualcosa per pulire».

«Stai attento a dove metti i piedi».

«Ho le ciabatte. Starò bene. Dov'è la scopa?».

«Nella dispensa, a sinistra del frigo. La paletta è appesa all'interno della porta». Si sporse in avanti per accendere la luce sull'angolo del muro. «Attento agli occhi».

Avrebbe dovuto stare attenta ai suoi. Lui si era tolto la maglietta.

L'aveva già visto così — in particolare una settimana prima — ma niente poteva prepararla a un Tanner seminudo in casa sua, di notte, a un metro da lei, con i capelli tutti scompigliati come se ci fosse passato le dita troppe volte.

O come se lo avesse fatto qualcun altro.

No. Aveva detto di essere stato fedele ai suoi voti, e se c'era una cosa che aveva imparato dal caos del loro passato, era che poteva fidarsi di Tanner.

«Stai bene?». Tanner tornò dietro l'angolo, scopa e paletta in mano, con un aspetto troppo bello per essere un domestico. «Niente schegge sui piedi?».

«Non sento niente». Non che ci stesse pensando, in effetti. Non con lui che spazzava via il casino, con i muscoli delle braccia e delle spalle che si flettevano piacevolmente.

«Ok, non muoverti. Ti passo la scopa sui piedi».

«Non ci penso nemmeno». Appoggiò il palmo della mano al muro e ridacchiò un po' quando le setole le sfiorarono la pelle.

«Ancora il solletico, eh?». Inclinò la testa per guardarla, quel suo sorriso che le provocava sconquassi interiori.

«Non credo che si smetta mai di soffrire il solletico».

La fissò per un battito di cuore o due, sbattendo un paio di volte le palpebre prima di distogliere lo sguardo, e lei seppe che stava ricordando la stessa cosa che ricordava lei. Una notte, dopo che i suoi genitori erano usciti, l'aveva invitata a casa sua, e si erano messi d'impegno per scoprire le zone del solletico l'uno dell'altra, scoprendo nel frattempo anche parecchie zone erogene.

Grazie a Dio i suoi genitori erano rimasti fuori per ore e suo padre aveva pensato che lei fosse da Tricia. Tricia era stata il suo alibi in così tante occasioni.

Aveva pianto quasi altrettanto forte quando Tricia e suo marito si erano trasferiti in North Dakota — tra tutti i posti possibili — di quando Tanner l'aveva lasciata su quell'aereo, perché era un'altra persona che amava che la stava lasciando.

Si schiarì la gola e si stampò un sorriso in faccia. Non avrebbe pensato alle persone che perdeva. Tanner era lì adesso e non voleva essere un disastro emotivo di fronte a lui, o sarebbe stato felice di liberarsi di lei. No, doveva essere la Juliet solare, spumeggiante, divertente e felice che lui aveva conosciuto prima che lei iniziasse a prendere decisioni sbagliate. Ben intenzionate, ma decisamente sconsiderate. *Quella* Juliet era una di cui lui avrebbe potuto innamorarsi di nuovo.

Anche lui si schiarì la gola, poi si accovacciò per raccogliere il disastro nella paletta. «Lascia che svuoti questa e dia un'altra spazzata prima che ti muova. Hai un paio di ciabatte che posso prenderti?».

«Nell'armadio della mia camera. Lato destro. Sono viola».

Le sorrise. «Certo che lo sono».

Lei ricambiò il sorriso, la loro battuta ricorrente che li metteva sulla stessa lunghezza d'onda.

Entrò in cucina per svuotare la paletta nella spazzatura, poi tornò, dando una rapida spazzata al pavimento. Appoggiò la paletta sul bancone della cucina. «Non muoverti. Torno subito».

«Non ci penso nemmeno». Principalmente perché poteva godersi la vista di lui che si allontanava.

Quei pantaloncini facevano un effetto molto piacevole sul suo fondoschiena. O forse era il suo fondoschiena a fare un effetto molto piacevole su quei pantaloncini. In ogni caso, non le sarebbe dispiaciuto toglierglieli e mettere le mani sul suo sedere.

I palmi delle mani le formicolarono al solo pensiero, e Juliet scosse la testa. Sette anni di celibato e il ragazzo dei suoi sogni era seminudo in casa sua e—

«Trovate». Sollevò le sue stupide ciabatte, quelle con le tiare sulle punte che Nana l'aveva costretta a comprare quando le aveva viste pubblicizzate in televisione. Visto che avevano reso felice Nana, Juliet le aveva comprate.

E con Tanner ai suoi piedi, che gliele infilava come il Principe Azzurro, resero felice anche lei.

«Non c'è bisogno di pulire anche un lago di sangue». Le diede un colpetto sulla caviglia e le posò il piede sul pavimento. «Ora puoi andare a cercare il tuo gattino. Riempirò io la lettiera. Immagino che la stessi portando in camera tua, no?».

«Sì. Non volevo che di notte ti desse fastidio gironzolando».

«Sì, questo fastidio è stato molto meglio». Il suo sorriso tolse l'amaro dalle sue parole mentre si rialzava spingendo sulle cosce per mettersi di fronte a lei.

Proprio di fronte a lei.

Il tempo si fermò. E anche il suo respiro.

Il suo cuore, tuttavia, le rimbombava nelle orecchie.

Era così vicino. Troppo vicino — no, non abbastanza. Non così vicino da poterlo stringere tra le braccia, premerlo contro di sé e baciarlo fino a far cedere le ginocchia a entrambi.

Cosa che le sue minacciavano di fare.

«Juliet...». La sua mano si sollevò e per un secondo — un breve, speranzoso secondo — lei pensò che le avrebbe preso il viso tra le mani e l'avrebbe attirata a sé per quel bacio.

Invece, la sua mano ricadde lungo il fianco, i bicipiti che si contraevano come se avesse stretto i pugni, e fece un passo indietro.

E un altro.

«Vai a letto, Juliet. Adesso».

Vai a letto. Non *vieni* a letto. Quella singola parola faceva tutta la differenza.

Si schiarì la gola — di nuovo. «Buonanotte, Tanner». Lo aggirò, attenta a non sfiorare nemmeno un pelo del suo avambraccio, poi si ricordò che le serviva la lettiera. «La lettiera—»

Borbottò qualcosa a mezza voce. Probabilmente "merda" o "dannazione".

«Te la porto io. Vai. Trova il gattino».

Corse in camera sua e accese la luce, guardandosi intorno in cerca di... cosa? Cosa doveva trovare? Oh, il gattino. Giusto.

«Vieni qui, tesoro». Socchiuse la porta dietro di sé, per non far scappare il gattino. Già era abbastanza brutto dover affrontare di nuovo Tanner per la lettiera; non aveva bisogno di farlo anche inseguendo il gattino. Con la sua fortuna, il micio si sarebbe infilato nella stanza *di lui*, e questo avrebbe dato il via a un'altra serie di fantasie che non voleva avere.

«Vieni, micio». Juliet si mise a quattro zampe per guardare sotto il letto.

No. Non era lì. Fantastico, un altro numero di sparizione. Il gattino si era scelto il nome da solo: Houdini.

Juliet aprì l'armadio, spostò le scarpe. Il gattino era così piccolo che avrebbe potuto infilarsi in una di esse.

Poi sentì un fruscio dietro di sé e si voltò. Eccolo lì, il piccolo mago della fuga, che camminava lungo la testiera del letto, le zampette che spostavano libri e riviste.

Juliet si alzò in piedi, poi si lasciò cadere sul letto, allungando una mano verso di lui. «Vieni qui, cosino carino». Lo prese e si strusciò la guancia contro la sua mentre si girava—

Tanner era sulla soglia della porta con un'espressione sul volto...

Balzò giù dal letto, poi si rimproverò. Avrebbe dovuto rimanere lì. Tentarlo.

«Ecco la lettiera». Sollevò la scatola, la sua voce piatta. Monotona. Tesa. Non da lui.

Forse *l'aveva* tentato...

«Ehm, grazie. Appoggiala pure. Troverò un posto dove metterla».

Lo fece. Poi si rialzò, fissandola, e se Juliet non fosse stata decisa a non lasciare che la speranza si mettesse in mezzo alla realtà, avrebbe giurato di vedere un fuoco nei suoi occhi.

Come ricordava bene quel fuoco. Ci aveva pensato ogni giorno negli ultimi sette anni.

«Buonanotte».

Era la terza volta che glielo diceva, ma non significava che sarebbe stata una buona notte.

Perché Tanner stava tornando nella sua stanza e lei sarebbe rimasta sola nella sua.

Capitolo Quattordici

Tanner aprì gli occhi di scatto, la luce del sole lo costrinse a strizzarli.

Se li strofinò, facendo sparire le macchie, poi si guardò intorno.

Grazie a Gesù, era ancora nel suo letto.

Beh, il suo letto a casa di Juliet.

Tanner passò le mani sulle lenzuola. Afferrò il bordo del materasso.

Si passò una mano sul basso addome.

Indossava ancora i pantaloncini.

Grazie a Dio. Quel sogno che aveva fatto era stato solo quello: un sogno.

La sua mano scese più in basso e trovò…

Okay, era stato un sogno bagnato, ma pur sempre un sogno.

Ma, dannazione, perché doveva sognare di fare l'amore con Juliet?

Scosse la testa, poi si guardò intorno nella stanza. Come avrebbe potuto *non* sognare Juliet? Stava nella sua maledetta casa, per l'amor di Dio, e la stanza era impregnata di lei. Diavolo, le dannate lenzuola odoravano di lei. Ed era solo a pochi passi dalla sua camera da letto.

Era stato nella sua stanza la notte prima e c'era voluta ogni briciola di forza d'animo che aveva in corpo per andarsene. Era spaparanzata sul letto, con i capelli tutti in disordine — proprio come piacevano a lui — le sue gambe — santo cielo, le sue gambe — abbastanza divaricate da riportarlo in un istante a un ricordo perfetto di tutte le volte che l'aveva presa in quel modo…

Dannazione. Si stava indurendo di nuovo. Non faceva un sogno bagnato da anni, e la sua prima notte sotto lo stesso tetto con lei, ne aveva fatto uno. Sarebbe stato molto più difficile di quanto avesse pensato, perché era facile dimenticare di essere arrabbiato con lei quando non cercava di raggirarlo.

E se invece volesse giocare con *te?*

Si mise a sedere. Doveva alzarsi subito da quel letto.

E aveva bisogno di un'altra dannata doccia. Dopo aver riparato il soffione.

Afferrò la maglietta che avrebbe dovuto tenere addosso dopo essere andato a letto, ma non si era aspettato di trovarla in piedi nel corridoio proprio fuori dalla sua stanza quando era andato a prendere un bicchiere d'acqua. E poi, be', lei era lì e lui aveva fatto quel commento sul solletico e, insomma... Diavolo. C'erano così tanti ricordi intrecciati con Juliet che era inevitabile inciampare in almeno uno di essi con un'osservazione innocente.

Afferrò l'asciugamano, se lo mise sull'avambraccio e lo incrociò davanti a sé nel caso la sua piccola "emissione notturna" avesse lasciato una macchia rivelatrice.

Alla fine, non ce n'era stato bisogno. Juliet gli aveva lasciato un biglietto sul tavolo della sala da pranzo.

Tanner,

sono dovuta correre in ufficio per un po'. Il gattino è nella lavanderia con la lettiera. Serviti pure di qualsiasi cosa in cucina. La piastra è nel pensile a destra dei fornelli. Ricordo che ti piacevano i pancake. Dovrei essere a casa verso le due se vuoi ancora andare da Delia.

~Juliet

In effetti gli piacevano i pancake. Ermalinda aveva dato loro diverse lezioni di cucina in preparazione al loro matrimonio — il primo — e i pancake erano stati la sua cosa preferita. I suoi con banana e gocce di cioccolato erano i suoi preferiti. E Juliet aveva tutti gli ingredienti.

Si diede una pacca sugli addominali quando si sedette a tavola dopo la doccia e dopo essersi preparato la colazione con un contorno di pancetta e pesche a fette. Meno male che non avrebbe ballato per un po', anche se rimettersi in forma sarebbe stato un casino.

Probabilmente avrebbe dovuto fare qualche esercizio per tenersi in forma.

Aprì il giornale che Juliet aveva lasciato sul tavolo e cercò una palestra locale. La prima cosa da fare sarebbe stata farsi un abbonamento.

Stai mettendo radici, Wentworth?

Si appoggiò allo schienale. No, non le stava mettendo, ma doveva ammettere che tutto quello scenario era un po' troppo perfetto. Il suo cibo preferito, il giornale, il bigliettino di Juliet... Decisamente troppo addomesticato per i suoi gusti.

O meglio... no. All'epoca l'aveva voluta, una vita addomesticata. A dire il vero, non gli sarebbe dispiaciuta nemmeno adesso. Ma non con lei. Non poteva fidarsi di lei e senza fiducia, non avevano niente.

Come tutto questo, per esempio. Stava cercando di raggirarlo? Di apparecchiare la tavola per mostrargli che tra loro avrebbe potuto funzionare?

Lasciò andare il giornale. Odiava tutto ciò. Odiava non potersi fidare di lei nemmeno per le cose più semplici. Quella era la donna con cui una volta aveva pensato — sperato, era stato entusiasta di — passare la vita, e ora non poteva fidarsi di lei nemmeno per la colazione.

Faceva schifo. Una volta l'aveva amata. Incredibilmente tanto.

Il pensiero gli strinse il cuore, una sensazione che conosceva fin troppo bene e che non voleva più provare. Non più. Lui e Juliet erano acqua passata. Appartenevano al passato.

Tranne per il fatto che oggi al barbecue di Delia avrebbe dovuto fingere il contrario.

Quella stretta al cuore si allentò. Il che lo spaventò più di quanto volesse ammettere.

* * *

Juliet sfoggiò il suo sorriso da reginetta di bellezza in modo così realistico che Tanner l'avrebbe creduto autentico se non l'avesse conosciuta così bene.

Anche se... la conosceva *davvero*? La Juliet che si era lasciato alle spalle non aveva alcuna intenzione o desiderio di andare al college. Tutto ciò che voleva era sposarsi e avere dei bambini. Cucinare la sua cena, scaldare il suo letto e crescere i suoi figli. A essere onesti, anche lui voleva che lei facesse quelle cose. Non l'aveva mai immaginata dietro una scrivania, a presiedere riunioni o a gestire l'azienda di suo padre.

Eppure, quando era rientrata all'una e mezza, era rimasto folgorato dalla donna d'affari in gonna attillata e camicetta rosa pallido, professionale ma terribilmente sexy.

Si era tolta i tacchi mentre entrava nella sua stanza, facendogli rivivere in un flashback la notte in cui lei, membro del comitato studentesco, lo aveva trascinato con sé per aiutarla a cercare delle location per il ballo di fine anno. Era stata un'altra di quelle notti in cui i suoi genitori erano usciti — a giocare d'azzardo, come sapeva ora, ma all'epoca non gliene sarebbe potuto importare di meno purché non tornassero a casa per un po' — e lui e Juliet erano finiti a casa sua, dove lei aveva inscenato un grande spogliarello per lui fino alla sua camera, lanciandogli il vestito sulla spalla, drappeggiando le mutandine sullo schienale del divano e il reggiseno sulla maniglia della porta della sua camera da letto. I tacchi erano stati la prima cosa a volare via.

«Tesoro, ti andrebbe un'altra birra?»

Scacciò quel ricordo e si guardò intorno nel giardino di Delia prima di abbassare lo sguardo su Juliet, in piedi accanto a lui, bella come sempre nel suo prendisole a righe blu e bianche.

Il colore risaltava i suoi occhi blu che non contenevano la minima traccia di sotterfugio. Nessuno avrebbe sospettato che quel *tesoro* non fosse sincero, non più di quanto lo fosse quello che disse lui subito dopo.

«Certo, tesoro. Ne vorrei un'altra, grazie.»

Be', okay, in realtà un'altra birra l'avrebbe voluta, ma quel *tesoro*...

La cosa spaventosa era quanto fosse facile ricadere nelle loro vecchie abitudini, come se gli ultimi undici anni non fossero mai esistiti.

«Cavolo, amico, avrei pensato che tu e Juliet vi foste un po' raffreddati, ma quelle scintille volano ancora, eh?» Tank, suo compagno di squadra dei tempi gloriosi del football, lo urtò con la spalla mentre Juliet si dirigeva verso la cucina in muratura all'aperto nella pool house di Delia. «Sei un figlio di puttana fortunato. Vorrei provare ancora per mia moglie quello che provi tu per la tua.»

Tanner mantenne quel dannato sorriso stampato in faccia mentre si portava alle labbra l'ultimo sorso di birra. Non aveva la minima idea di come rispondere.

«Allora.» Tank si scrocchiò il collo, da una parte e poi dall'altra, poi roteò le spalle mentre guardava il culo di Candy Simpson che passava. Certe cose non cambiavano mai, specialmente il fatto che Candy Simpson ancheggiava tanto ora quanto allora. Nessuna sorpresa che la donna fosse a caccia del quarto marito.

Tank si schiarì la gola, poi tornò a guardare Tanner. «Quest'anno ho gli abbonamenti per i Cowboys. Magari possiamo andare a vedere un paio di partite. Che ne dici?»

Tanner aveva sempre amato i Cowboys, ma non sarebbe stato lì per la stagione di football. Nessun altro doveva saperlo, per ora. «Sì, facciamolo.»

«Hai intenzione di restare in città più spesso adesso? A me e a Sara piacerebbe molto invitarvi a casa, te e Juliet.»

Potevano anche dargli una pala e lasciarlo scavare la sua fossa. Vedeva cosa intendeva Juliet con il dover salvare le apparenze. Non poteva vuotare il sacco adesso. Non sapeva cosa avrebbe fatto Juliet quando lui se ne fosse andato e lei avesse dovuto ammettere quello che avevano fatto.

Forse avrebbe semplicemente detto che avevano divorziato, chiudendo così la questione. Con il tasso di divorzi del paese, non sarebbe stato difficile da credere, se non fosse che Tank vedeva scintille dove non ce n'erano.

O, be'... Un momento. Le scintille c'erano ancora, solo che la logica dietro di esse non aveva più senso.

«Ho sentito il mio nome?» Sara, la moglie di Tank, si avvicinò al marito e gli cinse la vita con un braccio, la sua pancia incinta che faceva un'entrata ancora più plateale.

Dio, aveva amato quando Juliet era incinta. Aveva amato sentire Keegan scalciare dentro di lei. Aveva amato l'effetto che la gravidanza aveva avuto sul suo seno—

Merda. I suoi pensieri non dovevano assolutamente andare in quella direzione.

«Salve. Sono Sara.» La moglie di Tank gli porse la mano.

«Tanner Wentworth. Piacere di conoscerla.» Le strinse la mano, sollevato nel sentire che la sua voce non tremava. Con gli anni era diventato più bravo a mascherare le sue emozioni davanti a donne incinte.

Juliet, tuttavia, non sembrava esserlo. Si avvicinò a loro prima che la gravidanza di Sara le saltasse all'occhio, e Tanner seppe l'esatto istante in cui accadde.

«Juliet, tesoro.» Doveva coprirla. Niente era peggio della pietà. «Questa è Sara. La moglie di Tank.»

«Ah, sì. Ricordo. Ci siamo conosciute l'estate scorsa, credo.» Juliet gli porse la birra e si stampò in faccia quel sorriso da reginetta di bellezza così in fretta che l'unico motivo per cui lui vide l'angoscia nei suoi occhi fu perché la conosceva così bene.

«All'addio al nubilato di Maryellen?»

«Credo fosse alla festa di laurea di Tim Jackson. Per il suo master?»

«Oh, giusto. Esatto. L'avevo dimenticato. Troppe feste, e ora con tutti questi ormoni che mi circolano in corpo...» Sara si accarezzò la pancia. «Sarò contenta quando nascerà e questa sindrome da cervello di placenta sparirà.»

«Cervello di placenta?» Juliet inclinò la testa.

Tank sospirò e mise un braccio intorno alle spalle della moglie. «Sara è convinta che la sua smemorataggine sia dovuta al fatto che è incinta. Dice che sua madre le ha detto che una volta che resti incinta, il cervello ti va in pappa.»

Tanner avrebbe dato qualsiasi cosa per cambiare argomento, ma non sapeva come. Sara e Tank erano ovviamente molto felici per l'imminente nascita — e chi poteva biasimarli — ma faceva così dannatamente male. E sentiva Juliet irrigidirsi sotto il suo palmo quando le mise un braccio intorno alle spalle.

«Oh, sta' zitto, Tank. Non farmi passare per una stupida. Tutti sanno che le donne incinte sono un po' smemorate. È quello che succede quando stai facendo crescere una persona dentro di te. Voi avete figli?» chiese con finta innocenza a Juliet.

Sentì il respiro che Juliet trattenne. Sentì le sue spalle irrigidirsi.

E fu orgoglioso da morire della fermezza della sua voce quando rispose.

«Non ancora, no. Ma non vediamo l'ora.»

Era la cosa perfetta da dire. Se avesse detto *no*, come faceva spesso lui, ci sarebbero stati i commenti del tipo "Oh, non sapete cosa vi perdete", e se avesse confessato la perdita di Keegan, be', sarebbe stato imbarazzante per tutti. Dire che non vedevano l'ora un giorno era un terreno comune e nessuno se la prendeva mai.

Ma sentiva quanto costasse a Juliet fingersi così disinvolta. La sua schiena era rigida come lo era stato lui quella mattina.

Probabilmente non era un buon paragone da fare.

Ovviamente Delia scelse quel momento per farsi viva. «Ciao a tutti. Vi state divertendo?»

«Da matti.» Tanner tracannò metà della sua birra.

«Ehi, Tanner Wentworth, è sarcasmo quello che sento? Sei sempre stato il re delle battute pronte, vero?»

«Davvero?» Bevve un altro sorso. Avrebbero dovuto arrivare in ritardo. Aspettare che tutti gli altri arrivassero — in realtà, era quello che avevano pianificato, ma Delia aveva "accidentalmente" detto loro l'orario sbagliato, visto che la festa iniziava alle quattro e mezza. Grazie a Dio anche Tank e J.D. erano arrivati in anticipo, così avevano avuto qualcuno con cui parlare oltre a Delia la pettegola.

«Sapete, ho dimenticato di chiedervi se avete avuto altri figli dopo il liceo.»

Tanner posò la birra sul muretto di pietra accanto a sé. O quello o spaccare la bottiglia in testa alla donna.

Non sarebbero dovuti venire. Aveva lasciato che il suo desiderio di riallacciare i rapporti con i vecchi amici gli facesse dimenticare chi e cosa fosse veramente Delia.

«Oh, ma pensavo aveste detto di non avere figli?» La povera Sara sembrava estremamente confusa. E il povero Tank sembrava che volesse bersi un intero fusto di birra.

«Andiamo a prendere qualcosa da mangiare, Sara.» Tank diede una pacca sulla spalla a Tanner. «Scusate, amico. Juliet.» Le fece un cenno col capo, poi si allontanò con la moglie.

«Oh, cielo, ho detto qualcosa di sbagliato?» Anche Delia aveva partecipato ai concorsi di bellezza, ma non padroneggiava il sorriso come Juliet.

«Sai esattamente cosa hai detto—»

«Tanner.» Juliet gli mise una mano sul braccio e strinse.

Tre volte.

«Delia, dato che non hai avuto figli, voglio credere che tu non capisca quanto sia doloroso questo argomento per me e Tanner. Quindi, per favore, non parliamone, e se potessi non tirarlo più fuori, io e Tanner te ne saremmo molto grati.»

Non era mai stato più orgoglioso di Juliet di quanto lo fosse in quel momento. Non c'era motivo di dare a Delia una via d'uscita; la donna sapeva esattamente cosa stava facendo. Aveva voluto battere Juliet in così tante cose nel corso degli anni e, arrivando sempre seconda, aveva visto la sua occasione per ferire Juliet e l'aveva colta.

Eppure Juliet, che sarebbe stata assolutamente giustificata a scagliarsi contro di lei, non lo fece. Non diede a Delia altra legna per il suo fuoco e mantenne la calma mentre le rifilava una stoccata estremamente velata — ma estremamente potente. Il che era molto più caritatevole di quello che avrebbe voluto dire lui.

Delia lo guardò e il primo segno di rimorso apparve sul suo viso ritoccato dal botox. «Io... mi dispiace. Hai ragione, non stavo pensando.»

Oh, se stava pensando; solo che non aveva pensato esattamente a quale reazione avrebbe ottenuto. Quali emozioni avrebbe scatenato.

Se non fosse stato così doloroso pensare di non avere Keegan nella sua vita, forse avrebbe lasciato correre il suo commento. Perché per il momento, con questa conversazione, lui e Juliet erano uniti nel modo in cui avevano finto di essere. Ma non poteva permettere a Delia di passarla liscia; ciò avrebbe solo aperto la porta a ulteriori insulti e malignità.

«Credo che dovremmo andare.» Le fece scivolare la mano sulla vita, il tessuto del prendisole abbastanza sottile da fargli sentire il calore della sua pelle. «Tesoro? Se vuoi—»

«No.» La schiena di Juliet si raddrizzò ancora di più, anche se Tanner non sapeva come fosse possibile. «Non permetterò che un commento sconsiderato mi faccia andare via. Volevi vedere i tuoi amici, quindi lo faremo.» Prese la sua bottiglia di birra e gliela porse. «Se vuoi scusarci, Delia, vedo che sono arrivati i Markinson.»

Tanner si morse la lingua per non dire le parole che voleva, seguendo l'esempio di Juliet. Ma se Delia — o chiunque altro — avesse provato a ferire Juliet menzionando di nuovo Keegan, avrebbero dovuto vedersela con lui.

Juliet rilasciò il fiato che aveva trattenuto quando si trovò dall'altro lato del bordo piscina. Delia era una vera stronza. Le aveva rivolto un sacco di commenti velenosi mascherati da preoccupazioni dopo che Juliet era rimasta incinta, ma a Juliet non era importato perché il bambino era di Tanner. Niente avrebbe potuto scalfirla, a quei tempi. La sua vita stava andando esattamente come aveva desiderato.

E ora non era più così, quindi, ovviamente, Delia si sarebbe avventata come lo sciacallo che era. Grazie a Dio, però, aveva rivelato la sua vera natura a Tanner. Quella era una donna che Juliet poteva cancellare dalla lista delle possibili future mogli di Tanner...

Oh, mio Dio. E se si fosse trasferito di nuovo qui e avesse sposato un'altra? Aveva detto che avrebbe cercato una sede per la BeefCake, Inc. in città; sarebbe rimasto per gestirla?

Quel pensiero la colpì allo stomaco e barcollò.

Il braccio di lui le sfrecciò intorno alla vita. «Stai bene?»

La preoccupazione sul suo viso era genuina e le diede un briciolo di speranza che forse a lui importasse ancora di lei.

«Sto bene. Adesso.» Fece un passo indietro. Solo uno. Ma avrebbe potuto essere di mille, per il baratro che aprì tra loro.

«Delia è una stronza.»

«Hai ragione.»

«Non saremmo dovuti venire.» Si passò una mano tra i capelli, poi si massaggiò la nuca. Lo faceva quando era incazzato.

Molte volte, lei gli aveva tolto la mano per massaggiargli il collo di persona. Ma quelli erano i bei vecchi tempi. «Sciocchezze, Tan. Non le abbiamo mai permesso di definirci, ai tempi; non cominceremo di certo adesso.»

«*Noi* non l'abbiamo fatto?» S smise di massaggiarsi e la guardò. «Non è così che me lo ricordo.»

«Di cosa stai parlando?»

«Non puoi dirmi onestamente che non ti ricordi?»

«Ricordarmi cosa?» Lei ricordava un sacco di cose.

«Di come mi tempestavi di domande su di lei. Se era venuta agli allenamenti di football, o se si era presentata alla pancake house dopo le partite in notturna.»

«Io...» Serrò la bocca. Gliele aveva dette, quelle cose. Lui, però, l'aveva liquidata con una risata. Le aveva detto che si stava immaginando tutto.

Non era così. Delia lo voleva allora e lo voleva adesso.

Ma la differenza era... che Tanner non voleva Delia. E non l'aveva voluta neanche allora. Juliet riusciva a vederlo con undici anni di prospettiva. Delia era stata il serpente, e Tanner la sua preda non consenziente.

«Ti devo delle scuse, Tanner. Be', molte. Ma mi dispiace di averle mai dato ascolto. *E* di non aver ascoltato te riguardo a lei.»

«Ti avevo detto che era un guaio. Che voleva *essere* te. E lo vuole ancora.»

Questo fece ridacchiare Juliet, e non in senso buono. «Peccato che non conosca la verità.»

«La verità?»

«Che la mia vita non è neanche lontanamente come crede lei, e che tu sei qui solo per la nonna. Ma ehi, potrà mettere gli occhi su di te una volta che... be', una volta che non ci sarà più bisogno del nostro sotterfugio.»

«Se pensi che potrei avere anche il minimo interesse per lei, non sei cambiata affatto.» Scolò il resto della bottiglia. «Ho bisogno di un'altra birra.»

Non le chiese se ne volesse una quando se ne andò.

Dannazione. Perché non riusciva a dire o a fare la cosa giusta quando era con Tanner? Perché aveva dovuto tirare in ballo il passato?

Uno scoppio di risate vicino alla grande griglia in muratura la fece guardare intorno, verso tutti i loro amici del liceo. Metà della squadra di football era lì, spaparanzata sulle sdraio a bordo piscina o a giocare a bocce sul prato quasi perfetto come un campo da golf, o a bivaccare al tiki bar superaccessoriato annesso alla pool house. Diavolo, stando lì con tutti loro, lei e Tanner erano *impantanati* nel passato.

Altro che andare avanti.

«Ehi, Juliet.» Tamra, la moglie di J.D., le si avvicinò e le diede un abbraccio. Tamra aveva capito da un po' che le cose non erano come sembravano, ma aveva promesso di non dire una parola, nemmeno a J.D.

Juliet non sapeva bene cosa pensare di un marito e una moglie che si tenevano dei segreti, ma cosa ne sapeva lei? Il matrimonio di Tamra andava a gonfie vele dopo dieci anni e quello di Juliet non era mai decollato.

Quel maledetto viaggio in aereo per una persona sola. Non avrebbe mai dimenticato l'umiliazione di trovarsi in luna di miele da sola. Di dover recuperare i loro bagagli dal nastro e portarli nella loro villa. Gli sguardi compassionevoli del personale... e dover vedere le valigie di Tanner ogni giorno dei sette che aveva passato lì. *E* trascinarsele a casa. Da sola.

Quindi, se non dirlo a J.D. era un buon piano secondo Tamra, Juliet non poteva contraddirla. Forse avrebbe dovuto prendere spunto da lei.

«Vedo che è stato premuroso per tutta la sera. Significa che proverete a risolvere le cose?»

Sandy era l'unica a conoscere tutta la verità, ma Sandy era single e non era stata presente mentre tutta la storia si svolgeva, anni prima. Tamra invece sì, quindi era stato facile confidarsi con lei, ma era stata anche un'ulteriore umiliazione che si sommava alle altre. Juliet non era pronta per un altro round.

Ma quando l'inevitabile fosse accaduto, quando si fosse sparsa la voce che lei e Tanner si erano lasciati, alcune verità sarebbero venute a galla. Non che sarebbe riuscita a nascondersi dai pettegolezzi. Tanto valeva godersi la positività e la felicità ora, prima che svanissero. «Stiamo parlando.»

«E ha accettato di venire qui con te.»

«In realtà, voleva venire più lui di me.» Giocherellò con il primo bottone sul corpetto del suo vestito. «Non potevo dire di no.»

«Certo che no. Sarebbe stato come fare cinque passi indietro. E se vuole riallacciare i rapporti con i suoi vecchi amici, potrebbe essere che stia pensando a lungo termine.»

Ma lungo termine non significava lungo termine con lei.

«Vedremo. La prendiamo un giorno alla volta.» Juliet agguantò una capasanta avvolta nel bacon da un vassoio che passava. «Allora, come vanno le cose con te? Che combinano i bambini?»

I bambini erano sempre un argomento doloroso per lei, specialmente se la persona con cui parlava sapeva di Keegan, ma ignorare i figli degli altri rendeva il problema più grande. E non voleva far finta che Keegan non fosse esistito, perché era esistito.

L'angoscia le attanagliò lo stomaco; non mancava mai di farlo. E la cosa terribile era che, a dispetto di quello che le promettevano, il dolore non diminuiva mai. Non che lei lo volesse davvero. Perché il dolore, con la stessa intensità, teneva Keegan vivo per lei. Lo teneva con sé, come se fosse ieri. Quei pochi, preziosi momenti in cui l'aveva tenuto in braccio, ed era stato così bello, e lei aveva potuto far finta che stesse solo dormendo.

Afferrò un bicchiere di champagne dal cameriere successivo che passò. Non aveva intenzione di ubriacarsi, ma un po' di alcol poteva aiutare con il dolore.

Mmm, forse avrebbe dovuto procurarsi un paio di casse da tenere in casa per le prossime settimane. Dio solo sapeva che ne avrebbe avuto sicuramente bisogno.

«Caspita, è un piacere vederti.» Rick Stangler diede una pacca sulla spalla a Tanner e gli strinse la mano. «Sei l'ultimo che avremmo pensato se la sarebbe filata dalla città dopo il diploma. È un gesto carino, farti vedere.»

«Ehi, sono stato impegnato, sai com'è. Un sacco di cose da fare.» Ricordi dolorosi da cui fuggire.

Forse sarebbe dovuto rimanere. Guardandosi intorno e vedendo la maggior parte della squadra di football, si rese conto di essersi isolato. Forse sarebbe stato meglio restare qui tra amici. Annegare i dispiaceri con i suoi compagni, i ragazzi che lo capivano, invece di scappare e cercare di dimenticare il suo passato. Fingere che non esistesse.

Ma proprio lì, quella era la prova che esisteva. Diavolo, Keegan e Juliet erano la prova che esisteva. Non poteva fuggire dal suo passato più di quanto potesse fuggire dal dolore. L'aveva messo fuori dalla sua vista, certo, ma era sempre lì, in agguato sotto la superficie.

«Non posso credere che tu abbia accettato un lavoro che ti fa viaggiare così tanto. Voglio dire, cazzo, Tan, hai Juliet. Finalmente. Tutta tua, bella e legale. Eravamo sicuri di non averti più visto perché voi due eravate, sai...» Gli diede una gomitata.

«Yo, Rick. Basta. È mia moglie.» Le parole gli uscirono di bocca come se fosse la cosa più naturale del mondo da dire.

Purtroppo, lo era.

A proposito di dolore.

«Non dire cazzate, Tan.» Rick inclinò la sua bottiglia di birra verso di lui. «Ed è per questo che non posso credere che tu abbia viaggiato così tanto da non esserti nemmeno degnato di venerci una volta negli ultimi, cosa? Sette anni? Voglio dire, non è che vi siate trasferiti in un altro stato o qualcosa del genere.»

Sì, era proprio così... «Io, uhm, avevo delle... cose da gestire. Da affrontare. Sai com'è.» Tracannò di nuovo la sua birra.

Rick sembrava che qualcuno l'avesse preso a calci nelle palle. «Oh, cavolo, Tan, mi dispiace. Immagino sia stato insensibile da parte mia. Molly dice sempre che parlo prima di pensare. Non ho pensato. Mi dispiace, amico.»

Tanner continuò a bere la sua birra. «Sì, grazie.»

«Ehi, Tan.» Alcon James gli diede una pacca sulla spalla e prese una birra dal frigo portatile sul muretto accanto a lui. «Hai sentito di Mickelson? È stato scelto al decimo giro, poi ha distrutto l'auto che aveva comprato con il premio di ingaggio. È rimasto fuori prima ancora di giocare. Un brutto colpo, sai?»

Tanner ne sapeva qualcosa di brutti colpi. Eppure, non era un motivo per riversare la sua tristezza su qualcun altro. «Cosa fa adesso?»

La conversazione proseguì su di loro e sui loro amici. Chi faceva cosa, chi era sposato con chi, chi stava divorziando da chi, ma Tanner si sentiva estraneo a tutto. Come se non appartenesse più a quel luogo.

Neanche Juliet se la stava passando bene. L'aveva vista bere almeno tre flûte di champagne. Non era mai stata una gran bevitrice e aveva notato che non c'era vino a casa sua quando aveva cercato un bicchiere per l'acqua la sera prima. Almeno quello di lei non era cambiato.

Quindi il fatto che stesse bevendo adesso probabilmente non era una buona idea. Specialmente per mantenere i segreti che voleva conservare.

Non sarebbe dovuto venire. Avrebbe dovuto lasciar perdere, restare a casa di Juliet o andare in palestra, e fare il suo dovere per sua nonna. Aspettare pazientemente che tutto finisse per poter tornare a casa.

«Scusatemi, ragazzi.» Posò la bottiglia vuota su uno dei vassoi disposti intorno al bordo piscina per raccogliere utensili, piatti e bicchieri usati, poi si diresse verso sua moglie.

Sua moglie.

Le parole gli suonavano strane. Si era esercitato a pronunciarle allo specchio; se qualcuno dei ragazzi l'avesse scoperto, l'avrebbero cacciato dalla città a suon di risate. Juliet aveva scritto *Juliet Wentworth* su tutte le sue cartelline e i suoi quaderni con una scrittura corsiva, svolazzante e fanciullesca; se l'avesse fatto lui, i suoi compagni di squadra gli avrebbero tolto la tessera da vero uomo, ma era pazzo di lei allo stesso modo. Quindi sì, si era esercitato a chiamarla sua moglie nella privacy della sua stanza, immaginando come sarebbe stato quando finalmente si fossero sposati.

Neanche nei suoi sogni più sfrenati aveva immaginato questo scenario.

«Ehi, tesoro.» Si chinò per darle un bacio sul collo per distrarla mentre le sfilava il flûte dalle mani, così non si sarebbe lamentata.

Quel rossore sulle sue guance quando lui si raddrizzò indicava che non ci sarebbero state lamentele.

O poteva essere solo l'effetto dello champagne.

Ma qual era la *sua* scusa?

«Piacere di vederti, Tanner.» Tamra gli rivolse un sorrisetto. «Un bel saluto per la donna con cui sei sposato da sette anni.»

Lui la guardò. Sapeva qualcosa? «Tamra.» Le prese il braccio di Juliet e glielo avvolse intorno alla vita. «Ti dispiace se ti rubo Juliet?»

«Fa' pure.» Sollevò le sopracciglia mentre lui guidava Juliet verso un tavolino da caffè in un boschetto di palme in vaso che Delia aveva probabilmente noleggiato per l'occasione.

Sì, Tamra sapeva qualcosa.

«Tanner, non è stato carino.» Le parole di Juliet erano un po' biascicate.

«Nemmeno ubriacarsi alla festa di Delia.» Le mise una mano sulla parte bassa della schiena per sorreggerla. Almeno, quella era la sua versione.

«Non sono ubriaca.»

«Facciamo in modo che tu non lo diventi.»

«Lasciami.» Lo spinse, ma lui la teneva stretta con il braccio.

«Juliet, non fare una scenata.»

«Perché no?» Si scostò i capelli dal viso con il palmo della mano, non la Juliet delicata e aggraziata che aveva sempre conosciuto. «A Delia piacerebbe da morire. E poi nessuno si sorprenderà quando te ne andrai. Dovrei fare un bello spettacolo. E magari potresti anche andartene adesso. Posso dire alla nonna che ti hanno chiamato per lavoro. Mi crederebbe. Mi crede sempre.»

«Non lo farò e lo sai. Altrimenti non mi avresti chiesto di venire. Ami tua nonna; non faresti mai nulla per ferirla. E neanch'io.»

I grandi occhi blu di Juliet si riempirono di lacrime e quel labbro inferiore pieno, che a lui piaceva tanto succhiare, si imbronciò. «Non voglio mai ferire nessuno. Proprio mai.»

Oh, cavolo. Quei tre bicchieri di champagne le erano andati dritti alla testa. Aveva sempre retto poco l'alcol; non sapeva perché avesse pensato che il tempo l'avrebbe cambiata.

Perché il tempo aveva cambiato altre cose di Juliet.

Non ci avrebbe pensato. «Andiamo, Jules. Penso che dovremmo andarcene.»

«Non voglio.» Saltò su uno degli sgabelli.

Il vestito le si sollevò sulle gambe, rivelando ancora più cosce abbronzate e toniche...

«Jules.»

Lei gli appoggiò le braccia nude sulle spalle. «Mi piace quando mi chiami così, Tanner. Nessun altro lo fa.»

Questo perché lei odiava quel nome. Aveva iniziato a chiamarla così quando, in quinta elementare, non sapeva come dirle che gli piaceva. Così la infastidiva.

Stupido, davvero, ma i ragazzini pre-adolescenti non erano noti per la loro logica e il loro pensiero analitico. Era servito a far sì che lei gli prestasse attenzione, quindi aveva continuato a farlo.

Più tardi, era diventato un nomignolo affettuoso che a lei piaceva. Qualcosa solo tra loro due. Come i tre colpetti.

Lei lo aveva toccato così, poco prima. Lui non aveva risposto. Perché quei tre colpetti gli erano arrivati dritti allo stomaco con un tonfo. Non tanto per il suo tocco, perché era stato un tocco "appena accennato", ma per il significato di quei colpetti.

Dio, se solo potesse ancora fidarsi di quel sentimento.

«Andiamo a casa, Jules. Ne ho avuto abbastanza.»

«Tu? Averne abbastanza? Tanner, tu non bevi mai troppo.»

«Non mi riferivo all'alcol.»

Lei fissò il suo sguardo nel suo, le sue labbra perfette si torsero di lato mentre cercava di capire cosa volesse dire.

«Ohhhhh...» Gli picchiettò sulle labbra. «Capito. Okay, allora, possiamo andare. Dovremmo salutare Delia.» Saltò giù e sarebbe partita in quarta, ma lui la afferrò per la vita.

«Davvero? Vuoi darle la possibilità di commentare la quantità di champagne che hai bevuto?»

Juliet si mise un pugno sul fianco. «Non ho bevuto molto champagne.»

«Per altre persone, no. Ma il tuo limite è uno e ne hai bevuto il triplo.»

«Stavi contando?»

«Stavo osservando. L'alcol tende a sciogliere le lingue e non vogliamo mandare a monte la nostra copertura.»

Si leccò le labbra. «Scioglierà la *tua* di lingua, Tanner?»

Lui non disse nulla. Non ci riuscì.

Le ci vollero alcuni secondi prima di rendersi conto di ciò che aveva detto.

La sua mano volò alle labbra e quegli splendidi occhi blu si spalancarono. «Ooops. Non volevo...»

«Va tutto bene, Jules. Usciamo da qui e basta.»

Per un secondo, il più breve secondo possibile, sentì quelle parole e immaginò un significato completamente diverso.

Uno che gli rimase impresso per tutto il tragitto di ritorno a casa di lei.

Capitolo Quindici

«Non mi dispiacerebbe, sai. Se la birra ti sciogliesse la lingua.» Juliet fece scorrere una mano lungo il cofano della sua Mercedes mentre si dirigeva verso la porta di casa. «Voglio dire, noi *siamo* ancora sposati.»

Argomento minato. Meglio non dire niente. Era lo champagne a parlare per Juliet, ma se lui avesse aperto bocca, sarebbe stato tutto merito suo. E con quello che gli sarebbe piaciuto dire...

Cavolo, se solo *potessero* fare sesso e basta. Saltare a letto e togliere quella voglia, per così dire.

«Tanner? Mi hai sentita?» Piantò entrambe le mani sul cofano dell'auto dietro di lei e si sporse all'indietro, cercando di essere provocante, a giudicare dalle sue parole...

Ci stava riuscendo, dannazione. Ma non era una sorpresa. Juliet era sexy a prescindere da cosa facesse. Avrebbe potuto essere coperta di fango e sarebbe stata bellissima.

Dannazione. Non ne aveva bisogno. Già era abbastanza brutto essere ancora attratto da lei, ma che lei gli offrisse praticamente tutto ciò che voleva...

E tutto ciò che non voleva. Non poteva fidarsi di lei. La fiducia era fondamentale. La parte più importante di una relazione dopo l'attrazione e il rispetto.

*Quindi sei attratto da lei e rispetti chi è diventata. La fiducia si può rico-
struire.*

La sua maledetta libido, di nuovo. Se le avesse dato retta, non si sarebbe
mai alzato dal letto.

E perché sarebbe una cosa negativa?

Perché non si approfittava delle persone, e fare qualsiasi cosa con Juliet in
quel momento sarebbe stato approfittarsi di lei.

*Ma ti senti? Amico, è lei che si è approfittata di te. Dei tuoi sentimenti, della
tua fiducia, del tuo futuro. Pan per focaccia.*

Zittì quella voce. Zittì le immagini. Zittì la tentazione.

«Tanner?»

Zittì Juliet... afferrandola per un braccio e trascinandola dietro di sé dentro
casa, ignorando il primo bottone che si era slacciato, minacciando di conce-
dergli più di un'occhiata a ciò che c'era sotto il corpetto. «Caffè, Juliet.
Subito.»

Lei gli inciampò dietro. «Non ho il caffè.»

«Tè, allora. So che hai il tè.»

«Non voglio il tè. Fa già troppo caldo fuori.»

Faceva troppo caldo *dentro*, ma quello non sembrava registrarlo.

O forse sì...

«Hai bevuto troppo champagne.»

«Esiste davvero una cosa come troppo champagne?» Ridacchiò dopo,
facendo scorrere la punta delle dita lungo la ringhiera del portico d'ingresso.

«Sì. Esiste. E tu ne sei l'esempio lampante.» Le porse la mano. «Dentro.»

Lei fece una gran scena espirando mentre cercava di passargli davanti nel
suo miglior pavoneggiamento da bellezza del Sud. Aveva sempre amato guardarla fare così perché era terribilmente carina quando lo faceva.

Le cose non erano cambiate da quel punto di vista.

«Sei piuttosto autoritario. E non è neanche casa tua.» Si appoggiò allo
schienale della sedia che divideva il soggiorno dall'atrio e incrociò le braccia.

Quel gesto era stato architettato dal diavolo per tentare gli uomini più di
quanto qualsiasi mela avrebbe potuto fare. E lui non era un santo.

«Juliet, per favore. Hai bevuto un po' troppo. Prepariamoti un tè e ti
sentirai meglio.»

«Io mi sento benissimo, grazie mille.» Incrociò le braccia dall'altro lato e il
corpetto si aprì pericolosamente. «E non ho bisogno di nessun tè.»

«Sì, invece.»

«Perché? Che cosa hai intenzione di fare se non lo bevo? Vuoi punirmi, Tanner?»

Il commento gli proiettò immagini di lei a pancia in giù, con quel dolce sedere per aria e...

No, non sarebbe mai riuscito a far del male a Juliet. Neanche se lo avesse implorato.

Gesù, amico, sei messo male. La domanda è, che cosa hai intenzione di fare? Quella donna ci sta provando con te spudoratamente. La rifiuterai?

Per quanto gli dolesse — e intendeva letteralmente — sì, l'avrebbe rifiutata. Un conto sarebbe stato se fosse stata nel pieno possesso delle sue facoltà, ma in quelle condizioni?

Assolutamente no.

Tanner Wentworth non si approfittava delle donne ubriache.

Non ne aveva mai avuto bisogno e non avrebbe iniziato ora. Specialmente con sua moglie.

Juliet sentì se stessa pronunciare quelle parole e si chiese da dove le venisse il coraggio.

Ehm, dal fondo di tre bicchieri di champagne?

In realtà, potevano essere anche quattro.

Probabilmente non era stata la migliore delle idee bere così tanto, ma con i commenti di Delia e il dover reggere la parte per i loro amici... cavolo, se si sentiva bene in quel momento.

Tanner si sentiva bene in quel momento.

Si alzò e sciolse le braccia. A Tanner piacevano i suoi seni. E a lei piaceva che a lui piacessero. E se lui fosse riuscito a concentrarsi su quelli invece che sul passato, se fosse riuscito a vivere il presente, forse, solo forse, sarebbero riusciti a superare gli errori che lei aveva commesso e ad andare avanti. Insieme.

Era un'opportunità che voleva disperatamente cogliere e se lo champagne le stava dando il coraggio di dire ciò che voleva, cosa aveva da perdere?

«Allora, che hai intenzione di fare, Tan? Che succede? Non ti viene in mente niente? Non è da te.» Camminò verso di lui e gli fece scorrere un dito lungo la linea della cintura. «Non sarebbe sbagliato, sai.»

Lui strinse le palpebre e lei si assicurò di sfiorargli il bicipite con i capelli. A lui era sempre piaciuto che lei gli facesse scorrere i capelli sulla pelle. Principalmente in altre, ehm, aree più sensibili, ma Tanner amava i suoi capelli. Amava stringerli nel pugno per tenerla ferma in un posto...

«Juliet.» La sua voce era tesa. «Smettila.»

«Come vuoi.» Si fermò. Accanto a lui. Di fronte a lui. Così che i suoi seni fossero ai lati del suo braccio.

Un muscolo nella sua mascella ebbe uno scatto. «Dov'è il tè?»

«In cucina. Ma non ne voglio davvero.»

«Ma *io* voglio davvero che tu ne prenda un po'.»

Era quello che diceva, eppure non si allontanò di un passo.

Lei inclinò la testa e i capelli le scivolarono sulla spalla, le punte che gli sfiorarono di nuovo il braccio.

Lui ebbe un rapido brivido. «Perché?»

«Perché?»

«Sì, perché? Perché vuoi che prenda il tè?»

«Per farti smaltire la sbornia.»

«Be', forse non voglio smaltire la sbornia. Non ancora, almeno.»

Lui allora la guardò dall'alto in basso, le sopracciglia inarcate e, se non si sbagliava, con interesse negli occhi.

Non voleva sbagliarsi. E non voleva neanche immaginarsi le cose. Un conto era se lui fosse interessato; un altro se la stava solo assecondando.

Deglutì. A fatica.

Non la stava assecondando.

E non la stava nemmeno evitando.

Voleva fare la prima mossa. Ma anche con tutto quello champagne, non ci riusciva. Doveva venire da lui. Altrimenti, l'avrebbe incolpata di averlo provocato.

«Juliet...»

«Prometto che non lo dirò a nessuno se non lo fai neanche tu.» Aggiunse un sorriso per facilitargli le cose, così non avrebbe visto tutte le sue speranze e i suoi sogni legati a quella conversazione.

Un bacio. Era tutto ciò che voleva. Tutto ciò di cui aveva bisogno. Tutto ciò di cui avevano bisogno. Lui l'avrebbe baciata e avrebbe capito...

«No.» Scosse la testa e si schiarì la gola, e questa volta, si tirò indietro. «No.»

«Davvero?» Niente come una doccia fredda per smaltire la sua euforia. E non riusciva a crederci. Le aveva davvero voltato le spalle? Davvero non voleva baciarla? Be', grazie a Dio aveva bevuto quei quattro bicchieri di champagne. Forse le conveniva andarne a cercare altri per annegare il resto dei suoi dispiaceri, dato che l'effetto dei primi tre si era improvvisamente - e drasticamente - ridotto grazie alla sua mancanza di interesse.

Tanner deglutì di nuovo a fatica, strinse i pugni e roteò la testa come faceva ai vecchi tempi per scioglierla prima di una partita e allentare la tensione.

Forse non era così disinteressato come cercava di sembrare.

«Ok, Tanner, immagino di non poterti costringere a volermi baciare.» Si gettò i capelli all'indietro e lasciò che la spallina del vestito le scivolasse sulla spalla, mettendo tutta l'indifferenza che riusciva a raccogliere nel suo piccolo discorso. Lasciare che pensasse che non fosse un grosso problema. Ci avrebbe rimuginato sopra. E poi l'avrebbe...

Baciata.

Tirandola a sé con una mano sulla nuca, le labbra che si schiantavano sulle sue, e il suo petto duro come la roccia premuto contro i suoi seni dolenti, le fece scorrere una mano lungo la schiena, le avvolse il fondoschiena e la tirò contro di sé, dove lei sentì...

Oh sì. Lui la voleva.

Juliet sospirò nella sua bocca, dando alla sua lingua l'ingresso che entrambi desideravano. Fece scorrere le dita tra i suoi capelli, amando il modo in cui si arricciavano su di esse, un po' più lunghi di prima. Gli accarezzò la mascella con il pollice, sentendo la sua bocca aprirsi per divorare la sua, la sua lingua che spazzava via la sua, pretendendo che danzasse con essa.

Dio, aveva sempre amato baciare Tanner. L'unica volta che aveva giocato al gioco della bottiglia e aveva dovuto baciare J.D. e Rick non era stata minimamente paragonabile al primo bacio con Tanner. Erano volate scintille, colori le erano esplosi dietro le palpebre e la pelle d'oca le aveva ricoperto tutto il corpo.

Proprio come ora.

Gli tirò i capelli, cercando di avvicinarsi. Gli afferrò il fondoschiena, spingendolo contro di sé e... al diavolo, voleva fare molto più di questo con Tanner.

Lui la spinse contro la sedia, quasi piegandola su di essa con la forza del suo bacio.

Voleva le sue mani sui suoi seni. Voleva che le strappasse la maglietta dalla testa e che li leccasse, stuzzicasse e baciasse finché le gambe non le avessero ceduto. Voleva essere nuda e contorcersi con Tanner, e voleva dargli un tale piacere che non avrebbe mai più pensato di andarsene.

Lui cercò di staccare le labbra dalle sue. «Dobbiamo smetterla.»

Lei non lo lasciò andare, leccandogli il labbro inferiore mentre scuoteva la testa. «Questa è l'unica cosa che non dovremmo fare.»

Lui le afferrò le braccia, e Juliet ebbe la sensazione che, qualsiasi cosa avesse detto, non sarebbe riuscita a fargli cambiare idea.

Allora fa' qualcosa...

Premette i seni contro il suo petto e avvolse una gamba intorno al suo polpaccio. Gemette mentre apriva la bocca sotto la sua, pronta a implorarlo. Una notte. Era tutto. Solo un'altra notte.

Tanner le fece scivolare di nuovo la mano intorno alla schiena mentre approfondiva il bacio.

Ma solo per pochi secondi.

Poi si stava allontanando, raddrizzandosi e passandosi una mano sulla bocca.

Per cancellare il suo sapore?

Be', dannazione. Juliet lasciò cadere il piede a terra.

«È stata una pessima idea.»

«Io non la penso così.» Non avrebbe finto che quella fiamma non esistesse tra di loro. Il suo cervello poteva anche aver preso il sopravvento alla fine e aver messo fine al loro bacio, ma il suo corpo aveva riconosciuto ciò che voleva e si stava muovendo per ottenerlo. E lei glielo avrebbe lasciato fare.

Gli mise il palmo della mano sulla guancia. «Mi ecciti ancora, Tanner. E siamo entrambi adulti. Non ci sono illusioni su cosa sia questo. Divorzierai da me tra qualche settimana; non deve essere nulla di più di stanotte.»

Aprì la bocca per dire qualcosa ma poi la richiuse.

Lo fece di nuovo.

«Io...» La terza volta fu quella buona, visto che finalmente riuscì a formulare una frase completa. «Non so nemmeno come rispondere.»

«Forse non devi. Forse tutto quello che devi fare è baciarmi di nuovo e la risposta arriverà da sola.»

«Non possiamo lasciarci coinvolgere, Juliet.»

«Oh, Tanner, non cercare di prenderti in giro. Siamo già coinvolti. Lo siamo da quando eravamo ragazzini, e anche se divorzierai da me, lo saremo sempre. Siamo una parte enorme della vita l'uno dell'altra; questo non scomparirà mai.»

«Allora non dovremmo complicare le cose.»

«Cosa c'è di complicato? Io ti voglio; tu mi vuoi. Per niente complicato.»

«Le emozioni...»

«Allora lasciamo fuori le emozioni.» Parole coraggiose, quando per lei era *solo* una questione di sentimenti. E se solo fosse riuscita a portarli a letto insieme, sarebbe potuto accadere da solo.

Oh, Dio. Cosa stava facendo? Cercava di nuovo di manipolare i suoi sentimenti? Usare il loro amore per trattenerlo? Non aveva funzionato bene prima; di certo non avrebbe funzionato adesso.

«Tanner, io... mi dispiace.» Questa volta, fu *lei* a fare un passo indietro. Fu lei a stringere i pugni e a raddrizzare le spalle. Colei che lo guardò a lungo e profondamente negli occhi, vide la lotta che si svolgeva dentro di lui e fu colei che si allontanò.

Se Tanner la voleva, doveva essere di sua spontanea volontà, non perché lei lo avesse costretto, manipolato o forzato a volerla.

«Juliet. Aspetta.»

Capitolo Sedici

Si bloccò. Non si voltò, non respirò.

Non sperò.

Lo sentì sospirare. Lo sentì grattarsi la testa in quel modo rude che aveva quando pensava intensamente.

Lo sentì avvicinarsi alle sue spalle.

«Ti voglio.»

Gloria e alleluia! Avrebbe voluto gridarlo ai quattro venti.

Invece, fece un respiro profondo e si voltò lentamente per fronteggiarlo. «E...?»

Lui inarcò un sopracciglio. «E? Pensavo che la mia affermazione fosse abbastanza eloquente.»

«Beh, Tanner, non è certo un segreto che tu mi voglia. Certe cose non sei mai riuscito a nascondermele.» Resistette alla tentazione di abbassare lo sguardo sui suoi pantaloni, ma solo perché voleva vedere cosa c'era nei suoi occhi. Voleva vedere se ci fosse rabbia, o scherno, o, Dio non voglia, disprezzo, ma quello che vide...

Le tolse il fiato.

«Nessun impegno.» Fece un passo verso di lei e le posò una mano sulla guancia. «Non cambierà niente tra noi. Divorzieremo comunque, quando tutto questo sarà finito.»

Non voleva pensare che qualcosa potesse finire, ma la malattia di Nana le aveva fatto capire che non poteva dare nulla per scontato. Che un domani avrebbe potuto non *esserci*, quindi non doveva vivere di rimpianti. E se tutto ciò che poteva avere di Tanner era quella notte, se la sarebbe presa.

Non poteva *non* prenderla. «Capisco.»

«Non farti strane idee che questo possa essere un "e vissero felici e contenti". Ho una vita altrove a cui intendo tornare.»

A parte il fatto che stava parlando di aprire un franchising qui.

Ma non l'avrebbe menzionato. Non ora.

«Capisco, Tanner.»

«Davvero? Ne sei sicura? O è lo champagne che parla?»

Rimuginò su quella domanda. Si passò la lingua sui denti e all'interno delle guance. Non c'era traccia di champagne, e la sua mente era lucida come il giorno. A un certo punto, la foschia dell'alcol aveva lasciato il posto alla foschia della seduzione, e quella era una foschia che avrebbe di gran lunga preferito, sempre. «Nemmeno una goccia di champagne. Baciarmi fino a farmi perdere la testa ha il vantaggio aggiuntivo di farmi smaltire la sbornia, ricordi?»

Fu come se avesse detto una parola magica o qualcosa del genere, perché Tanner le fu addosso così velocemente che non riuscì a riprendere fiato.

Non che importasse; l'avrebbe perso comunque.

Dio, amava baciarlo. Amava essere stretta da lui, avvolta nelle sue braccia grandi e forti che l'avevano fatta volare più volte di quante potesse contare.

Stava aggiungendo un'altra volta alla lista, perché la fece proprio volare.

E poi si mosse. Attraversò il soggiorno, aprì con un calcio la porta della sua camera da letto, poi avanzò a grandi passi verso il letto e la mise in piedi sopra.

«In ginocchio, donna» ringhiò lui mentre le mani gli scivolavano sul sedere.

Lei gli avvolse le braccia intorno al collo e si abbassò sulle ginocchia, in modo che le loro bocche fossero all'altezza perfetta.

Tanner se ne impossessò come se fosse affamato. Lei doveva saperlo, perché lo era anche lei.

Lui aveva un sapore fantastico là in soggiorno, ma quello era stato un bacio interrogativo. Un bacio che non era sicura si sarebbe ripetuto. Questo, invece... Lui era lì, nella sua camera da letto, e sarebbe rimasto per tutto il tempo necessario a godere pienamente l'uno dell'altra.

Per Juliet, sarebbero stati circa ottant'anni.

«Toccami, Tanner.» *Potevano* essere i rimasugli dello champagne a parlare, ma Juliet ne dubitava. Non le serviva del finto coraggio per volere Tanner, e ora che lui era lì, d'accordo con il piano, *sicuramente* non le serviva. La chimica tra loro si sarebbe occupata del resto.

La mano di lui le scivolò sulla clavicola, le dita che danzavano delicate, ma con abbastanza fuoco da farla bruciare. E con abbastanza lentezza da renderla impaziente.

«Più giù.»

«Ci sto arrivando, piccola. Non avere così fretta.»

Sette anni e lui *non aveva* fretta? O lei non gli faceva lo stesso effetto che lui faceva a lei, oppure quell'uomo aveva dei piani per lei.

Rabbrividì, pregando che fosse la seconda opzione.

Poi rabbrividì di nuovo perché le labbra di lui si mossero sulla sua gola, depositandovi baci, seguendo il percorso che le sue dita avevano tracciato.

Le dita che finalmente stavano scendendo più in basso.

I suoi seni dolevano, gonfiandosi per il suo tocco, indurendosi ancor prima che lui li raggiungesse, il fuoco che le sfrigolava dentro e scendeva a spirale fino al suo centro. Dio, come lo voleva.

«Gesù, Juliet, hai ancora lo stesso profumo. Quei maledetti bluebonnet.»

Non capiva perché fossero maledetti; a lui erano sempre piaciuti. Amava il ricordo di quel campo in cui avevano fatto l'amore.

Rabbrividì di nuovo quando lui le fece scivolare la spallina del vestito dalla spalla.

«Voglio vederti.»

E anche lei lo voleva.

Juliet lasciò andare le sue spalle, a malincuore, ma era per il bene di entrambi. Prima si fosse spogliata lei, prima si sarebbe spogliato anche lui, e poi sarebbero stati felici entrambi.

Sbottonò i bottoni dalla vita in su, e le sue dita incontrarono la bocca di lui tra i seni.

Lui le mordicchiò le dita, e lei le fece scivolare dentro e fuori dalle sue labbra per qualche secondo, prima che la tentazione di essere nuda avesse la meglio e lei ritirasse le dita per sfilarsi le maniche del vestito.

«Bellissima.» Il suo respiro caldo le scivolò sui seni, i capezzoli tesi contro il tessuto del reggiseno.

Alzò le mani per slacciare il gancio anteriore, ma Tanner gliele scostò. «Permettimi.»

Oh, gli avrebbe permesso qualsiasi cosa il suo cuore desiderasse.

Un guizzo delle sue dita e il reggiseno fu aperto e poi, grazie Signore, le sue mani furono sui suoi seni, accarezzandoli, stringendoli, tirandole i capezzoli.

Aveva sempre avuto i capezzoli sensibili, ma erano passati sette lunghi anni: se lui avesse continuato a farlo ancora per molto, sarebbe finito tutto prima che lei fosse pronta.

«Voglio toccarti.» Gli passò le mani lungo i fianchi, afferrò l'orlo della polo e la spinse verso l'alto, passando le mani sui suoi addominali. «Hai degli addominali fantastici.»

«Contento che approvi.»

C'era una risatina nella sua voce; erano sempre stati giocosi durante il sesso, ma lei non era in vena di risatine. Era in vena di ringhi. In vena di morsi. In vena di strapparti-i-vestiti-di-dosso.

Non gli strappò la maglietta, esattamente, ma gliela sfilò dalla testa e la lanciò da qualche parte nella stanza. Se ne sarebbe preoccupata più tardi.

«Oh, Dio, Tan. È passato così tanto tempo.» Non intendeva menzionare il tempo trascorso, perché non voleva che lui pensasse a quanto fosse passato esattamente, ma non poté farne a meno. Aveva i suoi ricordi, ma niente – nemmeno lo spettacolo che aveva offerto per la ventina di donne nella discoteca – poteva essere paragonato all'esperienza reale di passare i palmi delle mani lungo quei muscoli lisci e tesi e quella spolverata di peli biondi che erano così belli contro i suoi seni.

E le sue labbra.

Tanner gemette. Poi inspirò bruscamente quando lei gli trovò un capezzolo. «Maledizione, donna.»

«Ti piace.» Non era una domanda, perché sapeva esattamente cosa gli piaceva.

Lui gemette quando lei lo avvolse con la mano.

Ansimò quando lei gli passò la mano lungo tutta la lunghezza.

Sibilò quando lo accarezzò attraverso i pantaloncini.

«Togliamo questi.» Aveva bisogno di toccarlo. Aveva bisogno di essere schiacciata contro di lui e sentire quanto lui la desiderasse.

Aveva bisogno di prenderlo dentro di sé... e non lasciarlo mai più.

A chi voleva darla a intendere? Non lo aveva mai lasciato andare, nemmeno quando avrebbe dovuto, e probabilmente non l'avrebbe mai fatto. Il divorzio sarebbe stato duro, ma avrebbe avuto questo ricordo ad aiutarla a superarlo.

Sbottonò il bottone alla vita dei suoi pantaloni, amando il modo in cui i muscoli del suo stomaco si contraevano quando le nocche lo sfioravano.

«Mi stai uccidendo, Jules.»

«Tu *non* mi morirai tra le braccia, Tanner Wentworth. Non pensarci nemmeno.»

Il respiro di lui si fece affannoso mentre lei abbassava la cerniera, con estrema cautela perché sapeva che spesso non portava le mutande.

Oggi non era diverso.

«Oh, mio Dio» sussurrò lei mentre ne catturava il peso nel palmo della mano.

Oh mio Dio, appunto. *Questo* era suo. *Lui* era suo. E doveva farglielo capire. Erano troppo perfetti insieme per un divorzio. E non intendeva solo fisicamente. Ma questo era il suo punto di partenza, quindi ci sarebbe andata a fondo.

«Merda.»

Oppure no...

Juliet alzò lo sguardo su di lui. «Che c'è?» *Ti prego, non chiedermi di fermarmi. Ti prego, ti prego, ti prego non chiederlo. Tutto tranne quello.*

«Il preservativo.»

Preservativo. Dannazione. Sapeva che avrebbe dovuto comprarli, ma non voleva che sembrasse che si fosse preparata per questo. Che lo avesse manipolato per arrivare a tanto. «Non ne ho.»

«Io sì.»

I suoi occhi scattarono verso i suoi. «Davvero?» Osava sperare? L'aveva pianificato *lui*?

Lui annuì e si ritrasse dalla sua presa.

Dovette lasciarlo andare.

«Rischio del mestiere. Se devo sostituire qualcuno e ho bisogno di cambiarmi d'abito, non voglio che il mio arnese entri in contatto con un tessuto con cui è entrato in contatto l'arnese di qualcun altro. Quindi uso i preservativi.»

«Beh.» Si risedette sulle cosce e si spinse il vestito fino alle ginocchia. «Fatti sconosciuti sugli spogliarellisti. La maggior parte della gente penserebbe che siate tutti per il sesso sfrenato e il lasciarvi andare. Interessante sapere che, ehm, vi coprite, per così dire.»

«È questo che pensi, Juliet? Che io sia per l'amore libero con chiunque?»

«Tanner, se lo pensassi, non saremmo qui in questo momento. Puoi per favore andare a prendere quei preservativi?»

«Preserva*tivi*? Al plurale?»

Inclinò la testa, lasciando che i capelli le cadessero su un seno. «Quando mai ci è bastato uno solo?»

«Giusta osservazione.»

Lo pensava anche lei. Pensò anche ai preservativi *al plurale* per poter fare l'amore con lui finché non fosse stato più in grado di vedere, così non avrebbe mai più potuto andarsene. Sperava che ne avesse portati abbastanza.

Forse avrebbe dovuto comprarne qualche scatola la prossima volta che fosse uscita, nel caso non l'avesse fatto lui.

Mentre si sfilava il vestito, il suo corpo fremeva al pensiero di fare l'amore con lui – non solo ora, ma domani. Il giorno dopo. Ogni giorno fino a quando lui non avesse deciso di andarsene –

O avesse deciso che *non* voleva andarsene.

Non pensarci, Juliet. Non aprire il tuo cuore a un'ulteriore sofferenza. È già abbastanza brutto che piangerai per questo quando se ne andrà; non aggiungiamoci aspettative irrealistiche. Sei un'adulta adesso. Sai come funziona. Goditi il momento e lascia che il futuro si prenda cura di se stesso. Se l'avessi fatto anni fa, non saresti in questo casino.

La sua coscienza minacciava seriamente di smorzarle tutto l'entusiasmo, quello sessuale, non quello dell'alcol, perché lo champagne era ormai sparito dal suo sistema.

Per fortuna, Tanner rientrò nella stanza in quel momento. «Ecco qua.» Sollevò un paio di pacchetti di alluminio. «Hai una preferenza di colore?»

«No. Prendine uno e torna qui.» Si rimise in ginocchio e gli tese la mano.

Tanner inspirò bruscamente mentre le lasciava cadere i preservativi nel palmo. «Dio, Jules, sei bellissima.»

«Tu mi fai sentire bellissima.» Era vero. Sì, sapeva che aspetto aveva – si *guardava* allo specchio, dopotutto, e dopo aver partecipato al circuito dei concorsi di bellezza, non poteva *non* essere consapevole del suo aspetto – ma Tanner la faceva sentire bellissima in modi che tutti i riconoscimenti e le belle parole non potevano. La faceva sentire desiderata, e non per il suo aspetto, anche se le piaceva che a lui piacesse guardarla, che la trovasse abbastanza carina da fissarla per ore intere. Cosa che aveva fatto ai vecchi tempi. Lo avrebbe chiamato il rossore del primo amore, ma quella sensazione non era mai svanita. Non importava quante persone le dicessero che era carina o bella, solo l'opinione di Tanner contava. Voleva essere bella per lui.

Posò tutti i preservativi tranne uno sul comodino, poi gli tese la mano. «Lascia che ti faccia sentire bellissimo.»

Lui si spinse giù i pantaloncini e allungò la mano verso il preservativo.

«Lascia fare a me.» Strappò la bustina, poi srotolò il preservativo lungo tutta la sua lunghezza, amando come lui sussultava sotto le sue mani. Amando la sua forza dura e pulsante nella sua presa. Dio, come lo voleva dentro di sé.

Le fece scivolare una mano sotto la nuca e la tirò più vicino. «Maledizione, donna, mi fai impazzire.»

Avrebbe optato per un *impazzire* positivo invece di quello che lui forse intendeva, perché se lo sarebbe goduto. La realtà sarebbe tornata abbastanza presto.

Gli avvolse le braccia intorno alla schiena mentre lui la baciava, la sua lingua che faceva i movimenti che lei voleva che la parte di lui premuta contro la sua cassa toracica facesse dentro di lei.

Gli afferrò il sedere e lo tirò più vicino, volendo fargli perdere l'equilibrio e farlo cadere su di lei, portandola giù sul letto, con il suo peso che la copriva.

«Attenta, piccola» disse lui mentre le cadeva sopra, sostenendosi con i palmi piantati sul materasso. «Non voglio farti male.»

Lei gli strinse entrambe le mani dietro il collo e lo tirò giù su di sé, non volendo pensare di farsi male. Era probabilmente inevitabile, ma non ora. Ora si trattava solo di farsi stare bene a vicenda.

«Ti voglio dentro di me, Tanner.»

Quelle parole scatenarono una frenesia che non si aspettava. Oh, la apprezzava, ma all'improvviso, Tanner fu sopra di lei, il suo sesso che premeva contro il suo addome con insistenza, e la baciava come se non ne avesse mai abbastanza di lei.

Juliet lo baciò a sua volta quasi disperatamente, ma forse, in fondo, lo era. *Doveva* andare bene. Doveva aprire qualche porta per loro. Almeno alla possibilità di... cosa? Rimanere sposati? Vivere insieme?

Juliet! Riporta la testa a questo *momento. Ora. Non al futuro. Non puoi contare sul futuro, quindi goditi quello che hai ora.*

«Spostati un po' indietro» disse Tanner aspramente mentre le faceva scivolare una mano sotto la schiena e la sollevava verso la testata del letto.

Si arrampicò come meglio poteva per aiutarlo a spostarla, e l'azione la portò a contatto con la maggior parte del suo corpo. Ogni punto in cui lui la toccava si illuminava come uno spettacolo pirotecnico. Dio, voleva quest'uomo. Questo. Nessun altro. Non c'era mai stato nessun altro per lei, nemmeno in quei quattro anni in cui lui era stato via al college. Oh, era uscita con qualche ragazzo, ma non aveva mai fatto altro che baciarli, perché baciarli non era meglio che baciare Tanner, e nessuno dei loro baci l'aveva portata a perdere la testa dal desiderio come poteva fare un solo bacio di Tanner.

E ora lui stava facendo molto più che baciarla.

La sua mano le scese lungo il braccio per afferrarle le dita. Portò le loro mani unite tra di loro e le baciò ogni dito, poi le appiattì il palmo contro il suo petto. «Toccami, Juliet.»

Non ebbe bisogno di ulteriori incoraggiamenti. Con il palmo piatto contro il suo pettorale, gli circondò il capezzolo, sentendolo indurirsi. A Tanner piaceva che lei giocasse con i suoi capezzoli, e lei era più che felice di accontentarlo.

Si mosse ancora un po', aprendo le gambe in modo che lui potesse sdraiarsi tra di esse, e portò l'altra mano sull'altro pettorale.

«Dio, sì, Jules. È così bello.»

Si sostenne sui palmi, la schiena inarcata in modo che la parte inferiore del suo corpo fosse a diretto contatto con la sua.

Gli circondò di nuovo i capezzoli, pizzicandoli quando lui gemette.

«Dio, sì, piccola, così.»

Era *proprio* così; poteva sentire la prova crescente contro di lei.

Lo voleva dentro di sé così tanto. L'aveva immaginato per anni, e ora... Ora... Poteva finalmente accadere.

Aprì le gambe un po' di più, sollevò un tallone sulla parte posteriore del polpaccio di lui.

Funzionò. Le stampò un bacio sulla bocca e si spinse dentro di lei.

Juliet si bloccò. La sensazione... Era quasi dolorosa. Quasi troppo stretta. Ma il modo in cui la riempiva... Forse non era tanto un riempimento fisico quanto emotivo. Lui la riempiva. In ogni modo. Il suo corpo, la sua mente... il suo cuore.

Non avrebbe mai smesso di amare Tanner. Mai. E mentre lui si spingeva dentro di lei – mentre le faceva l'amore – lei cercò di dimostrarglielo in ogni modo possibile senza dirlo. Perché dirlo lo avrebbe fatto scappare.

Gli avvolse le gambe intorno per tenerlo fermo e seguì il suo ritmo.

«Ah, Juliet.» Le strofinò la guancia. «Sei così bella.»

Sorrise allora perché non poteva *non* sorridere. «Mi a...» Le parole erano quasi troppo facili da dire. «Mi piace che tu lo pensi, Tanner.» Ricacciò indietro delle lacrime che si stavano formando dietro i suoi occhi. Non poteva piangere di fronte a lui. Lui la conosceva. La conosceva troppo bene. L'aveva presa in giro perché piangeva quando facevano l'amore; diceva che era tutto l'amore che aveva dentro che traboccava.

Era così vero.

Si allungò per baciarlo, avendo bisogno di non parlare perché non poteva fidarsi di se stessa a non dire le parole che tanto desiderava dire.

Lui la baciò a sua volta, il suo corpo che si muoveva più velocemente contro il suo, le sue spinte che diventavano più profonde, il suo corpo che tremava.

Incrociò le caviglie e si mosse con lui, sentendo la tensione crescere dentro di lei.

Amava così tanto quest'uomo. Non desiderava altro che essere qui, così, con lui per il resto della loro vita.

«Dio, Juliet, non ce la faccio...» Il suo respiro era affannoso nel suo orecchio, mandandole brividi. «Ho bisogno...»

«Lo so, Tanner, lo so.» Si mosse sotto di lui, usando i talloni per fare leva, volendo – no, avendo bisogno – che lui continuasse.

Lui spinse dentro di lei più velocemente, la sua pelle scivolosa contro la sua, l'odore e il suono di lui che la amava portandola sempre più in alto, e poteva sentire il desiderio che si avvolgeva a spirale nel basso ventre.

Si inarcò verso di lui.

«Così, piccola. Vieni per me.» Ansimava le parole come una litania a ogni spinta, e Juliet lo sentì salire dentro di lei.

Gli afferrò la schiena, gli graffiò la pelle con le unghie, i suoi respiri che si facevano corti e rapidi. Voleva dire le parole, ma non l'avrebbe fatto.

Ma poteva pensarle.

Ti amo, Tanner. Ti amo, Tanner.

«Dio, sì, Juliet. Non fermarti.»

Non avrebbe mai smesso di amarlo. Mai.

Lo strinse dentro di sé, amando come si sentiva lì. Amando come la faceva sentire ovunque.

«Oh, Tanner...» Si morse le labbra per non dire le parole. Ma non poteva fermare la sensazione dentro di lei. Il suo cuore si gonfiava delle emozioni che provava per quest'uomo, e il suo corpo... buon Dio, il suo corpo era in fiamme, voleva portarlo in paradiso, voleva dargli così tanto piacere.

Lui la baciò allora, e fu la fine. Non riuscì a trattenere l'orgasmo più di quanto potesse trattenere l'amore che provava per lui, e venne, riversando ogni briciola d'amore nel bacio che gli dava mentre lo faceva.

Il mondo di Tanner fu sconvolto.

Completamente e totalmente ribaltato, rivoltato, all'indietro, in avanti, di lato e in qualsiasi altro modo a cui non riusciva a pensare.

Santo cielo, Juliet.

Si contrasse contro di lei, il bisogno di muoversi dentro di lei che lo spingeva ancora, molto tempo dopo essere venuto. Ma non riusciva a fermarsi. Aveva bisogno di sentirla intorno a lui. Aveva bisogno di sapere di essere dentro di lei.

Dove appartieni.

Quella maledetta voce. Questa volta non era la sua libido a parlare; la sua libido era sul pavimento a contrarsi, canticchiando tra sé e sé soddisfatta.

No, questa era la sua coscienza. Il suo senso del giusto e dello sbagliato. La sua moralità. Il suo senso di sé. E gli stava dicendo che apparteneva a questo posto?

Il mondo era forse impazzito?

Lui *non* apparteneva a quel posto – ma era dannato se riusciva a muoversi.

Espirò e lasciò cadere il suo peso su Juliet. A lei non sarebbe dispiaciuto. Lo sapeva per esperienza passata.

Un altro argomento nell'artiglieria della sua coscienza.

La conosci. L'hai amata da sempre. È cambiata. È cresciuta. Ha subito la tua stessa perdita. Metti fine alla vostra sofferenza collettiva e dille che la ami ancora.

No.

Era lì che si impose. Non era innamorato di Juliet. Non *poteva* amare qualcuno che aveva fatto quello che aveva fatto lei. No. Non c'erano argomenti contrari. Juliet aveva mentito; non avrebbe mai potuto fidarsi di lei. Era così semplice.

E così doloroso.

Bene. Fai come vuoi. E perdi la cosa migliore che ti sia mai capitata.

Se le bugie di Juliet erano la cosa migliore che gli fosse mai capitata, Tanner avrebbe potuto pensare di arrendersi e diventare un barbone. Che senso aveva andare avanti se continuava a tornare indietro?

«Sento le rotelle che girano nella tua testa.» Girò la sua testa spettinata dal sesso verso di lui, i suoi occhi sazi e languidi, il suo sorriso soddisfatto.

Era un'espressione che aveva sempre amato su di lei, e ora non era diverso. Certe cose erano semplicemente radicate nella sua psiche.

Che poteva essere l'unica spiegazione per aver fatto questo con lei.

«Tanner? Ti prego, dimmi che non te ne penti.»

Gli sarebbe piaciuto dirle di sì. Farle provare lo stesso tipo di dolore che lei aveva dato a lui, ma non ci riusciva. Non era quel tipo di persona. Si vantava di essere onesto. «No, Juliet, non me ne pento. Mi chiedo, però, come andremo avanti da qui. Cosa succederà dopo. Me ne vado ancora, sai. Il divorzio ci sarà comunque. Non posso vivere nello stesso vuoto in cui ho vissuto in questi ultimi sette anni. Voglio che la mia vita inizi. Voglio andare avanti. Avere un futuro. C'è troppo passato tra noi perché ciò accada.»

Lei sbatté le palpebre. Un paio di volte. Rapidamente. Ma, a suo merito, non pianse.

Forse Juliet stava crescendo, dopotutto.

E allora cosa significa questo per te, amico mio?

Niente. Assolutamente niente. Troppo dolore. Troppa sofferenza. Non potevano tornare indietro e non potevano andare avanti. Non insieme. Dovevano voltare pagina.

«Non analizzare troppo, Tanner. Apprezziamolo per quello che è. Siamo sempre stati attratti l'uno dall'altra, ovviamente questo non è cambiato. Tu hai la tua vita; io ho la mia. Siamo qui insieme per Nana. Lasciamo che sia solo questo. Perché analizzarlo? Perché metterci addosso più pressione? Perché preoccuparci che sia qualcosa che non è? Godiamocelo e basta.» Sollevò un braccio sopra la testa e si stiracchiò. «Io di certo l'ho fatto.»

Lui la guardò. Studiò i suoi occhi. Non c'era malizia lì. Nessun calcolo in corso. Solo onestà e apertura e – le sue pupille erano dilatate. Le pupille di Juliet si dilatavano sempre quando era eccitata.

Si sentì eccitare e dovette sorridere. Certe cose ovviamente non cambiavano in sette anni.

«Stai sorridendo.»

Compreso il fatto che lei sapeva leggerlo come un libro aperto.

«Significa che ti è piaciuto?»

Le afferrò la mano e la trascinò verso il suo inguine. «Cosa ne pensi?»

Rabbrividì quando le dita di lei si chiusero intorno a lui.

«Penso che la giuria abbia bisogno di essere convinta ulteriormente.»

Dio l'aiuti, la lasciò "convincere la giuria". La lasciò prenderlo in bocca, e poi, quando era quasi pronto a scostarle la testa e a girarla, lei prese un altro preservativo dal comodino, lo infilò e gli salì sopra, e passò molto tempo prima che ricominciasse a pensare a qualcosa.

E se suo padre non si fosse presentato alla porta di casa di Juliet, sarebbe potuto passare molto più tempo.

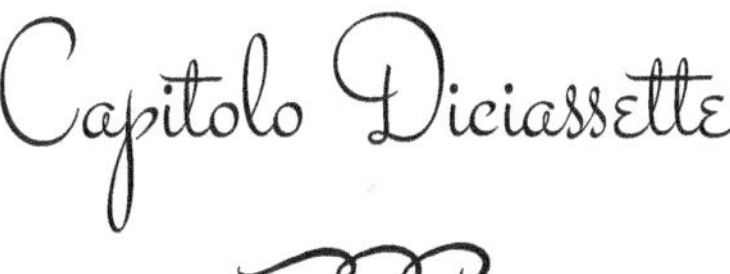

Capitolo Diciassette

«Papà?»

Bastò quella parola, detta con quel tono, a far saltare Tanner giù dal letto di Juliet e a fargli indossare i vestiti in due secondi. Il fatto che fosse comparso suo padre non era una buona cosa.

Grazie a Dio, Juliet aveva indossato un paio di pantaloncini e una maglietta invece di andare ad aprire in accappatoio, ma ciò non avrebbe aiutato Tanner a uscire di soppiatto dalla sua camera da letto senza che il padre di lei sapesse esattamente cosa avevano fatto.

Anche se... forse era un bene. Avrebbe rafforzato la loro storia.

Fantastico. Adesso *anche lui* stava escogitando un modo per mentire.

«Che c'è? È per la nonna?»

«Tua nonna sta bene. Si tratta di me. Sono qui per scoprire che diavolo state cercando di combinare tu e Wentworth.»

«Combinare? Di cosa stai parlando?»

Tanner si avvicinò alla porta della camera da letto, con l'orecchio teso verso la fessura.

«Posso entrare?» Il signor Chambers era un maniaco delle buone maniere e delle regole. Questo lo rendeva un buon uomo d'affari, ma anche una spina nel fianco come padre di una fidanzata.

Tanner non era sicuro di cosa questo facesse di lui come suocero, dato che non aveva mai vissuto davvero quell'esperienza. Ma se piombare a casa loro a tarda ora – ok, a casa di sua figlia, ma quell'uomo pensava che fossero tornati insieme, quindi doveva essere considerata la *loro* casa e Tanner si sarebbe preoccupato più tardi di come si sentiva a riguardo – era un indizio, Tanner non ne era entusiasta. Specialmente perché quell'uomo l'aveva interrotto mentre faceva l'amore con sua moglie.

Moglie.

Dannazione. Quella parola gli scivolò dalla bocca con troppa facilità.

«Oh. Ehm. Certo.» Juliet indietreggiò, passandosi una mano tra i capelli già disordinati. Santo cielo, i suoi capelli arruffati dal cuscino non avrebbero potuto urlare *sesso* più forte. «Ma per favore, fa' piano. Tanner sta dormendo.»

«Dove?»

Beh, quello andava dritto al punto.

Juliet distolse lo sguardo e Tanner poté vedere le sue guance arrossire.

Anche quello andava dritto al punto.

«Ci vai *a letto*, Juliet? Non hai ancora imparato la lezione?»

«Papà, Tanner è mio marito.»

«Ne sei sicura?»

A quella domanda, il sangue di Tanner ribollì. Come osava suo padre mettere in discussione la *sua* integrità? Stava per aprire la porta della camera da letto quando Juliet rispose.

«Sì, ne sono sicura, papà. Io e Tanner siamo ancora sposati. E lui ha onorato i suoi voti, proprio come ho fatto io.» Chiuse la porta d'ingresso. «So che non è la tua persona preferita, ma la nostra relazione non è affar tuo.»

Se lo stava dicendo come parte della loro storia di copertura, non avrebbe potuto essere più convincente. Se ci credeva davvero, aveva finalmente imparato a prenderlo in parola.

A quel pensiero, sentì una piccola stretta al cuore.

«L'hai resa affar mio mentendo a tua nonna. Non lo permetterò, Juliet. Ha rinunciato alla sua vita per aiutarmi a crescerti. È così che la ripaghi?»

«Adesso basta, Burt.» Tanner non poteva più restare nella stanza di Juliet. «Juliet non farebbe mai del male a sua nonna e lo sai benissimo. So che Lei è preoccupato, ma non dovrebbe prendersela con sua figlia.»

«Dovrei prendermela con te?» Il signor Chambers non era un uomo piccolo, ma non era neanche lontanamente imponente come Tanner. Non che

Tanner lo avrebbe mai colpito, ma il padre di Juliet strinse i pugni, come se volesse sferrargli più di un pugno mentre si incontravano al centro del soggiorno di Juliet.

«Juliet sta cercando di rendere felice sua nonna. E anch'io.»

Suo padre si massaggiò il lato del collo. «Mentendole? Non potete dirmi che avete improvvisamente scoperto di non poter vivere l'uno senza l'altra. Non dopo tutti questi anni separati.»

«Ci stiamo... lavorando.»

«E poi? Mia madre guarisce e tu te ne vai di nuovo?» Inarcò un sopracciglio.

«Papà...»

«No, Juliet. Voglio sentire cosa ha da dire lui. Ti ha già lasciata due volte. Perché ti stai esponendo a una terza? Ti piace soffrire? Ti piace dover raccogliere i cocci? Perché mai ti sei lasciata coinvolgere in questa storia?»

«Non mi sono lasciata coinvolgere in niente. Se avessimo cercato di 'combinare qualcosa' come dici tu, non credi che l'avrei fatto tornare quando è finita in ospedale?»

«Perché non l'hai fatto?»

«Perché non volevo che Tanner fosse *obbligato* a tornare; volevo che lo *desiderasse*.»

Tanner aveva seriamente sottovalutato le doti recitative di Juliet. L'aveva quasi convinto.

Il padre di lei mise le mani sui fianchi. «Vi aspettate che creda che sia solo una coincidenza? Non sono arrivato dove sono oggi nascondendo la testa sotto la sabbia, Juliet. Riconosco una montatura quando la vedo.»

Tanner voleva vuotare il sacco; aveva detto a Juliet che non ce l'avrebbero fatta. Ma aveva visto la nonna. Era stata felice di vederlo, ma c'era fragilità sotto il suo sorriso. Se mantenere la finzione ancora un po' l'avesse aiutata a guarire, lo avrebbe fatto. Chi è dentro è dentro... fino all'ipoteca.

«Certo che sono tornato quando Juliet mi ha detto cosa era successo, ma è stato perché lo volevo io. Perché era ora.» Ecco. Era quanto di più vicino alla verità potesse dire senza mentire.

«E cosa credi che succederà, Juliet, quando se ne andrà? Pensi che tua nonna ne sarà felice?»

«Chi dice che me ne andrò?» Tanner non poteva credere di aver pronunciato quelle parole.

Ovviamente, neanche il padre di Juliet. Strinse gli occhi e puntò il dito contro Tanner. «Tu.» Si erse in tutta la sua statura, che era di ben dodici centimetri inferiore a quella di Tanner, ma l'uomo era ancora intimidatorio come quando Tanner aveva diciotto anni. «Per qualche motivo che solo Dio conosce tu rendi felice Juliet e mia madre lo sa. Non permetterò che venga ferita di nuovo. Ha fatto troppo per questa famiglia per vedere i suoi sentimenti presi in giro. Non so cosa abbiate architettato tu e Juliet, ma non farai del male a mia madre, è chiaro? Quell'ipoteca ce l'ho ancora io.»

«Papà...»

«Juliet.» Tanner fece un passo avanti. Per quanto gli sarebbe piaciuto mettere in riga quel tizio, non lo avrebbe fatto per non rischiare di rovinare ciò che lui e Juliet avevano già concordato.

Fece un respiro profondo e fece qualcosa che non avrebbe mai pensato di poter fare.

Mentì al padre di Juliet.

«Io e Juliet abbiamo avuto dei problemi, ma lo dobbiamo a noi stessi, a quello che abbiamo significato l'uno per l'altra, di provare a risolverli. Sì, sono qui perché Juliet mi ha parlato di sua nonna, ma non è l'unico motivo per cui sono tornato. Sono qui per le giuste ragioni. Non ho intenzione di fare del male a sua madre o a sua figlia, Burt.» Quella parte almeno era vera. Avevano già stabilito le regole di base; se Juliet si fosse fatta male, sarebbe stato perché aveva costruito questa cosa trasformandola in qualcosa di più di quello che era. Non sarebbe stata colpa sua; era stato onesto con lei.

«Ma non lo fai mai, vero? Tu semplicemente pianti tutto e te ne vai, e il resto di noi deve aiutarla a raccogliere i cocci.»

«Papà, non è giusto.»

«Non l'hai sentito dire, Juliet? Niente è giusto in amore e in guerra. Non ho ancora capito quale delle due sia questa relazione tra voi.»

Tanner non voleva provare a classificarla. «Io e Juliet siamo adulti. Abbiamo discusso la situazione da ogni angolazione. Non deve preoccuparsi per sua figlia. Sta bene.»

Bene? Juliet non ne era sicura. Anzi, non era sicura di niente, perché sentendo quello che Tanner stava dicendo...

Voleva che fosse vero. E se non avessero avuto quella conversazione prima di andare a letto insieme, avrebbe potuto davvero pensare che lo fosse, tanto era convincente.

E sembrava così giusto vederlo parlare con suo padre lì, nel suo soggiorno, in maglietta, pantaloncini e a piedi nudi. Come se quello fosse il suo posto.

Lo stomaco le si strinse, immaginandoselo. Come sarebbe stato andare a letto con lui ogni sera, svegliarsi con lui ogni mattina, preparargli la colazione a letto – o lui l'avrebbe preparata per lei; amavano farlo a vicenda in quei pochi brevi mesi in cui avevano vissuto insieme prima di perdere Keegan. Poteva immaginarlo seduto nel patio sul retro, a leggere il giornale. Questa casa le era sembrata così piccola prima e, a rigor di logica, avrebbe dovuto sembrare ancora più piccola con Tanner dentro, ma non era così. Sembrava...

Casa.

«Ha ragione lui, papà. Io e Tanner abbiamo parlato di tutto questo. Non devi preoccuparti.»

Guardò Tanner torvo. «Vorrei scambiare due parole con mia figlia.»

«Papà, qualsiasi cosa tu abbia da dire, puoi dirla davanti a Tanner.»

«No, Juliet, va bene così.» Tanner le toccò la spalla e il gesto le sembrò... genuino. «Vi lascio soli.» Si diresse verso la camera degli ospiti.

Addio genuinità. Se avesse davvero inteso quello che aveva detto – quello che avevano appena fatto insieme – sarebbe tornato nella sua stanza.

Doveva tornare a ragionare lucidamente. Non era quello che avevano concordato prima di entrare nella sua stanza. Non poteva lasciare che quello che avevano fatto influenzasse ciò che stavano cercando di fare: convincere la sua famiglia che erano tornati insieme.

Suo padre si sedette quando Tanner chiuse la porta della sua camera. Juliet dovette fare un respiro profondo prima di poterlo affrontare. «Papà, andrà tutto bene.»

«Davvero?» Si strofinò le tempie. «Senti, tesoro. So che pensi di fare una buona cosa per tua nonna, ma si arrabbierà quando lui se ne andrà. Avresti dovuto vederla dopo che ve ne siete andati oggi. Non la vedevo sorridere così tanto da, beh, molto prima dell'ictus. E stasera ha mangiato. Non ho dovuto convincerla.»

«Vedi? Tutte ottime ragioni per essere felice che sia tornato.»

Suo padre si sporse in avanti e appoggiò i gomiti sulle cosce, le mani penzoloni tra le gambe. «È esattamente di questo che mi preoccupavo, Juliet. Diventi troppo vulnerabile quando si tratta di Tanner Wentworth. Ti illudi sempre e poi rimani delusa. Non si è fatto vedere per un tempo ragionevole per sette anni, tesoro. Se avesse voluto tornare, avrebbe potuto farlo. A quest'ora avrei potuto avere dei nipoti. Ma stai sprecando la tua vita ad aspettare qualcosa che non accadrà. Non è l'uomo per te. Che sia perché avete troppa storia alle spalle o per qualche altro motivo a cui ti aggrappi, la verità è che devi lasciarlo andare. Devi andare avanti. Non puoi passare la vita a struggerti per un ragazzo che non si rende conto di quanto tu sia speciale.»

Juliet si morse il labbro. Amava suo padre per averle detto quelle cose. Le aveva sempre detto quanto fosse meravigliosa e speciale – specialmente nei primi anni dopo che sua madre aveva deciso che il suo fidanzato era più importante di sua figlia. Ma sentire quelle parole da suo padre non annullava l'abbandono di sua madre.

La verità era che non si era mai sentita abbastanza degna. Dopotutto, se la sua stessa madre l'aveva abbandonata, perché qualcun altro non geneticamente legato a lei avrebbe dovuto restare?

Razionalmente, sapeva che Tanner non poteva essere ritenuto responsabile per le azioni di sua madre, ma emotivamente, psicologicamente, era terrorizzata che lui la lasciasse.

E poi l'aveva fatto. E la cosa più schifosa era che erano state proprio le sue azioni per *impedirlo* a portare al verificarsi della cosa che più temeva.

«Papà, dovrai solo fidarti del fatto che so quello che sto facendo.»

«Ti manca la prospettiva, tesoro. Ti ha lasciata quando avevi più bisogno di lui. E non una, ma due volte. E ora lo hai riportato indietro per una terza volta? Speravo che non ti struggessi più per lui dopo tutti questi anni, ma vedo che mi sbagliavo.» Le prese il mento. «Soffrirai di nuovo e non c'è niente che io possa fare per impedirlo.»

«Papà, sono una ragazza grande e me la sono cavata benissimo in questi ultimi anni senza di lui.» *Ultimi*, non *sette*, perché non era stata bene per i primi due.

«L'hai superata, ma non sei andata avanti.» Lasciò cadere la mano in grembo. «Non sei uscita con nessuno e dovresti. Esci e incontra un altro uomo. Uno con cui puoi costruirti una vita. Un futuro. Avere una famiglia.»

«Sono ancora sposata, papà.»

Inarcò le sopracciglia e le lasciò la mano. «Pensi che a lui importi? Se gli importasse, sarebbe stato qui. Potrebbe uscire con altre e tu non lo sapresti.»

«Lo saprei. Conosco Tanner. È un uomo di parola. Ha pronunciato i suoi voti e li intendeva sul serio.»

Di questo era sicura. Ora.

Ma voleva ricordargli il più importante: *'Finché morte non ci separi.'*

Le parole di suo padre gli stavano bruciando un buco nel cuore.

Tanner si allontanò dalla porta, mentre il vecchio adagio secondo cui chi origlia non sente mai dire nulla di buono su di sé si rivelava vero.

Il signor Chambers la stava effettivamente incoraggiando a tradirlo. Tanner scosse la testa. Non poteva crederci. L'opinione che quel tizio aveva di lui...

Eppure Juliet era subito corsa in sua difesa. O lo stava dicendo a beneficio di suo padre?

Odiava anche solo dover *avere* quel pensiero.

«Lascia perdere, papà, ok? Pensiamo solo a essere qui per la nonna. Tutto il resto si risolverà come deve dopo che starà meglio.»

Dopo.

A Tanner sembrava di aver vissuto la sua vita con una grossa dose di *dopo*. *Dopo* i trent'anni. *Dopo* aver ricevuto il suo fondo fiduciario. *Dopo* aver estinto l'ipoteca. *Dopo* il suo divorzio. Ora doveva aspettare *dopo* che la nonna fosse guarita.

Quando avrebbe mai potuto vivere il momento? Non dover aspettare una qualche data importante e fondamentale per definire la sua vita?

Sbuffò. *Dopo*, ecco quando.

«Non voglio che scappi di nuovo, Juliet. Non mentre potrebbe far del male a tua nonna. Ti fidi abbastanza di lui da non farlo?»

«Sì.»

Pronunciò quelle due parole in modo più sicuro e deciso di come le aveva dette il giorno in cui si erano sposati. E questa volta, gli scivolarono nelle vene e gli si avvolsero attorno al cuore in un modo che non avevano fatto quando aveva pensato che le stesse dicendo per incastrarlo. Ma ora, le stava dicendo come se si fidasse di lui. Finalmente.

Ma quando ti fiderai tu di lei?

Era questa la domanda da un milione di dollari, no? Quasi letteralmente.

Ma non era qui per fidarsi di lei. Era qui per onorare il loro accordo e ottenere l'ipoteca del ranch. Poi avrebbe potuto andare avanti.

Sei sicuro che sia quello che vuoi fare?

Certo che lo era. Era quello che aveva pianificato per il *dopo*.

*Ma per quanto riguarda l'*adesso?

Adesso?

Guardò attraverso la porta e la vide seduta lì, le ginocchia unite, le mani intrecciate in grembo, la risolutezza incisa sul viso.

La Juliet che aveva conosciuto era appiccicosa. Adorante.

Questa Juliet era sicura di sé. Risolta.

Diversa.

E ancora così bella da fargli male al cuore.

Perché suo padre doveva farsi vivo? Perché non potevano avere quella serata? Era chiedere troppo?

Solo una notte. Con sua moglie.

Juliet chiuse la porta d'ingresso dopo che suo padre se ne fu andato, vi appoggiò la fronte contro e fece un respiro profondo. Non era stato affatto piacevole.

Papà aveva espresso tutte le sue preoccupazioni e lei gli aveva dato risposte sincere. Si fidava che Tanner non se ne sarebbe andato, almeno non prima di aver rispettato la sua parte del loro patto. Poi se ne sarebbe andato e lei lo aveva già acconsentito.

Si appoggiò con la schiena alla porta e vi premette i palmi delle mani, ottenendo una vista frontale della camera da letto di Tanner. Doveva aver sentito. Si era quasi aspettata che uscisse per difendersi. Ma non l'aveva fatto.

Perché?

Voleva andare da lui. Voleva invitarlo di nuovo nella sua stanza in modo che potessero continuare da dove si erano interrotti. Ma aveva la sensazione che quel momento fosse passato.

Sospirando, spense la luce accanto al divano e si diresse verso il suo angolo della casa.

«Juliet.»

La sua voce le scivolò addosso nell'oscurità proprio come avevano fatto le sue mani. E con lo stesso effetto.

Fece un respiro profondo. Non voleva dovergli dare la buonanotte in quel modo.

Ma aveva accettato le sue condizioni, quindi si voltò.

Lui era sulla soglia della sua porta, più grande della vita stessa. Proprio come era sempre stato. «Grazie.»

«Per... cosa?» Questa non se l'aspettava.

«Per avermi difeso.»

«Non avrebbe dovuto dire quelle cose, ma è turbato.»

Tanner afferrò lo stipite sopra la sua testa e si sporse in avanti. «Non devi trovare scuse. Era nel suo diritto dirle. Voglio dire, dopotutto, me ne *sono* andato.»

«Per una buona ragione.»

Lasciò andare il legno e fece due passi fuori dalla sua stanza.

Il cuore di Juliet accelerò.

«Senti.» Si passò una mano tra i capelli. «Stasera, prima che arrivasse tuo padre... È stato bello. Giusto?»

Lei annuì, trattenendo il respiro, non volendo dire la cosa sbagliata.

«Quindi... Che ne dici di, sai, tornare a dove eravamo prima che arrivasse?»

Dire? Non voleva *dire* nulla. Voleva urlarlo ai quattro venti.

Ma mostrò un po' di contegno.

«Mi piacerebbe molto, Tanner. Non voglio andare a letto da sola stanotte.»

«Allora non farlo.» Le tese la mano.

A Juliet, sembrò un'ancora di salvezza.

Capitolo Diciotto

La mattina dopo, Tanner posò la confezione di uova sul bancone del piccolo cucinotto di Juliet e appoggiò delicatamente la padella, in modo che il metallo non facesse rumore sul fornello. Juliet aveva bisogno di dormire.

L'unica ragione per cui era lì fuori a preparare la colazione e non là dentro a fare l'amore con lei.

Fare l'amore... Doveva esserci un termine migliore.

Le immagini della scorsa notte gli balenarono nella mente. Quello che avevano fatto insieme era molto più che *fare sesso*, ma non era fare l'amore. Certo, teneva a lei. Sarebbe sempre stato così; era un suo diritto. Ma non era innamorato di lei. Non poteva amare qualcuno che non sapeva essere onesta.

Ma poteva ancora tenere a lei. Poteva tenere ai ricordi.

Ruppe le uova per la sua colazione. Strapazzate; era l'unico modo in cui le piacevano le uova. Non sode, non in camicia, non all'occhio di bue... Solo strapazzate. Non le piacevano nemmeno le omelette, anche se lui ci metteva abbastanza formaggio, ketchup e timo da poterla considerare tale, se lei non avesse insistito per avere le uova spezzettate.

Strano come se lo ricordasse dopo tutti quegli anni.

Mise un paio di fette di pane nel fornetto elettrico, versò due bicchieri di succo d'arancia e, mentre le uova cuocevano, cercò nel frigo di lei della carne per la colazione.

Sorrise. Avrebbe potuto darle un po' di carne per colazione...

Sebbene fosse divertente, era anche triste. Se fosse stato tutto vero, se fossero stati davvero sposati e quello fosse stato un weekend normale, avrebbe potuto davvero spegnere il fornello e andare a farlo. Avrebbe sempre potuto preparare altre uova.

Per qualche istante, l'idea fu allettante. Il che dimostrava quanto *non* fosse una buona idea. Sarebbe rimasto dov'era.

Ma poi sentì miagolare la gattina.

Chiuse lo sportello del frigo. La carne a colazione non era comunque così salutare.

Spense il fuoco e si diresse verso la lavanderia, dove avevano messo la piccola creatura quando aveva cercato di unirsi a loro nel letto la sera prima.

«Ehi, piccola. Che succede? Ti mancano i tuoi amichetti del negozio?» Tenne la gattina stretta al petto, poi lei si arrampicò fino alla sua spalla e gli leccò l'orecchio.

Le grattò la testa, poi tornò in cucina. «Ho una sorpresa per te, piccolina.»

Riaccese il fornello, girò le uova e ne tagliò un pezzetto per la gattina. Glielo mise sulla spalla, ignorando gli artigli che gli trapassavano la pelle mentre lei si teneva in equilibrio. Meno male che aveva le spalle larghe.

«Non le starai mica dando cibo *normale*.»

Si girò di scatto alla voce indignata di Juliet. «Uhm... forse?»

«Tanner, non puoi. Deve mangiare le sue crocchette per gattini.»

«Mi stai dicendo che pensi che dei pezzetti duri e croccanti di chissà cosa siano meglio per lei di un uovo naturale?»

«I gattini non dovrebbero mangiare uova.»

«Rifletti su questa affermazione, Jules.» Mescolò le uova un'altra volta, poi spense il fuoco prima di girare il pane nel fornetto elettrico per farlo dorare dall'altro lato. Aprì lo sportello del frigo — lentamente, perché la gattina stava ancora cercando di mettersi comoda sulla sua spalla e quegli artigli erano affilati — e prese il burro dal vassoio sulla porta.

«Se non l'avesse mai assaggiato, non saprebbe cosa si perde.» Juliet prese i bicchieri e li mise sul tavolo.

«È troppo presto per gli indovinelli.»

«Sto solo dicendo che non può sentire la mancanza di qualcosa che non ha mai avuto. Ora che gliel'hai dato, ne sentirà la mancanza quando non potrà più averlo.»

Chiuse lo sportello del frigo ma non si voltò, trattenendo il respiro. «È un commento sulla scorsa notte?»

«Cosa—? Oh.»

La sentì strusciare la sedia sul pavimento di piastrelle, ma non si girò per vedere se si fosse seduta. Non poteva. Non voleva vedere il rimpianto sul suo viso. Non voleva provarlo guardandola. Lui non si pentiva della scorsa notte, a meno che non lo facesse lei. O a meno che lei non stesse pensando di renderla più di quello che era.

Forse *era* più di quello che pensava. Dopotutto, qualcosa l'aveva spinto a farle quell'invito dopo che suo padre se n'era andato.

Dannazione, avrebbe dovuto ascoltare la sua coscienza la sera prima e andarsene.

Ma allora si sarebbe perso l'occasione di stringerla a sé. Ed era stato magnifico.

Finché non si era svegliato con la sua solita erezione mattutina. Motivo per cui era venuto in cucina.

Si mosse a disagio, sperando di nasconderne ogni traccia. «Nessuna notizia di tua nonna stamattina?» Come cambio di argomento, probabilmente non era la scelta migliore, ma era la prima che gli era venuta in mente per abbandonare il tema della scorsa notte.

«No. Ma voglio andare da lei. Non sei obbligato, se non vuoi. Ti ha visto, sa che sei qui, si è un po' ripresa. Dovrebbe bastare.»

Impiattò le uova e il toast, e li portò a tavola. «Quindi una botta e via? Pensi davvero che ci cascherà? Tua nonna sarà anche debole, ma è ancora lucida come sempre. Sono qui, tanto vale approfittarne.» Non era suonato bene. «Voglio dire, tanto vale che mi faccia vedere un po'. Per rendere il tutto credibile.»

«Grazie, Tanner. Apprezzo davvero l'offerta.»

«Prego.» Fece spallucce, poi afferrò la gattina prima che gli scivolasse lungo la schiena, portandosi via qualche strato di pelle.

La mise a terra con un altro pezzetto di uovo.

Juliet sollevò un sopracciglio quando lui si voltò di nuovo verso di lei.

«Che c'è? Non posso farci niente. Ho un debole per i gattini. Fammela pagare.» Si avventò sulle sue uova. «E a proposito della gattina, abbiamo già un nome o devo continuare a chiamarla *piccola*?»

«Stavo pensando a Houdini, ma è una femmina e lui non lo era.»

«Come la signora Houdini fu molto felice di scoprire, ne sono certo.» Tanner ingoiò un'altra forchettata di uovo. «Perché *non* chiamarla così? Molte persone usano nomi neutri. Houdini era il suo cognome, quindi può andare bene per qualunque genere.»

Lei sorrise e fu come se il sole sorgesse nella sua cucina.

Tanner scosse la testa. Per l'amor di Dio, una notte di sesso in sette anni e si trasformava in un poeta.

Era il suo segnale per andarsene finché era ancora in tempo.

Inghiottì le uova. «Che ne dici se tu fai la doccia mentre io pulisco? Poi sarà il mio turno e ce ne andremo.»

«Cosa? Non pensi che dovrei presentarmi da Nana in questo stato?» Si diede una pacca sui capelli.

Immediatamente, fu catapultato alla notte precedente, quando aveva avuto le mani tra quei capelli—

Si chinò per accarezzare Houdini che gli si stava arrampicando sulla gamba, probabilmente in cerca di altre uova. Juliet aveva avuto ragione. Se non avesse avuto quel suo assaggio la scorsa notte, oggi non ne vorrebbe ancora.

Tornò a sedersi e finì le uova in un boccone. Sembrava che per lui fosse in arrivo un'altra doccia fredda.

* * *

«Gin. Vinco di nuovo.» Nana trascinò la fiche da poker verso la pila di fronte a lei. «Non mi starà mica lasciando vincere, vero, Tanner?»

«No, signora.» Tanner inclinò il cappello all'indietro e si appoggiò allo schienale della sedia, tenendola in equilibrio sulle due gambe posteriori. «So bene che con lei non si può dare nulla per scontato.»

«Esatto. Non vale niente se non te lo guadagni.» Nana mescolò le carte.

Juliet era stupita del cambiamento in lei. Una settimana fa, Nana riusciva a malapena ad alzarsi dal letto, e vederla ora, seduta lì a giocare a carte da — Juliet controllò il cellulare — più di un'ora... Aveva fatto la scelta giusta a riportare Tanner.

Il lato negativo del grande miglioramento di Nana, tuttavia, era che

Tanner non avrebbe dovuto fermarsi molto a lungo. Una volta che Nana fosse tornata quella di sempre, avrebbero potuto confessare e lui sarebbe potuto andarsene, portando con sé il mutuo e il cuore di lei.

«Su con la vita, Juliet.» Nana distribuì le carte per la nuova mano. «La mia serie di vittorie non può durare per sempre. Vincerai una partita, ne sono sicura.»

Juliet aprì le carte a ventaglio: nemmeno una coppia. Sospirò. «Forse se continuiamo a giocare per un'altra ora, ma devi riposare.»

«Sciocchezze.» Nana sistemò le carte in mano. «Ho riposato così tanto in quel dannato ospedale che pensavo non mi sarei più svegliata. È così bello essere a casa e tra le mie cose. Non è d'accordo, Tanner?»

Tanner picchiettò la mano sul tavolo. «Penso sia un bene per lei essere a casa. Ho sentito dire che le persone si riprendono meglio quando escono dall'ospedale.»

«Intendevo per te. Dev'essere bello potersi finalmente sistemare e rilassare a casa. Juliet ha scelto un bel posto accogliente per voi due, non è vero? Volevo davvero che vi trasferiste qui al ranch, ma ha detto che voleva uno spazio tutto suo. Qualcosa solo per voi due. Non posso certo biasimarla. Ricordo quando William e io ci sposammo... Avevamo decisamente bisogno dei nostri momenti da soli.»

Juliet sentì il viso avvampare alla luce degli eventi della scorsa notte.

Bruciò ancora di più quando Tanner la guardò. «Ma Juliet e io non ci siamo *appena* sposati.»

Nana agitò una mano e pescò una carta dal mazzo. «È solo una questione di parole. Siete stati separati abbastanza a lungo che dev'essere come una seconda luna di miele ora che siete di nuovo insieme.» Gettò una carta sul tavolo.

Tanner raccolse lo scarto e lo inserì nella sua mano. «Qualcosa del genere.»

«Oh, cielo. Ecco che ricomincio con la mia boccaccia. Immagino che certe cose siano private, dopotutto, ma sono così felicissima che tu sia qui e che possiamo essere una vera famiglia che a volte mi dimentico. Non fateci caso. Sono solo felice che tu sia a casa.»

Juliet fece la sua mossa, pescando un tre da aggiungere a tutte le altre carte spaiate che aveva in mano, felice di lasciare che sua nonna parlasse per lei, dato che stava dicendo tutto ciò che Juliet avrebbe voluto dire.

«Beh, sono contenta che tu sia felice, Nana. È bello vederti in piedi e vispa.»

«È bello essere in piedi e vispa. Ho una nuova prospettiva sulla vita. Cose come gli ictus e il resto ti fanno rivalutare le tue priorità. Quello che vuoi dalla vita.»

Juliet sapeva cosa voleva e lui era seduto di fronte a lei.

Nana giocò la sua mano. «Ho deciso di fare volontariato in ospedale quando starò abbastanza bene. Sapete quanto può essere solitario e deprimente quando non ricevi visite?» Scartò la carta che aveva pescato dal mazzo. «Sono stata fortunata ad avere un sacco di visite, ma alcune di quelle persone non avevano nessuno. Metà dei fiori che i clienti di Burt mi hanno mandato sono andati a quei pazienti. Il profumo era troppo forte nella mia stanza e a cosa mi servivano tutti? Però ho tenuto il mazzo che mi avete mandato tu e Juliet.»

Oh, cavolo. Juliet si era dimenticata di dirglielo.

«Ho sempre adorato i bluebonnet, mio caro ragazzo.» Nana gli diede una pacca sulla mano. «Ora gioca. Ho la sensazione che vincerò anche questa mano.»

Penelope *sapeva* che avrebbe vinto quella mano. E molto di più. Il povero Tanner sembrava folgorato alla menzione dei fiori.

E Juliet pensava di poterla fregare? Ah. Non era nata ieri e quella ragazza aveva bisogno di molti più anni di esperienza per provarci, specialmente se quei due pensavano di ingannarla. Sapeva esattamente cosa stavano facendo e perché.

Pensavano che avesse avuto questo terribile e grave ictus ed erano preoccupati. Lasciò che lo pensassero, anche se aveva avuto un attacco ischemico transitorio meno grave e lo stava sfruttando al massimo per poter instillare le idee nella testa di Juliet. O forse avrebbe dovuto dire, far emergere le idee che erano già nella testa di Juliet, in modo che sua nipote potesse agire?

Penelope sapeva esattamente cosa stava facendo. Proprio come con i bluebonnet. Diamine, chiunque avrebbe potuto sentire l'odore di Juliet a un miglio di distanza quando quel ragazzo era nei paraggi. Si versava addosso la lozione ai bluebonnet come se fosse acqua, e Penelope ne aveva sempre saputo il motivo.

Come pensavano quei ragazzi che quei fiori fossero arrivati lì? William aveva fatto arrivare un autoarticolato pieno per regalarle quel campo istantaneo. Anche lei aveva profumato di bluebonnet per anni. Conservava ancora un ramoscello secco del primo che lui le aveva dato nel libro accanto al suo letto. E ogni tanto si spalmava un po' di lozione.

Quei ragazzi pensavano di avere il monopolio del romanticismo. Ah. Quello che non sapevano non avrebbe riempito nemmeno la sua tazzina da tè. E finché avesse potuto tenere Tanner nei paraggi, non avrebbero avuto alcuna possibilità contro di lei.

«Gin.» *Fortunata al gioco, sfortunata in amore* un corno. Aveva avuto un matrimonio meraviglioso e i suoi sforzi da sensale avrebbero funzionato altrettanto bene per sua nipote.

«Ancora?» Juliet sospirò e gettò le carte sul tavolo. «Forse dovrei chiamare *te* Houdini invece della gattina, visto che sembra che tu possa far apparire le carte dal nulla come per magia.»

«Ah, ma ognuno ha la sua magia, Juliet.» Penelope prese la fiche vincente e la impilò sulla sua pila. «Volete fare una pausa?»

«Perché? Ne hai bisogno tu?» Juliet balzò dalla sedia e fu al fianco di Penelope in un lampo.

Adorava davvero sua nipote.

«No, sto bene. Ma voi due potreste aver bisogno di una pausa dalla batosta che vi sto dando. Inoltre, c'è un'altra cosa che voglio fare finché vi ho qui entrambi.»

«Cosa?» Tanner, anima benedetta, raccolse le carte e le impilò ordinatamente al centro del tavolo.

Avrebbe dovuto spostarle per quello che lei aveva in mente.

«Vorrei che prendessi quella scatola laggiù.» Indicò la scatola che aveva fatto preparare a Burt. Lui aveva brontolato per tutto il tempo, ma quando lei gli aveva fatto notare che era per aiutare a consolidare il matrimonio di Juliet, aveva smesso di lamentarsi.

Suo figlio amava sua figlia e voleva solo vederla felice. Nessun uomo sarebbe mai stato abbastanza per Juliet agli occhi di Burt, ma riconosceva che c'era stato un tempo in cui Tanner l'aveva amata veramente. Penelope aveva cercato di convincere suo figlio che Tanner amava ancora Juliet, che se n'era andato perché era stato ferito da quello che lei aveva fatto. Se c'era qualcuno che avrebbe dovuto capire, quello era Burt. Ma non era disposto ad ammetterlo.

Ecco perché il suo piccolo attacco ischemico transitorio era entrato in gioco. Scacciò il piccolo senso di colpa per aver fatto preoccupare suo figlio e aver mentito a tutti. Era per un bene superiore. Doveva rimettere insieme quei due in modo che potessero vivere per sempre felici e contenti e dare a lei e a Burt dei nipotini di cui godere.

Ed era per questo che stava per mettere in atto la fase successiva del suo piano.

Capitolo Diciannove

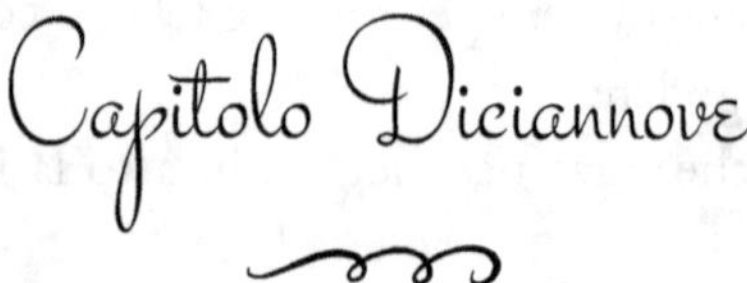

Forse mentire alla nonna non era stata un'idea tanto brillante. Juliet giunse a questa grandiosa rivelazione mentre la nonna faceva scaricare a Tanner gli album di fotografie sul tavolo.

Non voleva rivivere il loro passato. Non era per quello che lo aveva portato lì; voleva pensare al futuro. Andare avanti. Come potevano farlo, continuando a sguazzare nel passato?

Tanner evitava il suo sguardo. Doveva sentirsi a disagio quanto lei per quella situazione, quindi era grata che non si fosse alzato per andarsene. Non avrebbe saputo come spiegarlo alla nonna. Dopotutto, se si erano riconciliati, perché le foto del loro passato avrebbero dovuto turbarlo?

Per fortuna, gli album contenevano bei ricordi: un sacco di foto di lei e Tanner insieme, dato che le loro famiglie erano state unite prima che il padre di lui si indebitasse fino al collo con il gioco d'azzardo.

«Chi è questa con papà, nonna?»

«Lei? Oh, è Nancy. Nancy Hillson. Era una donna adorabile, ma tuo padre non la vedeva proprio.»

«Papà? Vuoi dire che è uscito con lei?»

«Solo una o due volte, credo.»

Juliet studiò la foto. Quella donna non le diceva niente. «È uscito con altre donne?» Perché neanche quello le diceva niente.

La nonna prese la foto e la guardò. «Non proprio. Credo ce ne siano state una o due. Avevo sperato in Nancy, ma...» La nonna sospirò e posò la foto. «Disse che non era pronto. Non pensava fosse una buona idea introdurre qualcuno di nuovo nella tua vita.»

A un certo punto Juliet aveva chiesto a suo padre una sorellina e l'espressione sul suo viso aveva messo fine alla discussione una volta per tutte. Ora, sapendo quello che sapeva di sua madre, capiva perché fosse stato esitante a introdurre delle donne nella sua vita se non sarebbero rimaste, ma era un peccato che adesso fosse solo.

Juliet non voleva finire da sola. Ma non voleva neanche una persona qualsiasi. No, lei voleva Tanner e sentiva che nessun altro sarebbe mai stato alla sua altezza. Il che non prometteva niente di buono per il suo futuro.

«Era davvero così innamorato di... Elaine?» Non era mai riuscita a chiamarla "mamma" quando parlava di lei; rendeva l'abbandono di quella donna troppo personale.

Le labbra della nonna si torsero come se avesse succhiato uno di quei bastoncini al limone che le comprava alla fiera del paese ogni anno quando era più piccola. «Penso che fosse più che altro molto deluso da lei. Non fu facile quando lo lasciò. Aveva un'attività da mandare avanti, una bambina da crescere e aiutare ad affrontare la situazione, e poi, come se non bastasse, i pettegolezzi.»

I pettegolezzi erano solo una delle ragioni per cui Juliet non aveva voluto che nessuno sapesse che Tanner l'aveva lasciata. L'altra era l'insopprimibile speranza che non se ne fosse andato. Non per sempre.

Lo guardò, desiderando che capisse perché aveva fatto quello che aveva fatto. Perché potevano ancora far funzionare le cose.

Lui stava sfogliando un altro album.

«Oh mio Dio, ma guarda un po' questa!» La nonna sollevò una foto di uno degli innumerevoli barbecue aziendali che suo padre aveva tenuto lì al ranch. «Ho quell'orribile cotonatura sulla testa. Qualcuno avrebbe dovuto dirmi che ero ridicola.»

Il cambio di argomento era decisamente opportuno. «Io penso che tu sia bellissima, nonna.»

«Sì, be', tu sei di parte, cara.» La nonna fece scivolare la foto verso Tanner. «Ora dimmi, Tanner. Trovi attraente questa pettinatura su una donna?»

«Dipende dalla donna.» Fece l'occhiolino alla nonna ed entrambi risero.

Era così bello sentire Tanner ridere. Juliet non aveva dimenticato quella sua risata profonda, di pancia, ma non era stata la prima cosa che le era venuta in mente perché l'aveva sentita così di rado negli ultimi dieci anni.

Anche se aveva riso la notte precedente, quando lei aveva trovato una delle sue zone erogene che soffrivano il solletico.

Era stato un momento di pura, onesta felicità che si era infuocato un secondo dopo. A lei non era dispiaciuto, ovviamente, ma le sarebbe piaciuto sentire la sua risata un po' più a lungo, sapendo di esserne stata la causa.

«Guarda questa.» La nonna sollevò un'altra foto. «Non è quella cheerleader che pensava di essere la tua migliore amica? Che *ci fa* qui?»

Tanner prese la foto. «Sì, è Delia. Credo stia cercando di capire come tuffarsi in piscina senza bagnarsi i capelli.»

«Quella ragazza non ha due neuroni in croce. Anche se ho sentito dire che è brava a trovare mariti ricchi.»

«"Mariti", al plurale, è la parola chiave di questa affermazione.» Tanner gettò la foto sul tavolo con un gesto secco.

«Sì, be', non tutti possono avere l'intelli-genza di Juliet. Bella *e* intelligente. Tanner, sei un uomo fortunato.»

Per fortuna, la nonna abbassò lo sguardo sulla foto successiva, così non vide Tanner inarcare le sopracciglia, ma Juliet sì.

La sua schiena si raddrizzò un po'. Okay, aveva fatto delle cose sconsiderate in passato, ma non con cattiveria. E lei era molto più di quelle due decisioni sbagliate, e lui avrebbe dovuto ricordarselo perché all'epoca l'aveva amata per un motivo, e lei, fondamentalmente, era la stessa persona. Soprattutto dopo la notte scorsa.

Forse Tanner non era più innamorato di lei, ma la notte precedente era stato decisamente pieno di lussuria per lei.

Per fortuna, la nonna continuò a tirare fuori foto non controverse. Le celebrazioni della Giornata della Comunità, le partite di football, le vacanze, i barbecue, le feste di quartiere... Tutti bei ricordi.

Tanner estrasse un altro album dalla scatola e lo posò sul tavolo.

Il suo sorriso si irrigidì quando aprì la copertina.

«Oh, guardate come siete felici qui.» La nonna indicò una delle foto.

Juliet si sporse. Era uno scatto non in posa che qualcuno aveva fatto mentre aspettavano che il fotografo sistemasse le luci per la loro foto ufficiale di fidanzamento — il primo fidanzamento — sotto l'albero di magnolia nel giardino davanti.

Tanner la stava guardando con palese felicità. Il suo sorriso era il più grande che gli avesse mai visto e le aveva messo una mano sulla nuca, attirandola a sé finché le loro fronti si toccarono. Ricordava cosa le aveva sussurrato in quel momento: «Ti amerò per sempre, Jules. Non potrei essere più felice.»

E poi non lo era più stato.

«E questa.» La nonna indicò la successiva. La loro festa di fidanzamento, quando i loro amici avevano decorato le sedie come troni e avevano creato una corona con i fiocchi dei regali per ognuno di loro. Dio, quante risate.

E la sua pancia.

Keegan era stato lì. Aveva scalciato dentro di lei per tutto il pomeriggio. Avevano scherzato sul fatto che volesse uscire a far festa, un degno erede di famiglia. Ma non erano riusciti a mettersi d'accordo di quale famiglia, la sua o quella di Tanner.

«Ehm, mi sono appena ricordato che volevo chiedere una cosa a Burt.» Tanner spinse indietro la sedia e si diresse verso l'ufficio di suo padre.

Non poteva biasimarlo.

Quella foto... La sfilò dalla pellicola protettiva nell'album. Era allo stesso tempo straziante e incredibilmente felice. Così avrebbero dovuto essere.

Come avrebbero potuto essere.

«Ci saranno altri bambini, Juliet.» La mano della nonna coprì la sua con sorprendente forza.

«Lo spero.» Ma non sarebbero stati di Tanner.

«Abbi fede. Tu e Tanner ne avete passate tante e ne siete usciti più forti. Devo credere che vivrete una vita lunga e felice insieme.»

Giusto; la nonna doveva crederci. Almeno per un altro po'.

Juliet si morse il labbro mentre rimetteva la foto nell'album. Questa era la parte difficile, fingere che fosse tutto vero quando desiderava così tanto che lo fosse e invece non lo era.

Non avrebbe dovuto dormire con lui la notte scorsa. Avrebbe dovuto vederlo uscire dalla sua vita per la terza volta, e sentiva che questa sarebbe stata la peggiore. Perché poi non ci sarebbe stato più nulla a riportarlo indietro.

. . .

Tanner si diresse verso la prima porta aperta che trovò, poi si piegò in avanti, con le mani appoggiate sulle ginocchia, e cercò di riprendere fiato. Quelle foto... Dio, quelle foto gli avevano tolto il respiro. La sua vita era stata esattamente dove l'aveva voluta e poi... era svanita.

«Se cerca mia figlia, non è qui.»

Tanner si raddrizzò di scatto. Merda. Quello *era* l'ufficio di suo padre e suo padre era seduto con i piedi appoggiati su quella massiccia scrivania che aveva sempre fatto sentire Tanner come se fosse stato chiamato nell'ufficio del preside.

Ora non era diverso.

«La mia, ehm, schiena. Mi stava dando qualche problema.» Si mise le mani sulla parte bassa della schiena e si stiracchiò per buona misura.

«Immagino che tutto quel ballo che fa possa causarLe qualche indolenzimento muscolare.»

«Ballo...» Smiise di stiracchiarsi. «Lei lo sa?»

Il signor Chambers — Burt — piantò i piedi per terra e fece pressione sulla scrivania per alzarsi. «Tanner, non c'è molto di te che io non sappia. Tranne forse il motivo per cui sei qui. Anche se ho un'idea abbastanza precisa anche su quello. Potrai anche aver ingannato Juliet, ma io non sono accecato dall'affetto nei tuoi confronti.»

A un certo punto quell'uomo lo aveva apprezzato. Quello subito prima di scoprire che Juliet era incinta.

Probabilmente non se lo sarebbe reso più simpatico facendogli notare che per metterla in quello stato c'erano volute due persone, anche se, a dire il vero, ne era bastata una: Juliet. Con un profilattico bucato da uno spillo.

Già, non una cosa che un padre aveva bisogno di sentire. «Sono qui perché sua figlia mi ha chiesto di venire. Perché ama lei e sua nonna, e vuole che tutti siano felici.»

«E tu? Tu perché sei venuto? Vuoi che tutti siano felici anche tu? È per questo che hai aspettato sette anni per tornare a casa? Per una grande celebrazione?» Batté due volte le nocche sulla scrivania. «Lontano dagli occhi, vicino al cuore?»

Tanner represse la rabbia per il tono beffardo nella sua voce. Quell'uomo era pur sempre il padre di Juliet e voleva il meglio per sua figlia. Se suo padre avesse mai avuto un pensiero simile, non avrebbe *dovuto* sposare Juliet perché non ci sarebbe stato nessun mutuo da usare come ricatto. «Senta, Burt, non voglio litigare con lei. Teniamo entrambi a Juliet...»

«Hai un modo di merda per dimostrarlo.»

«Ehi...» Tanner si morse la lingua per non dire le parole dure che avrebbe voluto dire e si passò una mano sulla bocca. «Senta, questa situazione non è ottimale per nessuno di noi, ma stiamo facendo del nostro meglio. Sarebbe d'aiuto se lei...» voleva dire *si facesse da parte*, ma questo avrebbe solo reso la loro relazione più tesa — «ci desse la privacy e il tempo per gestire la cosa. Juliet non ha bisogno che tu la incoraggi a uscire con altri ragazzi.»

Suo padre si cacciò le mani nelle tasche dei pantaloni e inarcò un sopracciglio. «Sul serio? È questo che ti fa incazzare tanto?» Aggirò la scrivania e si appoggiò al bordo anteriore, accavallando una caviglia sull'altra e incrociando le braccia. «Sono passati sette anni, Tanner. Sette. Ti aspetti davvero che io creda che tu sia rimasto celibe per tutto questo tempo? Potrai anche aver ingannato Juliet, ma un ragazzo che fa il tuo mestiere? Per favore. Non sono così ingenuo.»

«Non sono andato a letto con nessuna dopo Juliet.»

«Francamente, non mi interessa. Non mi interessa se sei stato un monaco. Il problema è che non sei stato un monaco *qui*. Non sei stato qui per niente. Mia figlia merita di meglio. So che hai il dente avvelenato per tutta la faccenda del matrimonio, ma se avessi imparato la lezione dalla prima volta e te lo fossi tenuto nei pantaloni, non sarebbe andata come è andata. Tutto quello che dovevi fare era rispettare mia figlia mettendole un anello di fidanzamento al dito prima di portartela a letto. Ma non ci sei riuscito, vero? Hai avuto persino la sfacciataggine di farlo a casa mia. Stavi forse progettando che lo scoprissi?»

Oh, al diavolo. Quell'uomo non sapeva. Il padre di Juliet non sapeva che lei aveva incastrato lui — loro.

Tanner aveva sulla punta della lingua la voglia di dirglielo, ma... cosa avrebbe dimostrato? Era acqua passata. Voleva davvero distruggere le illusioni di quell'uomo su sua figlia solo per essere riabilitato? Tra cinque settimane e mezzo, non avrebbe avuto importanza. E dato il miglioramento della nonna da quando era arrivato, forse non sarebbe passato neanche metà di quel tempo. Tanner non aveva nulla da guadagnare dicendo la verità a suo padre, e nonostante tutto quello che Juliet gli aveva fatto passare, non voleva distruggere la sua relazione con il padre. Non la odiava.

Forse avrebbe dovuto, ma l'aveva amata per così tanto tempo che semplicemente non ci riusciva.

«Sai...» Burt sciolse braccia e gambe e si avvicinò al mobile bar nell'angolo. «Sarebbe potuta andare molto diversamente se fossi rimasto.» Prese un tumbler dal mobile con le ante a vetro e versò due dita di liquore. Lo offrì a Tanner.

Tanner lo respinse con un gesto della mano. L'ultima cosa di cui aveva bisogno era una testa confusa mentre aveva a che fare con suo padre.

«Ti avrei dato il mutuo, sai. Non posso avere i nonni dei miei nipoti indebitati con me. Sarebbe sparito. Ma invece, sei sparito *tu*. So tutto del tuo fondo fiduciario, Tanner. Me ne parlò tuo padre anni fa. Lo voglio. Richiederò il pagamento del mutuo al tuo trentesimo compleanno. Se tuo padre non riuscirà a trovare i fondi — e non ci riuscirà — lo farai tu. E andrà dritto in un fondo per Juliet che tu non potrai toccare. Perché se pensi di poter venire qui e fingere di volerla sposare per ottenere la metà del patrimonio in un accordo di divorzio, ti sbagli di grosso.»

Tanner tremava tanto era arrabbiato e fu sul punto di raccontare a quell'uomo tutto della promessa di Juliet, ma se lo avesse fatto, Burt avrebbe trovato un modo per impedirglielo.

Voleva il mutuo dei suoi genitori; Juliet glielo doveva. E voleva il suo fondo fiduciario per poter entrare in affari con Gage e Bryan. Doveva mantenere la calma e lasciare che Burt pensasse di aver vinto.

Invece, strinse i braccioli e, per la seconda volta nella sua vita — ed entrambe nel giro di ventiquattro ore — mentì a suo padre. «Fallo pure, Burt, richiedi il pagamento. Cosa pensi che avrei fatto con il fondo fiduciario, comunque? Una volta che l'avrò estinto, non avrai più alcun potere su di me.»

«Bene. Sono contento che siamo d'accordo su qualcosa. Finalmente. Lo pagherai, e poi potrai lasciare che la mia bambina si riprenda la sua vita. Lasciale andare avanti e trovare qualcuno che la apprezzi.» Mandò giù il whisky d'un fiato, sbatté il bicchiere sul bancone, poi uscì dalle portefinestre verso il giardino sul retro, lasciando Tanner a elaborare ciò che aveva appena detto.

Juliet con un altro uomo.

Non avrebbe dovuto trovarlo strano. Cosa pensava che avrebbe fatto quando lui avrebbe divorziato da lei? Entrare in convento? La gente lo faceva ancora?

Tanner scosse la testa. Sul serio. Cosa aveva pensato? Che Juliet avrebbe vissuto il resto della sua vita da sola?

Voleva dei figli. Trent'anni era una buona età. Poteva ancora avere la famiglia che aveva desiderato.

Ma l'aveva voluta con lui. E lui ne aveva voluta una con lei.

Potresti ancora averla.

Voleva ascoltare quella vocina. Voleva credere che fosse possibile. Ma come avrebbe potuto mai fidarsi di nuovo di lei? La fiducia, una volta spezzata, era così difficile da riconquistare.

Soprattutto perché lei era di là a mentire spudoratamente a sua nonna.

E tu sei qui dentro a fare lo stesso con suo padre... qual è la differenza?

Tanner si alzò. Lo stava facendo perché Juliet glielo aveva chiesto. Perché lo aveva corrotto.

Quindi lo stai facendo per il tuo tornaconto. E in cosa saresti diverso da Juliet? Pentola, ti presento il paiolo.

Be'... merda. Tanner si appoggiò al bordo della scrivania di suo padre. Non gli piaceva il paragone. Ma non l'avrebbe ignorato.

Lei aveva qualcosa che lui voleva, quindi stava facendo ciò che era necessario per ottenerlo.

Juliet aveva voluto lui; aveva fatto ciò che era necessario per ottenerlo.

Sembrava simile, ma c'era differenza tra un mutuo e una vita.

Davvero? Questa è la tua giustificazione?

Scosse la testa, si staccò dal bordo della scrivania e si diresse verso la porta. Non era una bella verità quella che stava affrontando, ma era pur sempre una verità.

Come poteva essere arrabbiato con lei quando stava facendo la stessa identica cosa?

* * *

«Juliet? Posso vederti un minuto?» Tanner sporse la testa dietro l'angolo dall'ufficio di suo padre.

Voleva che lui la vedesse per molto più di un minuto, ma avrebbe colto le occasioni quando le si presentavano.

«Vai, cara.» La nonna le diede una pacca sulla mano. «Rimetterò a posto io tutte le foto. È una buona terapia. Batte il cercare mollette in un secchio di riso come mi faceva fare la terapista. Vai a vedere cosa vuole tuo marito.»

Marito.

A quel pensiero, Juliet si alzò dal tavolo con le mani tremanti. Stava diventando sempre più difficile.

«Che succede?» Lo seguì nell'ufficio di suo padre e si tirò la porta alle spalle. «Dov'è mio padre?»

«È uscito sul retro.» Tanner si diresse verso la scrivania di suo padre.

Lo seguì. «Perché? Cosa gli hai detto?»

Lui si voltò. «Più che altro, cosa ha detto lui a me.»

Non sembrava promettente. «Cosa ha detto?»

Tanner si passò le dita tra i capelli. «Non è importante adesso. Abbiamo solo avuto un incontro di menti. Messo le cose in chiaro.»

«Mi stai spaventando.»

«Non c'è bisogno di spaventarsi. Tuo padre voleva assicurarsi che sapessi qual era la sua posizione. E la so. Andrà tutto bene.»

Si piantò di fronte a lui e mise le mani sui fianchi. «Questo non mi fa sentire affatto meglio.»

Lui sospirò e si passò una mano sulla bocca. «Andrà tutto bene. Voglio dire, guarda tua nonna. Sta meglio oggi di quando sono arrivato. Sta migliorando a passi da gigante. Penso che sarà abbastanza forte da gestire la verità. Ma non ho detto a tuo padre del piano. Non volevo dargli altri motivi per essere arrabbiato.» Portò le mani sulle spalle di lei. «Non renderei la sua vita — o la tua — più difficile in questo momento. Gli ho solo detto che abbiamo bisogno di tempo e che deve rispettarlo.»

Il tempo era l'unica cosa che non avevano perché Tanner aveva ragione; la nonna *stava* migliorando — e più velocemente di quanto Juliet avesse pensato. Non che se ne lamentasse, ovviamente, ma aveva pensato di avere più tempo con lui. «Non sembra che abbia mostrato molto rispetto, visto che se n'è andato piantandoti in asso.»

«In realtà, non è una cosa negativa. Non è che siamo migliori amici.»

«Vorrei che lo foste.»

Lui sospirò e le tolse la mano. Juliet sentì immediatamente la perdita.

«Vorrei un sacco di cose, Jules, ma sto giocando con le carte che mi sono state date. Come tutti noi. Concentriamoci su questo.»

Voleva solo appoggiarsi a lui. Avvolgerlo con le braccia e dirgli che lo amava.

Invece, si schiarì la gola e intrecciò le mani davanti a sé. «Allora, perché mi hai chiamata qui? Di cosa avevi bisogno?»

In un mondo perfetto, avrebbe detto che aveva bisogno di lei.

Ma il suo mondo era stato tutt'altro che perfetto da quando aveva preso la decisione che aveva cambiato tutto.

Di lei. Aveva bisogno di lei.

Tanner fece un passo indietro. Era fuori di testa? Non avrebbe dovuto avere bisogno di lei.

Maledizione, la notte scorsa non sarebbe dovuta succedere; gli stava mettendo in testa pensieri folli. Come quelli che aveva quasi condiviso con suo padre. «Volevo solo assicurarmi che stessi bene. Sembravi aver bisogno di una pausa. Sai, da quelle foto.»

Aveva visto sguardi sia afflitti che tormentati, e uno sprazzo di risa nei dieci minuti in cui l'aveva osservata dopo che suo padre era uscito, lasciandolo solo con i suoi pensieri.

I suoi pensieri non erano un buon posto dove stare in quel momento. Spaziavano dalla voglia di andarsene al diavolo da lì alla voglia di avere Juliet lì con lui.

Scegliere la seconda opzione avrebbe dovuto sorprenderlo da morire, ma non l'aveva fatto.

Proprio come la notte scorsa non lo aveva davvero scioccato. Andare a letto con Juliet era sembrata la cosa più naturale del mondo, anche con i sette anni di silenzio tra loro.

Questo avrebbe dovuto spingerlo a correre a prendere il primo aereo per andarsene, ma la sua integrità non gli permetteva di rimangiarsi il loro accordo.

«Io...» Juliet si sistemò una ciocca di capelli dietro l'orecchio sinistro. Sceglieva sempre il sinistro; mai il destro. Solo un'altra cosa a caso che ricordava di lei. «Sto bene. Le foto di... Sai...»

«Lo so. È per questo che ho dovuto lasciare il tavolo.»

«Non ha tirato fuori le altre foto.»

Le altre foto. Tanner deglutì a fatica. Juliet lo conosceva così bene che sapeva cosa temeva di vedere. Prima le foto del fidanzamento, poi...

«Non potevo rischiare.» Fino ad oggi, Tanner non aveva visto le foto della nascita di Keegan. Le aveva scattate sua nonna; disse che voleva avere le foto del loro bambino.

Tanner era a malapena riuscito a guardare Keegan; foto di lui? Assolutamente no. Non aveva bisogno di rivivere quel dolore. Non con le foto, comunque. Lo riviveva ogni volta che pensava a suo figlio.

«Non l'avrebbe fatto. Non a noi. Forse le guarda lei, ma sa come ci sentiamo.»

«Hai mai...» Girò la testa, cercando di ricacciare indietro le lacrime che si rifiutava di versare.

«Sì.»

La sua voce era sommessa. Emotiva.

Allora la guardò. «Davvero?»

«Ne avevo bisogno. Avevo bisogno di vederlo. Vedere *noi*. Lui e me. I miei ricordi sono così confusi a causa del dolore, dei farmaci e delle emozioni... È stato dopo. Dopo che...»

Dopo che se n'era andato. Non c'era bisogno che dicesse le parole; lui capiva. Ma non capiva il guardare le foto. «Non ti...» Deglutì. «Non ti ha riportato alla mente il dolore?»

«Il dolore è sempre con me, Tanner. Viene solo messo da parte per un po' quando affronto la vita. Ma è sempre lì, pronto a farsi sentire se lo scelgo.»

«Perché dovresti scegliere di farlo?»

«Per ricordarlo. Per renderlo reale. Se scappo o fingo di non sentirlo, è come se stessi fingendo che non sia esistito. Non posso farlo. Era troppo importante. Troppo reale per me.»

«Anche per me.»

«Lo so.» Quando lo toccò questa volta, lui non si ritrasse.

«E con quello che è successo alla nonna... Rende la vita ancora più preziosa. Quindi lo ricordo. I ricordi sono tutto ciò che ho.»

Tanner le mise le braccia intorno e la strinse a sé. Era la cosa più naturale del mondo e non poteva *non* farlo.

Lei gli afferrò la schiena e strinse.

Lui abbassò il mento sulla sommità della testa di lei, sentendo il suo respiro caldo contro la gola. «L'ho amato così tanto, Juliet.»

Sputò fuori le parole con la gola ostruita, cercando di non piangere. L'aveva fatto una volta ed era stato terribilmente difficile riprendersi.

Come lo era questo. Stringerla.

Doveva smettere. Doveva sciogliere le mani e allontanarsi da lei. Era ancora la donna che l'aveva ingannato per farsi sposare non una, ma due volte. Non poteva affrontare una terza volta.

Non importava quanto l'avesse desiderata — e la desiderasse ancora — se c'era una cosa che a Tanner era stata inculcata negli ultimi undici anni, era che non sempre si ottiene ciò che si vuole.

Un tempo aveva creduto che la vita fosse giusta. Che se si viveva la propria vita in modo buono e onesto, trattando gli altri come si voleva essere trattati, sarebbero successe cose buone.

Tanti saluti a quella teoria.

«Mi dispiace di averti chiamata qui.» Sospirò, poi tolse le braccia. E il mento. E ogni altra parte del corpo che era stata schiacciata contro di lei. Questo non faceva bene a nessuno dei due.

Io oserei dire il contrario—

Soffocò quel pensiero nel momento in cui sentì un fremito nei pantaloncini. Non era né il momento né il luogo. Né la donna, a dire il vero. La notte scorsa poteva essere stata fantastica, ma non annullava tutti gli anni precedenti. Non poteva.

«Perché?» Juliet sbatté le palpebre guardandolo.

Aveva le lacrime agli occhi.

Dio, pensava di essere diventato immune alle sue lacrime. Dopotutto, ne aveva versate così tante e gli avevano solo causato altro dolore. Ma no. Vedere Juliet sul punto di piangere riaprì diverse cicatrici che pensava fossero state saldate per sempre.

«Perché.» Tanner fece un altro passo indietro per autoconservazione. «Perché dovresti essere là fuori con lei a renderla felice. Pensavo di essere d'aiuto, ma immagino di no.»

Desiderò che lei se ne andasse. Che si girasse e tornasse da sua nonna senza degnarlo di uno sguardo.

Juliet, essendo Juliet, non fece nessuna delle due cose. Invece, gli prese la guancia con una mano. «La stiamo rendendo felice. Solo essendo qui.»

«Ma è solo temporaneo. E soffrirà di più quando me ne andrò. Non so se questa sia stata una buona idea.»

Portò l'altra mano al suo viso. «Se c'è una cosa che ho imparato, Tanner Wentworth, è che i rimpianti non cambiano la situazione. Dobbiamo solo continuare ad andare avanti e imparare dai nostri errori. Per quel che vale, non penso che questo sia un errore.» Gli passò il pollice sulle labbra. «E decisamente non penso che la notte scorsa lo sia stata.»

Non gli diede il tempo di rispondere, facendo un passo indietro e poi uscendo a grandi passi dall'ufficio.

Tanner si accasciò di nuovo contro il bordo della scrivania di suo padre.

Neanche lui era sicuro che la notte scorsa fosse stata un errore.

Capitolo Venti

«Vuoi davvero il pollo fritto invece del cibo di Ermalinda?» La sera dopo, Tanner svoltò a destra nel piccolo centro commerciale del posto, godendosi la potenza della Mercedes di Juliet. Le auto della flotta erano state prenotate per un evento aziendale, così aveva accompagnato Juliet al lavoro, poi era andato in palestra e si era occupato di alcune faccende a casa di lei finché non era arrivato il momento di andarla a prendere. Un po' più addomesticato di quanto avesse previsto, ma lei aveva bisogno che quelle cose fossero fatte e lui non voleva rischiare di rimanere da solo con Nana. Solo Dio sapeva cosa *lei* avrebbe potuto dire.

Almeno con Juliet, erano sulla stessa lunghezza d'onda. Sapevano cosa stava succedendo e quali argomenti evitare.

Un po' come quella storia del dormire insieme. Non ne avevano ancora discusso e la cosa stava iniziando a mettere radici e a piazzarsi in mezzo al salotto di lei.

«Nana ha invitato alcune sue amiche e non sono proprio in vena di affrontare anche le loro domande. Tutti capiranno se vogliamo una serata per noi.» Juliet indicò un punto sul marciapiede. «Accosta lì e faccio un salto dentro io.»

Tanner invece entrò in un parcheggio e mise l'auto in sosta davanti al loro ritrovo preferito del liceo. «Voglio entrare. È da tanto che non vengo da Pappy's.»

Ma a quanto pareva non per Juliet, perché appena entrarono si sentì un sonoro: «Jules!» da dietro il bancone.

Connor Crayton. Il ragazzo che voleva Juliet dalla prima elementare.

Ma anche allora, lei era sua.

Tanner ne trasse una certa soddisfazione, finché non si rese conto che, una volta che Juliet avesse firmato le carte del divorzio, si sarebbe aperta la caccia. Crayton le sarebbe stato addosso in un batter d'occhio.

«È un piacere rivederti, tesoro.»

Forse lo era già.

Anche quel pensiero non andava a genio a Tanner. E quel *tesoro*? E quel *rivederti*? Crayton aveva forse approfittato della *sua* assenza per avvicinarsi un po' troppo a Juliet? A sua moglie?

Ehi? Stai divorziando da lei, non hai voce in capitolo.

Non gli importava. In quel momento era ancora sua moglie e se Crayton ci stava provando con lei, Tanner avrebbe stroncato quella stronzata molto in fretta.

«Crayton.» Tanner mise tutto il testosterone che aveva in corpo in quella sola parola.

Crayton si raddrizzò. Oh sì, l'aveva capito al volo. «Wentworth. Non sapevo che fossi tornato.»

«Dev'essere che non hai ricevuto l'invito per la festa di Delia. Eravamo lì qualche giorno fa.» Sì, mise una leggera inflessione sul *noi*, per chiarire ogni dubbio.

«Sì, be', Delia e io... non si può dire che siamo proprio amiconi.»

Non si poteva dire di Delia e chiunque altro, ma Crayton non doveva aver avuto abbastanza successo nella vita da essere considerato materiale da marito agli occhi di Delia. E per una volta, Tanner avrebbe seguito il suo esempio. Crayton non avrebbe sposato Juliet quando lui se ne fosse andato. Non era sicuro di come avrebbe fatto a garantirlo, ma *non* sarebbe successo.

«Be', è bello riaverti qui, amico. Stavolta resti?»

Quel tizio poteva anche togliersi quel sorrisetto speranzoso e compiaciuto dalla faccia.

Le fece scivolare un braccio attorno alla vita e ignorò la domanda. «Dolcezza, vai pure a ordinare.» Cavolo, gli era tornato persino l'accento texano per quella virile dimostrazione di possesso.

Le sopracciglia alzate che Juliet gli rivolse dicevano che se n'era accorta. «Uh, certo.»

Tanner provò un'immensa soddisfazione nel guardare lo sguardo di Crayton spostarsi tra il registratore di cassa e lui mentre Juliet snocciolava il suo ordine. Non la guardò nemmeno una volta.

Bene. Messaggio recepito.

«E tu cosa vorresti, Tanner?» Lei gli rivolse quei grandi occhi azzurri e a Tanner il fiato si bloccò in gola.

Era ancora più bella di quando erano al liceo.

«Tan?» Lo urtò con la spalla.

«Oh. Giusto.» Cambiò posizione. Avrebbe dovuto prestare attenzione e non struggersi per lei come se avesse ancora sedici anni.

Poi colse un'occhiata al viso di Crayton: avvilito. Annientato. Bene. Gli avrebbe lasciato pensare che la pausa era dovuta al fatto che era rimasto folgorato da sua moglie.

*Veramente, amico, è proprio per *questo* che sei ammutolito.*

Zitto. E basta.

Elencò a macchinetta i suoi piatti preferiti, chiedendosi se Crayton avrebbe fatto qualcosa di così infantile come sputargli nel bicchiere.

Gli piaceva pensare di no, ma d'altronde, avrebbe anche scommesso che non si sarebbe mai comportato da cavernicolo per una donna.

Fortunatamente, Crayton non lavorava in cucina, quindi doveva solo imbustare il cibo e le patatine, e una ragazza adolescente versò le loro bibite. Ciò nonostante, Tanner lo tenne d'occhio come un falco.

E non tolse il braccio dalla vita di Juliet.

Juliet non era del tutto sicura di cosa stesse succedendo, ma il fatto che Tanner l'avesse chiamata *dolcezza* e le avesse messo un braccio attorno alla vita le fece pensare che credesse che Connor fosse interessato a lei. Avrebbe avuto ragione: Connor le aveva chiesto di uscire un paio di volte da quando Tanner se n'era andato, ma lei gli aveva sempre detto la stessa cosa: che era sposata e suo marito era fuori città per lavoro. Non aveva mentito ed era la scusa perfetta per tenerlo a distanza. Cosa sarebbe successo una volta firmate le carte del divorzio era qualcosa che avrebbe affrontato a tempo debito.

Dio, non voleva pensarci. Perché non poteva essere reale? Perché il braccio di Tanner intorno a lei non poteva significare che lo voleva lì e non per una stupida parata di machismo?

«Non dimenticare il biscotto extra,» disse lei quando Connor posò i sacchetti sul bancone.

«Pensavo avessi la migliore cuoca dello stato che lavora per te. Perché vuoi un biscotto prodotto in serie?»

«Connor, non farti sentire da Ermalinda; è la migliore cuoca del *paese*, non dello stato.»

«Hai proprio ragione. L'ultima volta che ho mangiato uno dei suoi dessert, volevo portarmela via. Ma tuo padre la paga troppo bene, oppure ama troppo la tua famiglia, perché mi ha solo riso in faccia.»

«È per la famiglia.» Tanner quasi strappò i sacchetti dal bancone. «È ferocemente leale. Ma d'altronde, i Chambers rendono facile esserlo.» La urtò con la spalla. «Pronta per andare a casa, dolcezza?»

Lo era, se lui continuava a parlare così. E il fatto che sembrasse quasi geloso...

«Uhm, certo.» Colse l'occasione per infilare il suo braccio sotto uno dei suoi e salutò Connor con la mano. «Grazie, Con.» Per più di quanto lui sapesse. «Ci vediamo in giro.»

«Mi piacerebbe, Juliet.» Connor le fece un sorriso genuino, molto più vero di quello che sfoggiò quando guardò Tanner e disse: «È stato un piacere rivederti, Wentworth.»

«Sì. Sì, lo è stato.» Tanner gli fece quel cenno del capo maschile, con il mento in su, e spinse la porta per aprirla con l'anca. «Dopo di te, Jules.»

Lei inciampò quasi sulla soglia. Tanner l'aveva sempre trattata bene, ma non riusciva a ricordare l'ultima volta che le avesse tenuto aperta una porta. Sicuramente non all'uscita dal tribunale quando si erano sposati.

Hmmm, questa storia della gelosia le piaceva. Ora come poteva usarla a suo vantaggio...

No. Non lo avrebbe manipolato. Doveva vergognarsi anche solo per averlo pensato. Se Tanner fosse tornato da lei, sarebbe stato perché lo voleva. Non voleva passare il resto della sua vita a chiedersi se l'avrebbe lasciata di nuovo.

No, per quanto sarebbe stato difficile vederlo uscire dalla sua vita, era meglio avere una risposta piuttosto che domandarsi sempre se l'avrebbe fatto o no.

«Quindi vedi spesso Crayton?» Tanner mise i sacchetti sul pavimento dietro il sedile del passeggero.

Bene; le piaceva che guidasse lui. Proprio come quando erano al liceo. Lui aveva un catorcio di furgone mentre lei aveva la Jetta che i suoi genitori le avevano regalato per il suo sedicesimo compleanno. Tanner l'aveva definita una macchina da femmina e aveva detto che se voleva stare con lui, sarebbero andati con il suo furgone. A lei non era dispiaciuto; il furgone aveva un sedile unico e molto più spazio.

Sorrise al ricordo.

«Questa sì che è una reazione.» Tanner non sembrava felice.

Oh, pensava che stesse sorridendo per Connor.

Solo perché non aveva intenzione di manipolarlo non significava che dovesse correggere le sue errate supposizioni. «Non proprio. Passo di lì solo occasionalmente.» Ossia, una volta ogni tre anni.

Tanner non rispose, ma sbatté la portiera posteriore così forte da farla trasalire. Grazie a Dio per l'ingegneria tedesca; la sua auto poteva sopportare la sua gelosia.

Anche lei poteva sopportarla. Le piaceva. Significava che provava qualcosa per lei che non fosse disprezzo.

Cercò di non sorridere mentre saliva in macchina. Non voleva fargli pensare che stesse succedendo chissà cosa con Connor, altrimenti si sarebbe chiesto cosa fosse successo l'altra sera.

Lei si stava chiedendo cosa fosse successo l'altra sera. Oh, sapeva perché lei aveva lasciato che accadesse; voleva sapere - disperatamente - perché l'aveva fatto *lui*.

Voleva anche che succedesse di nuovo. Purtroppo, la sera prima, lui aveva preparato la cena mentre lei si faceva la doccia dopo il lavoro, poi aveva tirato fuori il suo portatile mentre lei faceva zapping tra i canali e giocava con il gattino finché lui non aveva dato la buonanotte ed era andato a letto. Da solo. Erano stati insieme, ma non insieme.

«Domani Nana vuole che la porti a farsi i capelli,» disse quando si fermarono a un semaforo. «Non vuole che venga papà, dice che le è stato già abbastanza addosso. Ma sono preoccupata per il trasporto e mi stavo chiedendo...»

«Se venissi con te.» Ai vecchi tempi si finivano le frasi a vicenda. «Certo. L'aiuto a sistemarsi in salone e poi vado a trovare Rick o qualcun altro.»

«Qualcuno ha fatto domande imbarazzanti quando li hai visti da Delia?»

Lui guardò nello specchietto laterale e poi cambiò corsia. «No. Il che immagino abbia senso se stiamo davvero insieme. Ci vedono ancora come una coppia.»

Perché avrebbero dovuto esserlo.

«Vogliono vedersi giovedì sera. Serata tra uomini. Ho detto loro che avrei controllato con te. Per vedere quali fossero i piani.»

«Va bene, Tanner. Hai il diritto di avere una vita qui. È normale per le persone sposate avere interessi diversi e uscire con i propri amici. Non dobbiamo essere inseparabili.»

Ci fu silenzio tra loro. L'altra notte erano stati uniti ben più che per i fianchi.

Dio, voleva affrontare l'argomento con lui. Era come un enorme elefante bianco in macchina e non ne stavano parlando. Una parte di lei voleva forzare la questione, l'altra non era pronta. Non voleva sentire il discorso del «non possiamo farlo di nuovo». E comunque, le azioni — o la loro mancanza — parlavano più forte delle parole.

Un cambio di argomento era decisamente necessario.

Tirò fuori il telefono. «Però domani devo prima passare in ufficio.» Digitò un numero e contò gli squilli finché Steve non rispose. «Ehi, Steve, sono Juliet. Puoi farmi un favore?»

«Certo, signora Wentworth. Cosa posso fare per Lei?»

La deferenza nella sua voce era ancora difficile da digerire. Per così tanti anni si era presentata nell'ufficio di papà semplicemente come sua figlia. Metà dello staff l'aveva conosciuta quando portava i pannolini e l'aveva vista con la sua uniforme da cheerleader. Era stato un po' intimidatorio entrare il suo primo giorno come sostituta di papà in tailleur, ma tutti erano stati più che disposti a darle una possibilità. Poi, man mano che aveva ottenuto qualche successo, le amicizie che aveva costruito con lo staff mentre era la figlia di suo padre avevano aiutato a facilitare la transizione a loro capo.

«Puoi controllare se qualcuna delle auto della flotta è già disponibile? Pensavo che il team dovesse tornare stasera. Se sì, puoi farmene consegnare una a casa, per favore? Mettila a nome di mio marito per l'assicurazione.»

«Suo... marito.» Non c'era un punto interrogativo alla fine della frase, ma avrebbe potuto esserci.

«Sì. Tanner Wentworth.» Steve lavorava per l'azienda solo da cinque anni. Avrebbe presunto che avesse sentito parlare del suo passato, ma non poteva davvero biasimarlo per non aver memorizzato quell'informazione.

«Provvedo subito, signora Wentworth. Farò in modo che la Logistica ne mandi una appena sarà stata pulita, se ce n'è una disponibile.»

«Grazie. E per favore, fagli lasciare le chiavi nella fioriera a sinistra del mio portico.» Non voleva che un bussare interrompesse qualunque cosa lei e Tanner stessero facendo. *Se* stavano facendo qualcosa...

«Certamente. Buona serata, signora Wentworth.»

«Grazie, Steve. Anche a te.»

Tanner la guardò quando riattaccò e la cosa la mise a disagio. «Cosa?»

«Tu. Sembravi così... non so, professionale.»

«Sono una professionista.»

«Lo so, ma è solo che...» Inclinò la testa. «È diverso. Sei diversa. Da come ti ricordavo.»

«Sono cresciuta, Tanner. Lo facciamo tutti.»

Capitolo Ventuno

Juliet non dormì molto dopo che avevano mangiato il pollo fritto in un, be', se non confortevole silenzio, almeno non era stato silenzioso. Vedere Connor aveva fatto riaffiorare ricordi del liceo e si erano fatti anche un paio di belle risate ripercorrendo il viale dei ricordi, anche se avevano accuratamente evitato qualsiasi accenno a Keegan.

Ma, sorprendentemente, non era stato quello o l'elefante nella stanza che aveva gironzolato in punta di piedi nei suoi sogni a causare la sua mancanza di sonno. No, di quello poteva dare la colpa esclusivamente a Houdini.

Quel gattino avrebbe passato un sacco di notti in lavanderia. Il piccolo ficcanaso pieno di energia aveva deciso che il comò era una pista di pattinaggio, la sedia nell'angolo una giungla da scalare e la pancia di Juliet un trampolino. Juliet dormì forse tre ore in totale prima di trascinarsi fuori dal letto alle cinque e mezza e sgattaiolare in bagno per farsi una doccia e prepararsi per il lavoro. Diede da mangiare al gattino, poi lo chiuse in lavanderia e si diresse in ufficio prima che Tanner si svegliasse.

Non voleva pensare a lui che si svegliava. A come appariva con gli occhi assonnati, i capelli tutti arruffati e il petto... Tanner dormiva nudo da quando lei aveva iniziato a dormire con lui. Il che non era neanche lontanamente quanto avrebbe voluto.

Il capo della contabilità sporse la testa dal suo ufficio. «Juliet, ha un minuto?»

Non proprio. Voleva andare al bagno dei dirigenti e farsi scorrere dell'acqua fredda sui polsi, perché i ricordi di Tanner la scaldavano in un modo di cui non aveva bisogno con quel tempo.

«Certo, Jim, mi dica.»

Uscì dal suo ufficio e aprì un fascicolo. «Ci sono alcune spese in conto capitale che suo padre voleva che facessimo il prossimo trimestre e non sono sicuro che vorremo affrontare questo esborso di denaro ora che... be', non siamo sicuri che l'obiettivo del ramo dei trasporti sarà aggressivo come era stato previsto.»

Suo padre era sempre stato propenso a far crescere l'azienda, ma conosceva il settore da cima a fondo. Juliet stava ancora imparando i trucchi del mestiere e, sebbene volesse attenersi alla visione di suo padre, non voleva farlo ciecamente. Rallentare il ritmo poteva essere la cosa migliore per poter valutare il futuro dell'azienda. Anche con la guida del padre, era lei a prendere le decisioni, quindi voleva capire ogni sfumatura prima di deliberare.

«Può organizzare una riunione questo pomeriggio... oh, accidenti. Dimenticavo. Devo portare fuori mia nonna.» Juliet si pizzicò la radice del naso. Le giornate di lavoro dopo notti insonni non erano mai il massimo, comunque la si guardasse; aggiungici un appuntamento e una riunione improvvisa, e la sua giornata diventava ancora più scombussolata di come era iniziata.

Si stava prendendo in giro; era successo tutto il giorno in cui era arrivato Tanner.

«Verifichi con Maggie se può spostare i miei appuntamenti del mattino a domani, poi fissi una riunione con Scott, Bill e Madison il prima possibile. Voglio che tutti dicano la loro sulla questione.»

«Sarà fatto.» Jim annuì e si diresse verso la scrivania dell'assistente di Juliet, Maggie.

La prima grana della giornata.

Be', almeno le impediva di pensare a Tanner.

Tanner non riusciva a smettere di pensare a Juliet.

Scese dal letto, facendo una smorfia per l'erezione mattutina che era fin troppo interessata a sapere se Juliet fosse ancora in casa.

Infilò un paio di pantaloncini. Probabilmente avrebbe dovuto dormirci la notte scorsa, ma una parte di lui aveva sperato di *non* averne bisogno.

Solo che non aveva fatto nulla al riguardo.

Questo perché, mentre passare le ultime due sere nel suo salotto con lei seduta lì, così carina mentre giocava con il gattino – e poi così dannatamente sexy mentre si dirigeva in camera da letto – era stata una tortura, il pensiero razionale lo aveva tenuto inchiodato alla sedia con lo sguardo fisso sullo schermo del portatile. Una volta era concessa; curiosità, in nome dei vecchi tempi, come voleva chiamarlo, quella notte se la potevano concedere. Ma continuare... Quello avrebbe significato creare qualcosa per cui non era preparato.

Qualcosa che non voleva.

Ne sei sicuro? Il tuo amichetto non tanto piccolo di stamattina dice il contrario.

Si passò una mano sul viso. Sì, certo, voleva *lei*. Quello non era mai stato in discussione. Era tutta la roba che veniva con lei: relazione, fiducia, famiglia... Ci avevano provato non una, ma due volte, e be', il loro curriculum faceva abbastanza schifo.

La terza volta potrebbe essere quella buona, amico.

O potrebbe essere quella che lo avrebbe distrutto.

No, grazie. Aveva pianificato la sua vita e non includeva Juliet.

Per fortuna, lei non era in casa quando uscì dalla sua stanza. Controllò il garage. La Mercedes non c'era, ma la Town Car era sul lato sinistro del vialetto dove l'aveva lasciata Steve. O chiunque l'avesse riportata.

Aprì la porta d'ingresso e frugò nella fioriera in cerca della chiave, poi chiamò Rick per accordarsi su quando si sarebbero visti più tardi, dopo che avesse accompagnato Juliet e sua nonna al salone di bellezza.

Si fece una doccia veloce e si stava preparando la colazione quando sentì il gattino miagolare in lavanderia. Povera creatura, doveva sentirsi sola.

Tanner aprì la porta e lei sfrecciò fuori, rotolando su se stessa nella sua corsa verso la libertà. «Ehi, tu. Vieni qui.»

Niente da fare, continuò a correre, dritta nella stanza di Juliet.

Ovviamente.

Tanner sospirò e la seguì. I gatti non erano considerati strumenti del diavolo nei tempi antichi? Poteva capire perché.

Si fermò sulla soglia della camera da letto di Juliet. L'ultima volta che era stato lì per più di qualche secondo, lei lo aveva invitato. Ora sembrava quasi sbagliato.

Finché non vide il gattino appeso al bastone della tenda. A testa in giù.

«Vieni qui, piccola indemoniata.» Allungò la mano per prenderla, ma lei si arrampicò sulla cima del bastone, regalando un paio di squarci alle tende di Juliet.

«Houdini, scendi subito.» Allungò di nuovo la mano per prenderla, ma lei corse lungo il grosso bastone di legno come una ginnasta sulla trave di equilibrio – ed eseguì un'uscita, ehm, interessante, saltando dall'estremità sul letto di Juliet.

Avrebbe dovuto suggerire Belzebù come nome.

Sembrava che le fosse mancato il fiato o che avesse avuto la sorpresa della sua vita, ma almeno stava ferma.

Finché non andò per prenderla. Allora sfrecciò attraverso il letto, saltando come un pilota di BMX e usando le sue cosce – artigli di gatto inclusi – come trampolino, rimbalzò sul poggiapiedi vicino alla sedia a dondolo, poi atterrò sul pavimento e corse sotto il comò.

Ovviamente.

Tanner sospirò. Avrebbe dovuto semplicemente lasciare andare la bestiola. Se si fosse sentita sola, sarebbe venuta a cercarlo.

O avrebbe fatto a brandelli le tende di Juliet.

Si avvicinò al comò e stava per accovacciarsi quando qualcosa sulla superficie attirò la sua attenzione.

Era una cornice doppia. A sinistra c'era una foto di lui e Juliet al ballo di fine anno e a destra—

Un respiro profondo e bruciante gli riempì i polmoni.

Keegan.

Juliet aveva tenuto una delle foto di sua nonna.

Non aveva visto le foto. Non aveva voluto. Aveva i suoi ricordi. Ma ora...

Ora non riusciva a distogliere lo sguardo.

Prese in mano la cornice. Anche adesso, dopo tutti quegli anni, la gola gli si chiuse e faticava a vedere attraverso il velo di lacrime nei suoi occhi, ma si costrinse a guardare.

Keegan aveva il suo naso e il suo mento. Non riusciva a capire il colore degli occhi perché erano chiusi, ma la curva della guancia... Quella era di Juliet. Non aveva ancora capelli e le sue unghie erano praticamente trasparenti e, Gesù, così piccolo. Così dannatamente piccolo.

Posò la cornice. Non era giusto. Guardali, lui e Juliet. Così felici, il mondo ai loro piedi. Persino la gravidanza non era stata la fine del mondo – anzi, l'inizio. Ma poi era crollato tutto quando avevano perso il loro figlio.

Tanner rimise a posto la cornice sul comò e si lasciò cadere sul letto di Juliet, premendosi la fronte sul palmo della mano. Santo cielo, faceva ancora così incredibilmente male dopo tutto questo tempo.

E lei guardava quella foto ogni giorno.

Per punirsi? Per costringersi a ricordare?

Non che lui potesse mai dimenticare.

Allungò di nuovo la mano verso la cornice, ma poi la lasciò cadere sulla coscia. Non poteva farlo. Non poteva restare lì a fingere che potessero essere amici o andare avanti. Non con quella foto proprio lì. Che lo fissava. Che lo sfidava a dire che la sua vita *poteva* essere la stessa.

Un nodo gli si strinse nello stomaco e Tanner ebbe l'impulso di rannicchiarsi su un fianco e piangere. Solo piangere per tutto quello che lui – no, *loro* – avevano perso. Se Keegan fosse vissuto, avrebbero potuto avere una possibilità.

Trasse un respiro affannoso. Per quanto l'idea di escludere il mondo e cedere al suo dolore suonasse allettante, l'aveva già fatto in passato e conosceva il mal di testa e la nausea che ne sarebbero seguiti. Aveva cose da fare oggi, gente da vedere. Juliet, sua nonna, Rick. L'ultima cosa che voleva era presentarsi con gli occhi gonfi e un mal di testa lancinante.

Si schiarì la gola e si premette il pollice e l'indice sugli occhi. Aveva già percorso quella strada; non aveva bisogno di rifarlo. Amava suo figlio e lo avrebbe amato per sempre. Ma la vita andava avanti, per quanto terribile potesse sembrare, e doveva darsi una mossa.

Ovviamente fu in quel momento che il gattino decise di fare capolino da sotto il comò, il suo «miao» che suonava come una domanda.

Be', si diceva che gli animali potessero percepire l'umore di una persona, e il suo era probabilmente palese per lei.

Allungò la mano e, maledizione, la piccola creatura carina gli si arrampicò sul palmo e gli leccò il polso, guardandolo come se fosse la cosa più innocente del mondo, piena di fiducia e amore.

Sospirò e scosse la testa mentre si alzava, poi se la mise sulla spalla. Lei gli leccò il lobo dell'orecchio e si raggomitolò nell'incavo del suo collo, facendo le fusa contenta.

«Andiamo, piccolina. Facciamo colazione.»

Il suo telefono squillò mentre stava entrando in cucina. Corse nella sua stanza, lo afferrò dal comò, e la sua aspettativa subì un colpo quando vide che la chiamata era di Gage e non di Juliet.

Si sarebbe preoccupato di quella sensazione più tardi. «Ehi, Gage.»

«Tan. Ho parlato al mio agente immobiliare di dove ti trovi e della nostra discussione sull'espansione, e mi ha appena chiamato per un magazzino in affitto a circa mezz'ora da te. C'è qualche possibilità che tu voglia andare a dargli un'occhiata?»

«Sì, certo. Aspetta che trovo una penna.» Uscì dalla sua stanza e si diresse in cucina.

Juliet aveva un sacco di menù da asporto, ma neanche una dannata cosa per scrivere.

Si guardò intorno nel salotto, ma senza fortuna. Non sarebbe assolutamente tornato in camera sua, quindi rimaneva il suo ufficio.

«Dammi un altro secondo.»

Non gradiva particolarmente l'idea di entrare nel suo santuario privato, ma d'altra parte, non riusciva a immaginare niente di più personale della foto sul suo comò, quindi avrebbe affrontato la cosa.

Sulla sua scrivania aveva una tazza da caffè piena di penne e un blocco di post-it accanto.

«Okay, qual è l'indirizzo?» Lo scrisse, destreggiandosi con Houdini che si spostava da un lato all'altro del suo collo. «Ci sarà qualcuno a farmi fare un giro o devo solo dare un'occhiata dall'esterno?»

«Ha detto di fargli sapere a che ora ti va bene. Ecco il suo numero. Ti incontrerà lì.»

«Okay, mi sembra un piano. Devo accompagnare Juliet e sua nonna da qualche parte, ma poi dovrei riuscire a fare un salto.»

«Ottimo. Fammi sapere. E se hai bisogno di più tempo laggiù...»

«Ti farò sapere anche quello.» Non voleva discutere di quello con lui. «Grazie, Gage.»

«Nessun problema.»

Odiava entrare così nel personale con Gage, ma Gage aveva un nipote con problemi di salute, quindi il ragazzo non era estraneo a questa situazione. Faceva schifo che entrambi stessero affrontando una situazione simile, ma consolidava il suo desiderio di voler lavorare con loro. Quei ragazzi avevano le priorità ben chiare.

Si girò per andarsene e notò le lauree di Juliet appese al muro accanto alla porta. Non le aveva viste nella sua fretta di trovare la penna, ma ora che le vedeva, si avvicinò per esaminarle.

Juliet Chambers-Wentworth.

Era giusto, suppose, che fossero intestate con il suo nome da sposata, ma non poteva credere che stesse usando il suo nome. Avrebbe giurato che avrebbe continuato a usare il suo nome da nubile. Dopo sette anni di separazione – e una luna di miele da sola – non avrebbe mai pensato che lei volesse un ricordo di lui, tanto meno legare il suo nome al proprio.

Fece scorrere le dita sul vetro che proteggeva la pergamena. Vedere quel nome lì era sia strano che giusto. Qualcosa che aveva pianificato per così tanto tempo, che aveva desiderato, e ora...

E ora cosa?

Non sapeva cosa. Non sapeva molto di quello che stava facendo lì o di quello che stava provando lì; ma tutto quello che sapeva era che aveva un lavoro da fare per il suo futuro e crogiolarsi nel loro passato non sarebbe stato produttivo.

Allungò la mano verso il gattino e se lo strinse al petto. «Andiamo, signorina. Mangiamo qualcosa e poi devo andare.»

All'altro ufficio di Juliet. Dove l'avrebbe trovata. E sua nonna. Le due donne responsabili di quell'immagine di Keegan. Quella che non gli usciva dalla testa.

Questa giornata stava migliorando sempre di più.

Capitolo Ventidue

«Grazie per essere venuto a prendermi, Tanner.» La nonna di Juliet gli posò una mano sul braccio mentre lui l'aiutava a sistemarsi sul sedile anteriore della Towne Car. La casa era sulla strada per l'ufficio di Juliet e aveva più senso fare così piuttosto che tornare indietro; e tornare sui propri passi era un'abitudine di Juliet, un'abitudine che lui voleva farle perdere.

«È un piacere, Nana.»

«Ed è un piacere per me vedere che tu e Juliet avete superato le vostre divergenze. L'amore ne vale la pena. So che non è sempre facile, ma in fondo, nulla di buono lo è mai. Se lo fosse, non gli daremmo valore. Alla fine, ciò che conta è l'amore che lasci, non le cose. Non gli affari, ma la famiglia. È questo che è importante.»

«Lo so. È per questo che sono qui.» Il che non era una bugia.

«Allora, Juliet mi dice che stai cercando di espandere i tuoi affari in città?»

Lui sperava proprio che Juliet non le avesse detto di *quali* affari si trattasse. «È un'idea. Infatti, appena porto te e Juliet al salone, vado a dare un'occhiata a una location.»

«Magnifico. Assicurati solo che abbia un ampio parcheggio. Da quello che ho sentito sulla BeefCake, Inc. avrai un successo strepitoso qui.»

Tanner finì quasi fuori strada. «Conosci il locale?» Non avrebbe mai pensato che Juliet avrebbe menzionato lo strip club a sua nonna, ma d'altronde, che ne sapeva lui del loro rapporto negli ultimi sette anni?

«Certo che lo conosco. Sarò anche di un'altra generazione, ma so come si usa Internet. I tuoi amici hanno messo in piedi un'attività di gran successo.»

«Ci hai cercati?»

«Dovevo pur fare qualcosa mentre ero in convalescenza. Il mio corpo non sarà pronto a ballare, ma la mia mente è ancora attiva. Ci so fare con i motori di ricerca, sai.»

Nana sembrava piuttosto soddisfatta di sé.

«Io...»

«Potresti suggerire ai proprietari di offrire una sorta di streaming online a pagamento. Non è pornografia se non siete nudi, e guarda un po' il trailer di quel film di Channing Tatum. Potreste fare qualcosa del genere per guadagnare soldi extra.»

Non riusciva a credere di avere quella discussione con la nonna di Juliet. «Lo, ehm, menzionerò e vedrò cosa dicono.»

«Dovresti. Ci deve essere un modo per monetizzare i vostri spettacoli oltre a drink e mance.»

Non si era mai sentito a disagio per il suo lavoro, ma quella discussione ci stava riuscendo.

«Tanner Wentworth, stai forse arrossendo?»

«No, signora.» Ok, aveva appena infranto la sua regola di non mentirle.

«Sì, invece. E devo dire che lo trovo adorabile. Ma d'altronde, ti ho sempre trovato adorabile. Guardavi Juliet con quegli occhi da cucciolo innamorato quando eravate alle elementari. Sapevo che era solo questione di tempo prima che voi due vi metteste insieme. Gemma e io eravamo così felici quando hai invitato Juliet a uscire per la prima volta.»

Aveva un vago ricordo della sera in cui sua madre aveva accompagnato lui e Juliet al cinema. Si era sentito terribilmente in imbarazzo che fosse sua madre a portarli, ma tra i tre genitori e Nana, aveva pensato che lei fosse quella che lo avrebbe messo meno in imbarazzo.

E ora, scoprire che lei e Nana avevano parlato di loro...

«Stai *davvero* arrossendo.» Lei gli diede un colpetto sulla mano.

«Non posso negarlo.» Riuscì a fare un sorriso e pregò che non sembrasse malaticcio.

Lei ridacchiò e riportò la mano in grembo. «L'amore è strano, non è vero?

È il sentimento più bello del mondo, ma ci rende anche più vulnerabili. Riporre la propria completa fiducia in qualcuno e consegnargli l'essenza di chi sei... È un passo davvero grande. Può fare paura. Specialmente quando sei già stato ferito una volta.»

Due volte, ma chi le contava?

«Ho la massima fiducia che tu e Juliet questa volta ce la farete. Voi due siete destinati a stare insieme. Lo sapevamo dalla prima volta che l'hai vista.»

«Nana...» Inclinò la testa. Un conto era presentarsi lì e dire che ci stavano lavorando; un altro era mentire spudoratamente e dire che sarebbero vissuti tutti felici e contenti. «Eravamo neonati. Qualunque alchimia tu pensassi di aver visto, probabilmente erano solo gas intestinali.»

Fu bello sentirla ridere. «Oh, Tanner, vedrai. Un giorno capirai di cosa sto parlando. C'è un'... non so, forse un'aura intorno a voi due quando siete insieme che la maggior parte delle coppie, anche quelle che si amano veramente, non hanno. Quasi mi fa invidia. Ma io ho avuto una relazione meravigliosa. Non dissimile dalla vostra, mi piace pensare. Quindi so che se voi due riuscirete a smettere di darvi la colpa, ve la caverete benissimo.»

Darsi la colpa? Di cosa stava parlando? Lui non si dava la colpa. Aveva affrontato i matrimoni con Juliet – quello che non era avvenuto e quello che era avvenuto – con una mente aperta e un cuore pieno d'amore per lei. Era lei quella che aveva mandato tutto a rotoli.

Sì, lui dava la colpa a lei. Perché era lì che doveva stare la colpa. Lui non aveva fatto niente di male.

Ma, come con suo padre, non avrebbe distrutto le illusioni di sua nonna. Il suo tempo lì doveva darle speranza per il futuro di Juliet, non demolire il loro passato.

«Allora, quanto pensi che durerà questo appuntamento dal parrucchiere? Io sono diretto dall'altra parte della città, a circa venti minuti dall'ufficio di Juliet.»

«Circa due ore. Devo farmi la tinta.» Si accarezzò i capelli, che avevano una ciocca bianca tra il resto biondo come quello di Juliet. «Immagino sembri abbastanza sciocco farlo, considerando che non importa davvero, ma a una donna piace avere un po' di vanità e la mia sono i capelli. Lo sapevi che una volta erano belli come quelli di Juliet, ai tempi in cui William e io uscivamo insieme?»

«Mi sembra di ricordare che fossero belli quando vivevo qui.»

«Oh cielo, Tanner, ci sai proprio fare. Non c'è da stupirsi che tu sia il ballerino più popolare di quel locale.»

Il suo viso avvampò. Come diavolo aveva fatto a saperlo? «Ehm...»

Lei rise di nuovo e gli diede un colpetto sul braccio. «È troppo divertente prenderti in giro, Tanner. Solo perché sono una nonna non significa che non sia una donna. Ogni tanto ho frequentato locali come il tuo. Magari verrò anche a vedere te e i tuoi amici una volta che avrete aperto qui.»

Avrebbe voluto strisciare sotto il sedile e cancellare le immagini che lei gli stava mettendo in testa. «Ehm, Nana?»

«Sì?»

«Potremmo, ehm, magari cambiare argomento? Non so quanto sia appropriata questa conversazione, visto che sono sposato con tua nipote.»

«È vero. Lo sei. E non dimenticarlo.»

Con la presa che aveva sul suo braccio, Tanner non l'avrebbe dimenticato per molto, molto tempo.

Forse mai.

* * *

Non era mai stato così felice di vedere un edificio vuoto in vita sua.

Tanner stava ancora cercando di lasciarsi alle spalle la conversazione con Nana. Dal fatto che sapesse che lavoro faceva, al fatto che sapesse *davvero* cosa faceva, fino al commento sul matrimonio con sua nipote che le era sfuggito... Quella donna poteva anche essere malata, ma sapeva ancora sferrare un bel colpo.

«Non sembra un granché.»

Lanciò un'occhiata a Juliet sul sedile del passeggero. Sua nonna aveva insistito che Juliet andasse con lui, dicendo che non aveva bisogno che Juliet la fissasse mentre si faceva i capelli e che tanto valeva che imparasse qualcosa sugli affari di Tanner, visto che era quello che facevano le persone sposate.

Nessuno dei due poté controbattere quella logica e mantenere la loro copertura, quindi Juliet era andata con lui.

Aveva chiamato l'agente per organizzare l'incontro, ma dopo di ciò, il viaggio era stato silenzioso; cosa di cui era grato. L'altra notte diventava sempre più ingombrante più a lungo non ne parlavano, ma cosa poteva dire? *Grazie per la scopata?*

Non aveva intenzione di dichiararle il suo amore eterno e suggerirle di tornare insieme, quindi, in realtà, non aveva senso. Era quello che era.

Ed era stato piuttosto spettacolare.

Scosse la testa. Era ora di smettere di pensare al sesso e concentrarsi sugli affari. «Non è l'esterno dell'edificio che mi preoccupa.» Be', a parte l'accesso, che era su una strada principale, quindi andava bene, e il parcheggio, che era abbondante – sorrise ricordando il commento di Nana – quindi andava bene anche quello. Anche la posizione non era male; la zona non era diventata troppo malandata e con la valorizzazione di questo sito si sarebbe potuta rivitalizzare. «Devo vedere dentro per capire se lo spazio può ospitare il palco, il bar e le aree salotto.»

L'agente immobiliare li stava aspettando quando si fermarono.

«Wentworth? James Pfeiffer.» Il tipo gli tese la mano. «Piacere di conoscerla.»

«Grazie per averci incontrati con così poco preavviso.»

Pfeiffer strinse poi la mano a Juliet, quindi fece un cenno verso l'edificio. «Questo posto è vuoto da troppo tempo. Sta diventando un pugno in un occhio. La città mi sta dando un buon compenso per trovare un inquilino, quindi sono più che felice di farlo. Andiamo?» Fece un gesto con la mano verso la porta a vetri.

La facciata aveva bisogno di lavori, e la tettoia di lamiera ondulata doveva andarsene, ma l'esterno sembrava abbastanza grande da ospitare la struttura che Tanner aveva in mente.

Pfeiffer fece fare loro il tour, mostrò gli allacciamenti elettrici e le tubature dell'acqua, guidandoli attraverso la zona di servizio che poteva essere incorporata in una cucina. Ora che Bryan e Gage avevano incluso ballerini di entrambi i sessi negli spettacoli, il locale stava diventando una meta serale, e la richiesta di qualcosa di più del cibo da bar li aveva spinti ad aggiungere una cucina improvvisata nella loro sede principale. Le sedi successive avrebbero avuto le cucine integrate.

Pfeiffer lasciò che lui e Jules ispezionassero lo spazio da soli, tirando fuori il telefono e dicendo che sarebbe stato fuori a fare delle chiamate se avessero avuto domande.

Tanner tirò fuori un metro laser che aveva comprato lungo la strada e prese alcune misure. Il palco avrebbe funzionato se lo avessero terminato dove si trovava lui in quel momento.

Si guardò intorno. «Jules, puoi passarmi quel secchio laggiù?»

«Questo?» Lei raccolse il secchio vuoto di stucco per cartongesso.

«Sì, mettilo lì.» Indicò dove sarebbe stato l'angolo del palco. «E quella cassa. Prendimela, ma fai attenzione alle schegge.»

Gliela prese dalle mani e la posò ai suoi piedi.

«Questo è il palco?»

«Sì. Metteremo i tavoli là.» Fece un cerchio con la mano davanti al palco. «Dovrebbe lasciare abbastanza spazio per i camerini nel backstage.»

«Non intendi dire gli *spogliatoi*?» mormorò Juliet a bassa voce.

Tanner represse un sorriso. Quello che faceva per vivere *la* infastidiva sul serio. E se fosse stato onesto con sé stesso, avrebbe ammesso che gli piaceva che fosse così.

Ma avrebbe ammesso solo quello. Perché non importava. Sarebbe tornato a casa e avrebbe fatto ciò che aveva pianificato prima di venire lì, notte di sesso fantastico o meno. «Il bar andrà lungo quella parete. Probabilmente venti sgabelli, quindi è un numero decente.»

«Non riesco a immaginare che molte persone guardino il bar quando sono qui.»

«Ti sorprenderesti.» Trascinò un due per quattro rotto dove sarebbe stato il bar. «La BeefCake, Inc. non è uno spogliarello, Jules; è una serata fuori. Vengono coppie, portano i loro amici. Il menù sta crescendo. Sta diventando un posto alla moda e non solo per lo spettacolo. Mi piacerebbe inserire una pista da ballo se riesco, così possiamo trasformarlo in una discoteca una volta finito lo spettacolo.»

Lei incrociò le braccia e inclinò la testa. «Ci hai davvero pensato molto.»

«Come ho detto, questo corpo ha una data di scadenza. Non voglio ballare ancora a lungo dopo aver dovuto mettere via i pantaloni a strappo.»

I suoi occhi scivolarono lungo il suo torso.

Più in basso.

E all'improvviso fu di nuovo come l'altra notte e la desiderava tanto quanto allora. La differenza era che, questa volta, aveva un ricordo recentemente aggiornato di quanto fosse incredibile il sesso con Jules per gettare benzina sul fuoco.

E, sì, stava bruciando.

Si schiarì la gola e si girò, allontanandosi da lei a grandi passi. Avrebbe fatto delle foto. Le avrebbe mandate a Gage e Bryan. Per togliersi dalla testa quanto fosse sexy Jules con la sua gonna rossa dritta che abbracciava quei fianchi che lui aveva afferrato, e le sue gambe stupende che sembravano ancora più sexy con i tacchi color carne perfetti per l'ufficio, ma i cui fiocchetti sui talloni imploravano un uomo di scioglierli, e la camicetta bianca sartoriale che si curvava in vita e si apriva appena sopra la sua scollatura e non avrebbe dovuto essere sexy, ma dato che sapeva cosa c'era sotto... lo era.

Scattò alcune foto del contorno improvvisato sul pavimento solo per tornare a concentrarsi sul lavoro. Poi ne scattò qualcuna al soffitto e alle sue condutture, quindi una della zona bar prima di puntare il telefono verso il resto del locale.

Si fermò quando si trovò di fronte alla porta d'ingresso.

Jules era appoggiata alla traversa del vetro, il suo corpo stagliato contro la luce del sole.

I capelli le cadevano sotto le scapole, arricciandosi alle estremità lontano da dove la schiena si incurvava prima di raggiungere il sedere.

Juliet aveva un sedere fantastico. Teso, sodo, arrotondato... Abbastanza piccolo da poterlo afferrare con il palmo della mano, ma abbastanza grande da riempirla.

Le dita gli fremettero al ricordo.

E anche qualcos'altro.

Scattò la foto. L'ultima foto che aveva di Jules—

In realtà, non aveva nessuna foto di lei. Era lei a conservare i loro album di foto quando stavano insieme e quando se n'era andato... Quando se n'era andato, l'ultima cosa che voleva era un suo ricordo.

Ne scattò un'altra. E un'altra ancora. Non riusciva a smettere di scattarle, anche se non era come se si stesse muovendo.

Fu Tanner a muoversi, però. Fece un passo a sinistra. L'angolazione cambiò e colse la curva della sua guancia.

Gli ricordò quella di Keegan.

Il colpo allo stomaco non fu così duro come al solito.

Lei si passò una mano tra i capelli e inclinò la testa, facendo scendere le onde a cascata lungo la schiena.

Amava i capelli di Juliet. Amava la sensazione che davano, la consistenza, il modo in cui scivolavano tra le sue dita. Il modo in cui li sentiva scorrere sulla sua pelle. Il modo in cui apparivano sparsi sotto di lei sul suo cuscino.

O sul suo.

Scattò qualche altra foto. Ne avrebbe voluta una frontale, in piena luce, ma non poteva chiederglielo. Avrebbe aperto la porta a troppe domande. Domande per le quali non aveva risposte.

Lei si mosse allora e salutò con la mano l'agente immobiliare, presumibilmente, fuori.

Tanner guardò l'ora sul telefono. Dovevano andare. Non c'era una tonnellata di roba da guardare nel locale, solo un mucchio di materiale da costruzione scartato e un paio di barili di metallo che sperava fossero vuoti, ma la cui rimozione avrebbe dovuto far parte dell'accordo. Non avevano bisogno di preoccuparsi dell'Agenzia per la Protezione Ambientale oltre che delle licenze edilizie.

«Tanner?» Juliet si girò verso di lui. «Credo che il tizio dell'immobiliare abbia finito le sue telefonate.»

«Sì, ho quasi finito anch'io.» Ficò il telefono nella tasca posteriore dei pantaloni.

«Allora? Hai intenzione di affittare o comprare questo posto?»

Fece spallucce. «Devo prima sentire le condizioni. Non sono sicuro che Gage e Bry abbiano i soldi, quindi non se ne fa nulla finché non ci sono io.»

Juliet espirò. Profondamente. «Giusto.»

Si avvolse le braccia intorno al corpo, apparendo piccola e vulnerabile.

Maledizione, non voleva provare pena per lei. Non voleva... rimpiangere di andarsene.

Non voleva ferirla.

«Vieni qui, Jules.» La tirò tra le braccia perché semplicemente *doveva* farlo, stringendola contro di sé come aveva sempre fatto e appoggiando il mento sulla sua testa.

Lei sciolse le braccia dal proprio corpo e le avvolse intorno a lui.

Sentì il suo sospiro fin nel profondo dell'anima.

«Ehi, voi ragazzi—oh. Cavolo. Scusate.» Pfeiffer aprì la porta, la richiuse e si ritrovò di nuovo fuori in meno di due secondi, ma furono sufficienti a infrangere l'atmosfera.

«Io... mi dispiace.» Jules fece un passo indietro e si sistemò i capelli dietro le orecchie, le braccia di nuovo intorno al busto. La classica posa di chi è ferito: ritrarre gli arti per proteggere il centro del corpo. «Non dovrei...»

«Va tutto bene. So che non è facile.» Avrebbe dovuto allontanarsi da lei. Lo sapeva. Invece, le scostò alcune ciocche che lei aveva mancato.

Le sue labbra si mossero: si strinsero, poi se le mordicchiò, poi si strinsero di nuovo, ma alla fine riuscì a pronunciare qualche parola. «Grazie, Tanner. Per quello. L'abbraccio. E... per averlo detto.» Si schiarì la gola. «Beh. Immagino che dovremmo andare. Togliamo il signor Pfeiffer dall'imbarazzo. Poveretto, dev'essere così imbarazzato.»

Tanner la osservò più a lungo. La Jules che ricordava si sarebbe aggrappata a lui, supplicandolo di restare. Non era abituato a questa nuova Juliet, indipendente, adulta.

Ma gli piaceva.

Il che era un pensiero abbastanza pericoloso da farlo muovere. Voler bene a Juliet lo cacciava sempre nei guai.

Fece due passi verso la porta d'ingresso e la aprì. «Dopo di te.»

Sentì il suo profumo per il resto del pomeriggio.

Capitolo Ventitré

«Allora...» Sandy aggirò ancheggiando il bordo del suo divano con una bottiglia di vino e due calici dipinti a mano. Su uno c'era scritto *Terapia* e sull'altro *Scusa*. «Quale scegli?» glieli sventolò davanti.

Juliet alzò gli occhi al cielo e afferrò quello con la scritta *Scusa*. «Questo. Perché è il più vicino.»

«Ah ah.» Sandy rannicchiò una gamba sotto di sé e si sedette sul divano a fiori. «Così ora puoi andare avanti e fare cose sconce con quello schianto d'uomo che è ancora tuo marito e dare la colpa al vino.»

Peccato che non avesse avuto quel bicchiere l'altra sera.

«Oh mio Dio.» Gli occhi di Sandy si spalancarono. «Hai già fatto cose sconce con lui, non è vero?»

«Cosa? Sandy, stai delirando.» Juliet prese un sorso frettoloso di vino.

«E tu sei arrapata. O appagata. O arrapata e desiderosa di essere appagata.» Sandy usò il calice per indicare Juliet. «Avete fatto scintille, non è vero?»

«*Scintille*? Sul serio, quanti anni abbiamo?»

«Non cercare di sviare il discorso, Juliet. Sei andata a letto con tuo marito.»

Juliet si sporse per posare il calice sul vassoio del grande pouf di fronte a loro, e per avere qualche secondo per tenere a bada il rossore. «Ma senti che frase. Non c'è assolutamente niente di sbagliato.»

«A meno che tu non sia separata da detto marito da sette anni e non desideri con tutta te stessa di poter restare sposata con lui per sempre.»

Sandy, sfortunatamente, conosceva più dettagli di Tamra.

Ma non li conosceva tutti e, se Juliet fosse riuscita a non far trasparire dal viso il sorriso al ricordo dell'altra sera, Sandy non avrebbe avuto alcuna conferma.

Si appoggiò allo schienale e si morse il labbro per contenere il sorriso, sicura di non tradirsi.

Sandy inclinò la testa. «Ti conosco, Juliet. Non mi inganni mordicchiandoti il labbro. Sei andata a letto con Tanner e non te ne penti.»

«Tu te ne pentiresti?» Maledizione, non avrebbe dovuto risponderle.

«Aha! Lo sapevo!» Sandy sollevò il calice. «Era ora che mettessi la testa a posto. Lasciare che quello schianto d'uomo vivesse a nove stati di distanza per tutti questi anni... Devi avere dei sassi in testa, ragazza.»

«Sai perché...»

«So perché *hai detto* che non saresti tornata da lui, ma anche uno stupido vedrebbe che voi due siete fatti per stare insieme. Ti conoscerò solo da quando ho iniziato a lavorare per tuo padre, ma è sempre stato lampante. Qualcuno nomina Tanner Wentworth e tu ti illumini come un albero di Natale. E se quello che ho visto quando siamo andate al suo locale è un indizio, quell'uomo prova le stesse cose per te. Voi due dovete trovare un modo per perdonarvi e far funzionare le cose, punto. Diamine, sono a un metro da te sul divano e lui non è nemmeno nella stanza, e sento il calore che emani. Non ho idea del perché tu sia qui seduta con me quando hai *quello* che ti aspetta a casa. Se fossi in te, sarei lì.»

«Questa sera è fuori.» Juliet sistemò il cuscino dietro la schiena. «Con i suoi amici del liceo.»

«Mi stai dicendo che i suoi amici ubriachi sono più attraenti della sua splendida moglie? Non credo proprio.» Le diede una gomitata sul ginocchio. «Se entrambi rimaneste insieme in quella casetta accogliente, potreste scoprire di non voler più andare da nessun'altra parte.»

Juliet si appoggiò allo schienale con un sospiro. «È complicato.»

«Oh, lo so. Me l'hai raccontato. Ed è terribile quello che hai passato. Ma se vi amate, e non puoi dirmi che non è così, allora potete far funzionare le cose.» Sandy sorseggiò il suo vino.

«Siamo troppo distanti.» Juliet si passò una mano tra i capelli. «Forse se fosse rimasto dopo il nostro matrimonio, o se io lo avessi seguito, ma... Ha il diritto di essere arrabbiato con me. Ha il diritto di non fidarsi di me o di non perdonarmi.»

Sandy allontanò il calice dalle labbra. «Penso che sia *tu* a doverti perdonare, Juliet. Ti porti dentro questo peso da tutti questi anni. Sì, hai preso delle decisioni discutibili, ma eri giovane. Tutti prendiamo decisioni discutibili quando siamo giovani. Da qui il tasso di divorzi in questo paese.»

«Ho preso due decisioni discutibili che hanno condizionato la sua vita.»

«Non l'hai trascinato tu all'altare.»

«L'ha fatto mio padre.»

Sandy appoggiò il braccio sullo schienale del divano e toccò la spalla di Juliet. «Ma quella non eri tu.»

«È come se lo fossi stata.»

«E avrebbe comunque potuto andarsene. Ma non l'ha fatto. Perché?»

«Per via del mutuo.»

«Davvero?» Sandy inclinò la testa. E il suo calice. Che versò un po' di vino sulla sua maglietta. «Oh, merda. Macchie di vino rosso, e questa è la mia maglietta preferita.» Sandy si alzò di scatto dal divano e si diresse in cucina. «Mi stai dicendo che Tanner avrebbe sacrificato il resto della sua vita per i debiti di gioco di suo padre? Pensaci, Juliet. I tuoi genitori non avrebbero cacciato di casa i suoi. Erano amici da anni.» Aprì il frigorifero. «Il padre di Tanner avrebbe potuto vendergli la sua parte dell'azienda. Aveva delle scelte. Forse Tanner *voleva* una ragione per sposarti, per alleviare il suo senso di colpa per averti abbandonata dopo che avevi perso Keegan. Forse si sentiva in colpa per questo, ci hai mai pensato?»

«Tanner non aveva nulla di cui sentirsi in colpa. È stata tutta colpa mia. Se non fossi rimasta incinta di proposito, non avremmo perso Keegan.» Ancora oggi, pensava che fosse stata una punizione del karma per quello che aveva fatto, e nessuno le avrebbe fatto cambiare idea. Odiava solo che Tanner e Keegan avessero dovuto pagarne il prezzo. «E se non avessi architettato quella notte...»

Sandy fece capolino dalla cucina. «Stronzate.»

Juliet scosse la testa. «Prego?»

«Ho detto, *stronzate*. Continui a trovare scuse, ma quello che non vedi è che Tanner è sempre tornato. Anche adesso. C'è una ragione, Juliet, e non è perché è un bravo ragazzo.» Si rituffò in cucina. «Ti garantisco che non lo farebbe se glielo chiedesse una delle spogliarelliste con cui è in buoni rapporti. Quell'uomo è preso da te e devi farglielo capire.»

Sandy le aveva dato speranza fino a quell'ultima frase. Juliet afferrò di nuovo il vino. «Assolutamente no. Non ho fatto altro che manipolarlo per tutto questo tempo. Non posso farlo di nuovo. Merita di meglio. Diamine, *io* merito di meglio. Tanner deve voler stare con me perché mi ama, non perché si sente incastrato o obbligato o in colpa o dispiaciuto per me. Se non posso avere tutto Tanner, non voglio niente di lui.»

«Questa è la prima cosa matura che hai detto da quando abbiamo iniziato questa conversazione. Sai quale dev'essere la prossima?»

«Quale?»

«Che uscirai di qui e ti andrai a prendere il tuo uomo.»

Juliet guardò verso la porta della cucina. «C'è molto di più tra me e Tanner che semplici ormoni.»

«Tesoro, non sottovalutare il potere degli ormoni. È noto che hanno scatenato guerre.»

«Esatto. E non ne ho bisogno di altre nella mia vita. Aiutare la nonna a stare meglio è già una guerra sufficiente di questi tempi.»

Sandy tornò in soggiorno, tamponandosi la maglietta con un tovagliolo di carta. «Lo so. Fa paura. Ed è difficile. Ma conosco tua nonna e l'unica cosa che *non* vorrà è che tu ti lasci scappare Tanner. Diamine, ogni volta che salta fuori il suo nome, le spunta un sorriso grande quasi quanto il tuo. Vuole dei pronipoti. E vuole che si chiamino Wentworth. E lo vuoi anche tu. Dovete solo superare il vostro passato per arrivare al vostro futuro. E averlo qui è un'opportunità troppo grande per sprecarla. Quindi porta il tuo bel culetto a casa e trova un modo per averlo lì con te.»

Juliet prese un altro sorso di vino. Solo un piccolo sorso perché, se lei e Tanner dovevano parlare — e Sandy le aveva dato ragioni abbastanza convincenti per tirare fuori l'argomento scottante — voleva avere la mente lucida quando Tanner sarebbe tornato a casa quella notte.

Sfortunatamente per Juliet, non tornò mai.

Capitolo Ventiquattro

Tanner aveva un mal di testa più grande dello stato in cui si trovava.

Cicchetti di Jägermeister. Che diavolo gli era saltato in mente?

Aveva pensato che fosse meglio non tornare a casa la sera prima. Aveva pensato che, se l'avesse fatto, sarebbe successa la stessa cosa dell'altra notte e non voleva complicare le cose più di quanto già non lo fossero.

Ma, Cristo. Che mal di testa tremendo.

«Ehi, Tan. Tutto bene, amico?» La voce di Rick sembrava echeggiare contro le pareti della sua tana da uomo.

Tanner aprì un occhio. Una tana da uomo decisamente femminile. Le tende alle finestre potevano anche essere del blu dei Cowboys, ma i fiocchi in cima alla mantovana uccidevano la mascolinità in un sol colpo. E le paillettes argentate sugli sgabelli del bar...

Rick aveva incassato le prese in giro con una bonaria alzata di spalle. «A volte, ragazzi, non vale la pena lottare. E a volte, la ricompensa ne vale la pena.»

Non c'era bisogno che aggiungesse altro. L'avevano capito tutti.

E tutti la stavano ricevendo. Tutti tranne lui.

Tu l'hai ricevuta l'altra notte.

Sì, un'anomalia che non sarebbe dovuta accadere.

Fece una smorfia. Definire quello che lui e Juliet avevano fatto un'anomalia era... be', un abominio.

«Tieni.» Rick gli mise un bicchierino doppio sotto il naso. «Bevi, questo ti rimetterà in sesto.»

Bastò un'annusata e Tanner si ritrasse di scatto. «No, grazie. Tieni quella merda lontana da me.» Si prese la testa tra le mani. Non avrebbe mai dovuto bere quel sesto bicchierino. Ma aveva voluto una scusa per non tornare da Juliet.

Ne aveva avuta una.

Diavolo, probabilmente non avrebbe dovuto andarci neanche adesso.

Controllò il cellulare.

Nessun messaggio. Nessuna chiamata.

Non era sicuro di come si sentisse a riguardo.

«Davvero, Tan, bevi. Ti aiuterà con i postumi.»

«Me li merito, i postumi. Diavolo, ce li meritiamo tutti. Pensiamo di essere ancora adolescenti?»

«Sì, perché trent'anni sono così tanti.» Rick, quel bastardo, gli diede un pugno sulla spalla. «Pensavo che non vedessi l'ora di compiere trent'anni. Diventerai un uomo ricco, no?»

Tanner si massaggiò la nuca. Anni prima aveva parlato ai ragazzi del fondo fiduciario e la sera precedente lo avevano preso in giro a riguardo. Per fortuna, nessuno sapeva del problema di suo padre con il gioco d'azzardo, quindi tutti pensavano che stesse pianificando qualche acquisto grandioso il giorno del suo trentesimo compleanno.

Erano rimasti un po' delusi nell'apprendere che lo avrebbe investito in un'impresa commerciale. Aveva optato per *nightclub* e si era fermato lì. Se avessero saputo che ballava...

«Allora, hai visto i tuoi?» Rick posò il bicchiere sul tavolo, poi raccolse alcune bottiglie di birra vuote, il cui tintinnio trapanò il cranio di Tanner.

O forse era stata la domanda di Rick.

«Non ancora.»

«Hai intenzione di farlo?»

Tanner aprì un occhio. «Perché?» C'era qualcosa di... strano nella voce di Rick. E nella sua domanda. Tanner non ricordava l'ultima volta che Rick avesse anche solo menzionato i suoi genitori, figuriamoci se si fosse interessato a quando Tanner aveva parlato con loro.

«Nessun motivo. Solo che vedo tuo padre in giro per la città e... be', non ha un bell'aspetto.»

«C'è qualcosa che non va?»

Rick si girò di scatto, e il sacco della spazzatura di plastica sbatté contro il tavolino in un altro fracasso di vetri che gli distrusse i nervi. «Il fatto che tu lo stia chiedendo a me è un problema.»

«È... complicato.»

«È tuo padre, Tan. Forse dovresti andare a vedere come sta.»

Un'altra cosa che non aveva voluto affrontare tornando qui.

Tanner afferrò il bicchierino da dove Rick lo aveva posato sul tavolo e ne buttò giù il contenuto. Il liquido gli bruciò la gola fino in fondo.

Be', *quella* sì che era una sveglia.

Scosse la testa, poi si passò le dita tra i capelli e si alzò. Aveva bisogno di una doccia prima di poter affrontare la domanda di Rick e la realtà a essa associata. Per non parlare di Juliet. Non voleva affrontare neanche lei.

Per fortuna, a quest'ora, probabilmente era in viaggio verso l'ufficio, quindi tornare a casa sua doveva essere sicuro.

* * *

Sbagliato.

Lo seppe nel momento in cui aprì la porta d'ingresso. Poteva sentirne l'odore. Quei bluebonnet...

«Tanner? Sei tu?»

«Aspettavi qualcun altro?» Si diresse in cucina. Lei non aveva il caffè, ma il tè aveva più caffeina. Ne aveva bisogno. E di un po' di succo d'arancia.

Ciò di cui non aveva bisogno era di Juliet che appariva con un vestito che le fasciava il petto e scendeva fluido sulla curva dei fianchi per arrivare appena sopra le ginocchia, non lasciando nulla alla sua immaginazione. Perché lui sapeva cosa c'era sotto.

«Dove er... Oh. Stai bene?»

«Ho un aspetto così terribile?»

«È che... be', ti ho visto in forma migliore.»

«Mi sono anche sentito meglio.» Scosse la testa e anche quel semplice gesto gli fece male. «Non so cosa ci sia passato per la testa.»

Lei prese un bicchiere dalla credenza e glielo porse. «Proprio come al liceo. Vi riunite e avete le cellule cerebrali collettive di un'ameba.»

Prese il succo d'arancia dal frigo. «Le amebe hanno cellule cerebrali?»

«Hai capito cosa intendo.»

«Ahi, Jules. Non c'è bisogno di essere così dura.» Le prese il bicchiere, dando una seconda occhiata a quel vestito. «È questo che indossi per andare in ufficio?» Dannazione, perché glielo aveva chiesto? Non erano affari suoi cosa indossasse per andare in ufficio. Versò il succo nel bicchiere.

«Perché? Cosa c'è che non va?»

Lui si strinse nelle spalle e si portò il bicchiere alla bocca. Meglio che ci entrasse il succo anziché il suo piede.

«Sul serio. Cosa c'è che non va?» Juliet si guardò il davanti del vestito, poi si voltò all'indietro, tendendolo sul petto.

«Niente.» Tutto. Tanner tracannò il suo succo.

Lei lo guardò di nuovo e si lisciò il vestito sui fianchi. «L'ho già indossato altre volte.»

«Ho detto che va bene, Jules. Non farci caso.» Prese una tazza dalla credenza, la riempì d'acqua e la mise nel microonde. Aveva bisogno di caffeina. Subito.

Anche se, in realtà, la vista di Juliet in quel vestito gli mise in moto il sangue più velocemente di quanto avrebbe potuto fare la caffeina. «Non farai tardi?»

«Ho controllato le e-mail da casa stamattina. Volevo... volevo parlarti.»

Dei campanelli d'allarme gli suonarono in testa, il che non aiutò i postumi della sbornia. Non si voltò. «Parlare di cosa?»

«A proposito di...» Sospirò. «Dell'altra notte.»

C'era solo un'altra notte e non voleva parlarne. «Penso sia meglio lasciare le cose come stanno.»

«E come stanno?»

Si girò di scatto. Dannazione. Il suo cervello era qualche secondo indietro rispetto al corpo, così gli sballottolò nel cranio. «Cosa intendi con *come stanno*? Le cose stanno come stanno e dovremmo semplicemente lasciarle nel passato.»

«Perché?»

«Perché? Perché non cambia niente, ricordi? È quello su cui eravamo d'accordo.» Il sangue gli pulsava nel cervello e voleva attribuirlo allo stress della sua domanda e al volume con cui le aveva risposto... ma non credeva fosse così.

«Me lo ricordo, Tanner. Ricordo un sacco di cose. Come com'è sempre stato tra di noi.»

«È di questo che si tratta, no? Ecco perché sei venuta al mio locale a cercarmi. Vuoi che torniamo insieme. Tua nonna è davvero malata o te lo sei inventato?»

Juliet sussultò e si aggrappò al bancone. «Come puoi anche solo chiederlo? Certo che lo è. Non lo farei mai. L'hai visto tu stesso.»

Merda. Si sentì peggio per quella domanda che per i postumi della sbornia. Si passò una mano tra i capelli, poi si appoggiò con i palmi delle mani sul bancone dietro di lui. «Hai ragione. Mi dispiace. Era fuori luogo. Certo che lo è. So che non inventeresti una cosa del genere.» Si grattò la barba appena spuntata. «Senti, Jules. Non può esserci niente tra di noi. Ci sono troppi trascorsi. Troppa sfiducia. Non possiamo tornare indietro.»

«Non voglio tornare indietro.»

Non poteva aver sentito bene. Si infilò un dito nell'orecchio. «Eh?»

«Non voglio tornare indietro. Hai ragione; ci *sono* troppi trascorsi. Troppo dolore, decisioni sbagliate e bugie da superare. Ma possiamo andare avanti, Tanner. Potremmo, se volessimo.»

Il punto era quello: lui non voleva.

Davvero? Non è quello che dicevi l'altra notte, e puoi provare a dare la colpa agli ormoni, alla distanza o a qualsiasi altra cosa, ma la realtà è che volevi Juliet, allora. E sei tornato per il bis. C'è qualcosa tra voi; c'è sempre stato. Lo devi a te stesso, affrontarla invece di scappare. Stai scappando da quando Keegan è morto. È ora di fermarsi e annusare i bluebonnet, amico.

Giusto. E anche andare a trovare i suoi genitori. Cavolo, questo viaggio era proprio una passeggiata.

Tanner strinse le dita sul bordo del bancone. «Non posso farlo, Jules. Non adesso.»

Lei aprì la bocca per dire qualcosa, poi la richiuse. Ma sentì quegli occhi blu ardesia di lei che cercavano di scavare nella sua psiche. Nella sua anima.

Un tempo, ci riuscivano. Perché erano *stati* la sua anima.

«Okay, Tanner. Hai ragione. Non è il momento. Devo andare al lavoro e tu devi... Qualunque cosa tu debba fare oggi.»

«Vado a trovare i miei genitori.»

Le parole scioccarono lui tanto quanto lei.

«Lo sanno?»

Fece una smorfia quando scosse la testa. «Non lo sapevo fino a un momento fa, quindi no, non lo sanno.»

«Li chiamerai?»

Si strinse nelle spalle, si staccò dal bancone e aprì il microonde. «Non lo so. Probabilmente no. Nel caso in cui cambiassi idea.»

«Sei sicuro che sia saggio?»

«No. Ma d'altronde, neanche l'altra notte lo è stata e sono sopravvissuto.»

Più o meno.

* * *

Era *sopravvissuto*.

Sopravvissuto.

Addio alla fantastica intuizione di Sandy su Tanner Wentworth.

Non voleva davvero provare a sistemare le cose con lei.

E perché ne sei sorpresa?

Perché... lei lo voleva. Perché aveva pensato che l'altra notte significasse qualcosa. Lui la desiderava ancora fisicamente. L'aveva abbracciata dopo che suo padre se n'era andato. Doveva provare qualcosa per lei per fare una cosa del genere, giusto?

Solo che non voleva parlarne. Non voleva tornarci su. Non voleva ascoltarla.

Juliet spostò il post-it da un lato all'altro della sua scrivania, come stava facendo da cinque minuti. Doveva concentrarsi sul lavoro. Tornare alla quotidianità. Il futuro era troppo difficile da affrontare.

«Juliet?» la chiamò Maggie, la sua assistente, dal suo citofono.

Juliet riportò il post-it sul calendario e premette il pulsante del microfono. «Dimmi, Maggie.»

«Il signor Wentworth è qui per vederla.»

«Tanner?» Juliet cercò di non squittire il suo nome, ma non ci riuscì molto bene.

«Uhm, no. Un certo signor Palston Wentworth.»

Il padre di Tanner? Cosa poteva volere da lei?

Juliet si prese un paio di secondi per raccogliere le idee, poi premette di nuovo il microfono. «Fallo entrare, Maggie.»

«Subito.»

L'ufficio di Juliet era a solo un metro e mezzo dalla scrivania di Maggie, quindi non le diede molto tempo per prepararsi all'arrivo del suocero.

Suocero. Strano che quello fosse il suo primo pensiero su quell'uomo. Non vedeva i genitori di Tanner da quando la madre era passata a chiederle una foto di Keegan. Erano stati in ospedale quella notte in cui Nana aveva scattato le foto. Il signor Wentworth non si era più avvicinato a lei dall'ospedale e non l'aveva più visto da allora. Non si era nemmeno presentato in tribunale per il loro matrimonio.

Certo, con la questione del mutuo, non gliene aveva davvero fatto una colpa. Ma Tanner sì.

L'uomo non assomigliava per niente a come lo ricordava. Smunto, le spalle curve e i capelli che un tempo erano folti e biondi come quelli di Tanner, ora erano grigi e radi... Il signor Wentworth era invecchiato più degli anni che erano passati.

«Signor Wentworth.» Juliet aggirò la scrivania e gli porse la mano. Sua nonna si era assicurata che conoscesse le buone maniere. «Cosa posso fare per Lei?»

Il padre di Tanner guardò la sua mano tesa come se non fosse del tutto sicuro di cosa fosse. Ma poi l'afferrò con la sua, nodosa. «Più che altro, cosa posso fare io per Lei.»

Le diede un'ultima stretta, poi si allungò verso lo schienale della sedia di fronte alla sua scrivania e vi si lasciò cadere con cautela, posando un piccolo sacchetto sulle ginocchia.

«Cosa può fare Lei per me?» Tornò dietro la sua scrivania, evitando la sedia accanto a lui. Non era una visita di cortesia e lui non l'aveva mai riconosciuta come sua nuora. D'altronde, non l'aveva mai veramente considerata nemmeno quando era stata a casa di Tanner. Il più delle volte, prendeva Tanner da parte per discutere di football con lui. Juliet era stata sollevata di passare il tempo con la signora Wentworth, dato che il padre di Tanner era sempre stato burbero e scontroso.

«So che Lei è al corrente del problema tra me e Suo padre.» Il signor Wentworth si mosse sulla sedia. «A proposito del mutuo.»

«Sì, lo so.»

Tamburellò con le dita sul sacchetto e la guardò mentre si mordicchiava l'interno della guancia.

Poi posò il sacchetto sul bordo della scrivania e appoggiò di nuovo le mani in grembo. «Sono qui per ripagarla.»

Juliet non rispose. Non sapeva cosa dire. Sapeva perché suo padre aveva comprato il mutuo dalla banca; sapeva perché il signor Wentworth glielo doveva. Se gli avesse detto che stava condonando il debito e che lui aveva tutti quei soldi, non c'era modo di sapere cosa ne avrebbe fatto. E se l'avesse detto a Tanner... be', allora non ci sarebbe stato motivo per lui di rimanere.

Le serviva tempo per pensare. «Va bene. Dovrò informare i nostri avvocati affinché possano preparare i documenti. Vuole tenere Lei quel, uhm, sacchetto, fino ad allora?»

«No.» Si grattò la mascella. «No, lo tenga Lei. Mi faccia una ricevuta; mi fido di Lei.»

Non era mai stato un uomo di molte parole, ma riuscì a percepire la tensione in quelle che aveva detto. Non era facile per lui.

A dire il vero, non era facile neanche per lei. Non voleva doverlo nascondere a Tanner, ma non voleva nemmeno rendergli facile andarsene. Doveva restare. Per il bene di Nana.

E per il suo.

Capitolo Venticinque

«Tanner?» La bocca di sua madre si spalancò, riversando una tonnellata di senso di colpa nel cuore di Tanner. Non avrebbe dovuto perdere i contatti con loro. A prescindere da quello che avevano fatto, erano pur sempre i suoi genitori.

«Ciao, mamma.» L'avvolse in un abbraccio.

Sembrava ancora sua madre. Lo stringeva ancora tra le braccia nello stesso modo in cui faceva da quando era piccolo. Aveva dimenticato come ci si sentiva. Non era esattamente dell'umore per gli abbracci quando era stato costretto ad andare in tribunale, l'ultima volta che l'aveva vista.

Sarebbe dovuto tornare. Anche solo per una visita.

«Mio Dio, guardati. È passato così tanto tempo.»

«Lo so, mamma. Mi dispiace.»

Aveva le lacrime agli occhi. «Beh, ora sei qui. È questo che conta.» Si fece da parte. «Entra. Mi dispiace solo che tuo padre non sia a casa per vederti. Tornerai, vero?»

«Papà non c'è? Dov'è?» Tanner non voleva chiederlo, ma qualcosa lo costrinse a farlo, anche se era per metà spaventato dalla scusa che sua madre avrebbe inventato. Suo padre aveva il vizio del gioco e lei glielo aveva permesso.

Tanner li aveva odiati entrambi per questo l'ultima volta che era stato lì, ma adesso... adesso provava pena per loro.

Voleva recuperare l'ipoteca per loro. Dare loro una possibilità di ricominciare. Ma avrebbe insistito per una terapia per entrambi. Papà non poteva perdere di nuovo il ranch, perché Tanner non sarebbe stato in grado di tirarlo fuori dai guai una seconda volta. Aveva la sua vita di cui preoccuparsi.

«Ha detto che doveva fare delle commissioni.»

«Che tipo di commissioni? Pensavo che stesse lavorando al ranch.»

«Oh, sì, certo. Ma un carico di bestiame è appena partito e lui è entrato con un gran sorriso, mi ha dato un bacio sulla guancia e mi ha detto: "Gemma, esco. Non aspettarmi sveglia".»

Merda. Merda. E tripla merda. Non suonava affatto bene.

«Ma puoi restare un po' con me, vero? Non sei venuto solo per vedere tuo padre.»

Il suo senso di colpa raddoppiò. Ah, beh, non era come se suo padre non si fosse potuto cacciare nei guai negli ultimi sette anni. Un pomeriggio non avrebbe potuto fare molti più danni.

«Certo che posso, mamma.» Chiuse la porta alle sue spalle. «Non è che per caso hai qualcuno dei tuoi biscotti da queste parti, vero?»

«Ehilà, Tanner Nathan Wentworth. Che Wentworth Ranch sarebbe senza i miei biscotti con gocce di cioccolato fatti in casa? I braccianti vengono ancora a prenderli durante le pause, come facevano quando trasportavi il fieno.» Lo spinse verso la cucina. «Vieni, te li prendo. Se avessi saputo che venivi, ne avrei preparata un'infornata da portarti via.»

Un'altra pugnalata al cuore. Per il brevissimo tempo in cui era stato genitore, sapeva cosa significava amare un figlio e lui lo aveva negato a sua madre.

«Sono, ehm, qui per un po', mamma.»

Il sorriso sul volto di lei quando si girò lo riscaldò e lo riempì di ulteriore rimpianto per averle causato dolore. «Oh, tesoro, sono così felice di sentirtelo dire. Dove alloggi?»

E ora veniva la parte difficile...

La seguì in cucina. «Da Juliet.»

I passi di sua madre vacillarono. «Ju... Juliet? Chambers?»

«Wentworth, mamma. Siamo ancora sposati.»

Sua madre si diede *molto* da fare a cercare quei biscotti nella credenza. «Lo siete? Avrei pensato che aveste risolto la questione anni fa.»

«No, non l'ho fatto.» Non voleva affrontare l'argomento con sua madre, ma era necessario dirlo. Aveva tenuto la lingua a freno per troppi anni e sapeva quanto sua madre si fosse preoccupata quando Burt aveva comprato l'ipoteca.

Si avvicinò alla credenza e le prese il barattolo dei biscotti. «Sediamoci.»

Lei lo guardò sbattendo le palpebre, ma non disse nulla. Non ce n'era bisogno. Poteva vedere la stessa paura nei suoi occhi.

«Va tutto bene, mamma. Andrà tutto bene.» Le scostò una sedia.

Lei vi si lasciò cadere. «Cosa vuoi dire, Tanner?»

«Voglio dire che mi occuperò io dell'ipoteca per voi.» La speranza che le balenò negli occhi fu la sua ricompensa e la conferma che avrebbe dovuto essere lì, a vivere la bugia che Juliet aveva inventato, non solo per sua nonna.

«Ma come...?» Si coprì la bocca. «Il tuo fondo fiduciario.» Ora gli occhi di sua madre si fecero duri. Determinati. «No, Tanner. Non lo permetterò. Quei soldi sono tuoi e non sono destinati a tirar fuori dai guai me e tuo padre. Non voglio sentirne parlare.»

«Mamma...»

«No. Non puoi farlo.» Si alzò e attorcigliò lo strofinaccio che pendeva dalla tasca del suo grembiule. «Hai già perso così tanto nella tua vita. Tutte le cose che avrebbero dovuto essere...» Non c'era bisogno che recitasse la lista; la conoscevano a memoria. «Non permetterò che tu perda anche il tuo futuro. Quei soldi sono per te. Per comprare una casa, pagare i prestiti studenteschi, prendere una macchina. Qualsiasi cosa tu voglia fare. Mio padre lo ha istituito proprio per questo motivo e non ti lascerò darlo a noi. Non lo accetteremo.»

«Mamma, aspetta. Hai frainteso.»

«No, non ho frainteso. Non puoi inventarti qualche piano per dirmi che non lo stai facendo davvero quando quello è l'unico modo possibile. Non lo permetterò, Tanner, mi senti? Non lo permetterò. Preferirei vivere in miseria piuttosto che vederti rinunciare a quella sicurezza economica a causa dei... beh, dei problemi di tuo padre.»

«Mamma, papà ha una dipendenza dal gioco. Non è solo un problema.»

«Comunque sia, Tanner, non devi preoccupartene. Riprenderemo il ranch. Tuo padre sta lavorando più duramente che mai e stiamo ricominciando a vedere la luce. Andrà tutto bene. Te lo prometto.»

Lui le afferrò le mani. «No, mamma, quello che non capisci è che non userò il mio fondo fiduciario per riprenderlo. Me lo sta dando Juliet. Senza alcun vincolo.»

Ora la bocca di lei si spalancò e, per una volta, non ebbe nulla da dire.

Ma lui poteva leggere la domanda nei suoi occhi. «Perché la sto aiutando con una cosa, e per questo, è disposta a condonare il debito.»

Lacrime scivolarono dagli angoli dei suoi occhi. «Perché? Cosa potresti mai fare?»

Sospirò e le lasciò le mani, appoggiandosi allo schienale di legno duro della sedia. «Fingo di essere suo marito.»

«Ma pensavo lo foste. Non hai appena detto che non siete divorziati?»

«Sì, ma lo faremo. Stiamo fingendo che non sarà così, però, per sua nonna.»

«Sua nonna?»

«Nonna ha avuto un ictus e non si stava riprendendo bene. Juliet ha pensato che se sua nonna avesse avuto qualcosa di felice su cui concentrarsi, avrebbe voluto migliorare. E ha funzionato. Si è ripresa abbastanza da essere dimessa dall'ospedale prima che io arrivassi. E ora sta molto meglio. È ancora stanca e ha qualche problema di coordinazione con una mano, ma è in piedi e attiva. L'altro giorno è andata persino a farsi i capelli.»

«Tutto perché sei tornato in città?»

«Beh, perché vede che Juliet è felice e questo la rende felice.»

«Ma cosa succederà quando Juliet sarà triste?»

«Cosa vuoi dire?»

«Andiamo, Tanner. Conosci Juliet. Diamine, tutti sanno cosa prova Juliet per te. Pensi per un solo minuto che sarà in grado di guardarti uscire di nuovo dalla sua vita ed esserne felice?»

«Deve esserlo. È il nostro accordo. Vuole solo che sua nonna stia meglio.»

Sua madre tamburellò con le dita sul tavolo. «Beh, ormai è fatta, immagino, quindi non c'è nulla che possiamo fare se non portarlo a termine, ma lascia che sia la prima a dirti che non voglio mai che tu finga di essere qualcosa che non sei per me. E posso garantirti che Penelope non lo vuole, quindi tu e Juliet dovete prendere una decisione. Questo limbo in cui state fluttuando non va bene per nessuno.»

«È solo per un po'. Al più tardi fino al mio compleanno, ironicamente, anche se sua nonna sta così bene che potrebbe finire prima, così possiamo porre fine a questa storia.»

«Alla bugia o al matrimonio?»

«Sono la stessa cosa.»

Sua madre inclinò la testa. «Davvero?»

«Cosa vuoi dire?»

Si sporse in avanti e gli accarezzò la guancia. «Vedo come ti illumini quando pronunci il suo nome. Nello stesso modo di sempre. Tieni ancora a Juliet e avete una storia insieme.»

«Una storia non proprio eccezionale, se ricordi.»

«Ricordo. Ma ricordo anche quanto eravate innamorati. Era giovane. Eri giovane. Aveva paura che tu la lasciassi.»

«Mamma, ha pianificato di rimanere incinta.»

«Lo so, tesoro. Ma non è che tu ti stessi esattamente assicurando che non accadesse.»

«Usavo il preservativo.» Non poteva credere di avere quella discussione con sua madre. All'epoca suo padre gliene aveva cantate quattro, non per il fatto che ci fosse di mezzo un bambino, ma perché non avrebbe più potuto giocare a football.

Sua madre aprì il barattolo dei biscotti e ne tirò fuori tre. Ne mise due su un tovagliolo davanti a lui sul tavolo e usò l'altro come puntatore. «Ma i preservativi non sono efficaci al cento per cento, Tanner. Lo sanno tutti. Quindi era sempre una possibilità. Correvate un rischio ogni volta con Juliet.» Prese un morso del biscotto, pulendosi le briciole vaganti con il dorso della mano. «Chi può dire che, se non avesse fatto quello che ha fatto, non sarebbe rimasta incinta comunque? Di chi daresti la colpa allora? È la natura delle cose, Tanner. Chi gioca col fuoco si brucia. E più ci giochi, maggiore è il rischio. Ti sei bruciato. Ma non è stato così male, vero? Ricordo quanto eri entusiasta per Keegan. Come tu e Juliet avete decorato la stanza del bambino e come continuavi a strofinarle la pancia. Era dolce. Proprio come l'amore.»

Tanner picchiettò il bordo del biscotto sul tovagliolo. «Quindi cosa stai dicendo? Che dovrei perdonarla per aver rovinato la vita che avevo pianificato e semplicemente metterci una pietra sopra e restare sposato con lei come se non fosse successo niente?»

Sua madre si prese il suo tempo per dare un altro morso e masticarlo a fondo, facendolo agitare sotto il suo sguardo attento.

Finalmente, finì. «In una parola, sì. Certo, ha preso delle decisioni che non erano le migliori, ma in fondo è stato perché ti amava. Aveva paura di perderti.»

«Eppure l'ha fatto.»

«Esatto. Pensi che quella ragazza non abbia pagato abbastanza in tutti

questi anni? L'auto-recriminazione è una cosa orribile con cui dover vivere.»
Sua madre sbatté le palpebre e distolse lo sguardo. «Dovrei saperlo.»

Tanner diede un morso al biscotto. O meglio, un morso vorace. «Eppure sei ancora sposata con lui, mamma. Perché?»

Lei inspirò e sbatté le palpebre, poi si schiarì la gola. «Perché lo amo. Perché c'è del buono in lui. Oh, so che pensavi che lo assecondassi, e forse l'ho fatto, ma mi piace pensare di avergli impedito di fare di peggio. Che senza di me, avrebbe perso tutto.»

«Ma avreste potuto perdere il ranch, mamma, se il signor Chambers non fosse intervenuto.»

«Ma lo ha fatto e non l'abbiamo perso. E non lo perderemo, anche senza il tuo aiuto. Perché tuo padre, con il mio amore e il mio sostegno, ha chiesto aiuto.»

«Che tipo di aiuto?»

«Sta andando in terapia. Da un po'. Ha lasciato che qualcun altro si occupasse della contabilità. Ora abbiamo una commercialista. Becky è così meticolosa nell'assicurarsi che tutto sia fatto nel modo giusto che finalmente abbiamo qualcosa in più. E tuo padre non lo gioca d'azzardo. Mi ha portata fuori a cena un paio di volte. Mi ha dato i soldi per comprare un vestito nuovo. Sta parlando di fare una vacanza l'anno prossimo. Immagina un po'. Una vacanza. Non ricordo l'ultima che abbiamo fatto.»

Tanner sì. Era alla fiera di stato l'estate in cui era entrato nella prima squadra. Dopodiché, erano iniziate le scommesse sulle sue partite. O, se erano iniziate prima, erano escalate a un punto tale che suo padre non poteva più sostenerle.

«Quindi sta funzionando, allora? La terapia?»

«Qualcosa sta funzionando. Non lo vedevo così felice da anni.»

«Non è quello che ha detto il mio amico Rick. Ha detto che papà non sembra più lo stesso.»

«Oh, non lo è. Ha perso peso. Gli dico che lavora troppo, ma lui fa spallucce e va per la sua strada. Ma si alza ogni mattina ed è lì con tutti i braccianti. E poi... poi, la sera, va al negozio di pesca in città. Ha iniziato a lavorarci un po'. Dice che lo rilassa. Che gli calma la mente. E la paga non è male. Ci dà il nostro piccolo extra.»

Suo padre aveva un lavoro part-time oltre a gestire il ranch? Aveva assunto qualcuno per fargli la contabilità? Tanner non riusciva a immaginare che stessero parlando dello stesso uomo che era così maniaco del controllo sulla sua attività da tenere i libri contabili chiusi nella cassaforte del suo ufficio.

Qualcosa non tornava.

«Ma un piccolo extra non basterà a pagare l'ipoteca, mamma. Lascia che lo faccia io. Diavolo, lascia che lo faccia Juliet. Me lo deve. Lo deve a tutti noi.»

La mamma fece scivolare la mano sul tavolo per afferrare la sua. «Perdonala, Tanner. Non fa bene avere così tanta rabbia dentro di te. Influenza il tuo modo di pensare. La tua percezione. Ha fatto uno sbaglio. Dio sa che nessuno di noi è perfetto.»

«Ne ha fatti due.»

«Ok, ne ha fatti due. Ma quante altre decisioni giuste ha preso? Sicuramente c'era qualcosa di buono che hai visto in lei, altrimenti non saresti stato con lei fin dall'inizio. Concentrati sul bene, non sul male. La vita è troppo breve per il male.»

Quindi voleva che lui, cosa? Permettesse a Juliet di gestire la sua vita? No, grazie.

Era già successo e tutto era stato fuori dal suo controllo. Era stato impotente nell'impedire di perdere tutto ciò che aveva desiderato nella vita, dalla gravidanza all'aborto spontaneo, alla sua borsa di studio e persino al matrimonio con Juliet: tutto era stato deciso per lui, la capacità di scegliere la propria strada gli era stata tolta. Ecco perché se n'era andato; aveva bisogno di riprendere il controllo della sua vita.

E ora l'aveva.

Un certo controllo. Ti stai nascondendo a centinaia di chilometri dai tuoi amici, dalla tua famiglia, da tutto ciò con cui sei cresciuto. Il risentimento verso Juliet vale tutto questo? Ti ha portato da qualche parte se non a sederti nella cucina di tua madre a mangiare biscotti? Che razza di vita è questa? Limbo è la parola giusta. Gesù, amico, vivi un po'.

Stava vivendo, dannazione. O, almeno, lo stava facendo prima di essere costretto a tornare qui da Juliet.

Non ti ha costretto; te l'ha chiesto. Grossa differenza. Questa volta, sei tornato qui con gli occhi ben aperti. Sei tornato perché l'hai deciso tu, non per nessun'altra ragione. Pensa esattamente al perché.

Non ne aveva bisogno. Sapeva esattamente perché stava facendo quello che stava facendo, e perché aveva fatto quello che aveva fatto.

E non era per l'ipoteca, vero?

Maledetta quella vocina della ragione.

Spinse indietro la sedia allontanandola dal tavolo. «Devo andare, mamma.»

«Oh, ma tuo padre...»

«Lo vedrò un'altra volta. In questo momento, ho solo bisogno di pensare.»

«Hai avuto sette anni per pensare, tesoro. Non credi che sia ora di iniziare ad agire invece?»

Le sue parole lo fecero voltare di scatto. «Agire? Non mi sono mai fermato da quando me ne sono andato.»

«Lo so. Troppo impegnato per tornare a casa. Facendoti strada nel mondo. È per questo che non ho insistito perché tornassi. Sapevo che avevi bisogno di tempo per te. Ricorda, Tanner, Keegan era nostro nipote. Lo amavamo tanto quanto te. Tanto quanto amiamo te.»

Quelle parole furono come un colpo al cuore. Non ci aveva pensato... Non se n'era reso conto...

Ora aveva davvero bisogno di pensare.

«Mamma, devo... devo andare.»

«Basta che questa volta non vada lontano, Tanner. Non puoi sfuggire ai tuoi ricordi.»

Capitolo Ventisei

Ci provò. Signore, se ci provò. Ma sembrava, mentre andava a correre per schiarirsi le idee, che stesse correndo *verso* di loro.

Tanner rallentò l'andatura quando Juliet svoltò nel suo vialetto, mentre lui si trovava a mezzo isolato da casa sua. Scivolò dietro un cespuglio troppo cresciuto che qualcuno avrebbe dovuto seriamente potare per liberare il marciapiede. Ma in quel momento, si godeva il nascondiglio che gli offriva.

Un nascondiglio? Davvero? Dalla sua stessa moglie? Una ragazza che conosceva da tutta la vita?

O almeno così aveva creduto.

Ma questa Juliet... La guardò scendere dall'auto, la gamba che mostrava gli fece seccare la bocca in un modo che la corsa non era riuscita a fare. Non conosceva questa Juliet. Quel vestito dovrebbe essere solo per le serate in città. Con lui. Nessun altro avrebbe dovuto vederla con quell'abito e all'improvviso si sentì molto arrabbiato al pensiero che probabilmente quel tizio, Steve, l'avesse vista. Che probabilmente l'avessero vista un sacco di uomini.

La osservò girare intorno al retro della sua auto, con il vestito che le aderiva al fondoschiena. E quei tacchi che indossava... figlio di puttana, avevano dei cinturini che le avvolgevano le caviglie.

Avrebbe dovuto semplicemente continuare a correre.

Ma sua madre aveva ragione. Era questa la consapevolezza a cui era giunto durante la corsa. Lui e Juliet dovevano parlare. Fare chiarezza. Dire cose che dovevano essere dette. Non erano più ragazzini e se questa era la fine, la fine della loro relazione e del loro matrimonio e di tutto ciò che c'era stato tra loro negli ultimi quasi trent'anni, doveva esserci una chiusura.

E se non lo era...

Quale delle due cose voleva?

Quella era la domanda fondamentale: cosa voleva *davvero*? Una vita di ricordi dolorosi di una donna che un tempo aveva amato? O una vita con la donna che amava ancora?

Inciampò. La amava ancora? Come? Perché? Solo perché, cosa? Era cresciuta? Era andata al college? Stava gestendo l'azienda di suo padre? Aveva ingoiato l'orgoglio e il dolore abbastanza da venire a cercarlo non per se stessa ma per sua nonna?

Sì. Quelle. Erano ragioni per guardare la Juliet che aveva conosciuto prima e vedere che ora era molto di più.

Forse c'*era* una possibilità per loro.

Con le parole di sua madre che gli rimbombavano nelle orecchie, Tanner corse verso la porta d'ingresso. Dovevano parlare.

Sfortunatamente, quando entrò, la sentì sotto la doccia. Quello *non* sarebbe stato il posto giusto per avere la conversazione che voleva fare.

E poi la sentì cantare.

Dovette ridere. Juliet aveva una voce bellissima — era stato il suo talento nei concorsi di bellezza — ma non era capace di cantare una canzone country neanche per salvarsi la vita. Dato che a lui non piaceva la musica country, non era un problema, ma a Juliet sì. Quindi cantava. Cercava di metterci quel piglio nasale, ma il risultato era che sembrava biascicare le parole. La cosa la irritava da morire, mentre a lui faceva sorridere.

Proprio come stava facendo ora.

Juliet lo faceva sorridere. Lo faceva ridere. Gli faceva provare delle emozioni.

Lo faceva sentire vivo.

Era quello, quella sensazione che gli scorreva dentro. Non era l'euforia della corsa — quella impallidiva al confronto. Juliet faceva sembrare il mondo più luminoso, i giorni più lunghi, le notti migliori, i picchi più alti, i baratri più profondi...

Si guardò intorno nella casa di lei. Diceva così tanto di lei. Aveva lavorato e studiato per potercela fare da sola. Farsi strada. La casa non era grandiosa o esagerata, ma con il giusto numero di stanze e arredata in modo confortevole... La casa perfetta per lei.

E lei era casa per lui.

Sospirò. Tutto questo poteva essere suo se solo l'avesse perdonata.

«Miao.»

La gattina gli si attorcigliò intorno alle caviglie, i suoi occhi verdi che lo guardavano sbattendo le palpebre.

La prese in braccio. Anche lei gli ricordava come dovrebbe essere una casa. Buddy aveva dato vita al suo appartamento. Aveva riempito il vuoto di essere solo lì dentro. Da quando il gatto era morto, c'era stato il meno possibile perché non era più la stessa cosa. Eppure non aveva preso un altro gatto.

Sapeva perché. Si era protetto dal provare sentimenti. Dall'amare qualcuno o qualcosa per non dover perdere di nuovo qualcuno. Ma quella non era vita.

Questo, avere una casa, qualcuno da cui tornare, condividere gli alti e i bassi della vita, le preoccupazioni e i trionfi... Quella era vita. Era di questo che si trattava la vita. Sua madre aveva ragione. La nonna di Juliet aveva ragione.

Lui la amava ancora e voleva realizzare quella vita insieme.

Posò la gattina sul divano, poi si tolse la maglietta e la lanciò lungo il corridoio verso la lavanderia, sfilandosi le scarpe da corsa e i pantaloncini mentre andava in bagno.

Sua moglie era lì dentro ed era ora che lui ricominciasse a vivere.

Juliet si sciacquò lo shampoo dagli occhi mentre finiva la canzone dei Rascal Flatts, desiderando di poter lavare via l'immagine di quella busta dalla sua mente con la stessa facilità.

Perché il padre di Tanner non aveva potuto aspettare a dargliela? Perché proprio adesso? Perché non il mese prossimo, quando sarebbe stata una questione irrilevante? Ma ora aveva la responsabilità di dirlo a Tanner, dandogli la scusa perfetta per andarsene. Il blocco dell'ipoteca sarebbe stato rimosso, lui avrebbe avuto il suo fondo fiduciario e Nana era decisamente sulla via della guarigione. Non avrebbe più avuto motivo di restare.

A meno che non gliene desse uno lei.

Si scostò l'acqua dagli occhi. Quale altra ragione poteva dargli? Avevano dormito insieme ma questo non aveva cambiato le cose. Avevano bisogno di tempo da passare insieme perché lui la perdonasse. E, si sperava, si innamorasse di nuovo di lei.

Era quello il punto; non c'era garanzia che lo facesse. E questo era ciò che la spaventava di più. L'idea di una vita senza Tanner...

Ora si asciugò delle lacrime dagli occhi.

Non voleva perderlo, ma se avesse scoperto dei soldi di suo padre, l'avrebbe perso.

Raddrizzò la schiena. Non era più un'adolescente; era un'adulta. Una che doveva ammettere la verità e accettare le conseguenze. Doveva vuotare il sacco. Basta con i giochetti.

Glielo avrebbe detto quando fosse tornato a casa.

Prese la saponetta e stava per lanciarsi nella sua canzone preferita di Carrie Underwood quando la porta del bagno si aprì.

«Tanner?»

Lui scostò la tenda della doccia sopra la vasca e apparve lì, in tutto il suo nudo splendore.

Ed *era* glorioso.

«Aspettavi qualcun altro?» Entrò nella vasca.

«Non aspettavo neanche te.»

Tirò la tenda chiudendola. «Hai detto che volevi parlare.»

Non era esattamente il luogo per avere una conversazione coerente, perché il suo cervello stava rapidamente perdendo lucidità più a lungo lui restava lì. «Non stavo esattamente pensando che avremmo parlato nella doccia.»

«Bene.»

E quella fu l'ultima parola che disse per un tempo molto lungo.

Oh, Signore. Era passato così tanto tempo da quando avevano fatto l'amore sotto la doccia. Juliet voleva sapere perché proprio ora, ma con la lingua di lui nella sua bocca, non aveva intenzione di chiederglielo.

Di certo non aveva intenzione di tirare fuori l'argomento dei soldi, perché le sue mani erano così piacevoli mentre scivolavano sul suo corpo ancora liscio di sapone, tirandola contro di sé mentre l'acqua scrosciava su di loro. Dovette chiudere gli occhi, ma quello era solo un preludio a quando le sensazioni diventavano troppo intense. In passato, a volte avevano cercato di guardarsi fino alla fine, ma c'era sempre quel momento in cui Tanner la portava fuori da se stessa e lei non aveva più controllo sulle sue azioni; rispondeva semplicemente a ciò che lui le stava facendo.

Questo era uno di quei momenti.

Le sue mani le afferrarono il sedere e lui si girò di lato, avvolgendole le gambe intorno alla vita mentre la premeva contro il muro.

«Ti voglio, Juliet», le ringhiò nel collo.

«Okay», fu tutto ciò che riuscì ad ansimare. L'acqua le colpiva la fronte, rendendole difficile parlare e respirare, ma non gli avrebbe chiesto di fermarsi.

Girò la testa di lato, appoggiandola contro la fronte di lui mentre lui le leccava il collo fino alle labbra, con il suo membro che si contraeva contro di lei.

Dio, lo voleva dentro di sé.

E poi ci fu.

Fu naturale e giusto come lo era sempre stato tra loro. Come se non fossero passati sette anni. Come se l'altra notte non fosse stata la prima dopo tanto tempo. Si conoscevano ancora. Sapevano ancora dove toccare e dove baciare e leccare e mordicchiare. Come respirare con le loro lingue che si amavano, come e quando afferrare e stringere, quando rilasciare solo per aumentare di nuovo la tensione.

Lei e Tanner lavoravano all'unisono. L'avevano sempre fatto in tutto — be', tutto tranne quello che lei aveva mandato a rotoli.

Il suo respiro si bloccò e perse un movimento nel loro ritmo.

«Juliet?» Tanner si tirò indietro per guardarla, la preoccupazione nei suoi occhi che le fece venire voglia di piangere.

Grazie a Dio per la doccia; lui non si sarebbe mai accorto che le erano sfuggite alcune lacrime.

«Non fermarti, Tanner.» Riportò le labbra di lui sulle sue, non dicendo il resto di quella frase. *Non smettere di amarmi.*

La sollevò un po' di più contro il muro, allargando le gambe sotto di sé, e si spinse contro di lei.

Juliet gemette. Dio, che bella sensazione.

Le affondò le dita tra i capelli, girandole la testa all'angolazione giusta. Juliet strinse le cosce intorno a lui, sorridendo quando lui sibilò.

«Ti piace?» riuscì a mormorare tra un bacio e l'altro.

Lui ringhiò e spinse più a fondo dentro di lei.

Allora Juliet non riuscì a trattenere le lacrime. Non era una cosa da dopofesta, dettata da un picco ormonale. Non era sesso del tipo "non ci vediamo da tanto tempo". Questo era Tanner che apriva la sua porta, entrava nella sua doccia con il preciso scopo di fare questo con lei. Aveva preso quella decisione e lei era piena di speranza di scoprire perché.

Ma prima...

Si dimenò contro di lui. Doveva continuare a spingere. Non aveva molte opportunità di fare altro che dimenarsi, intrappolata tra il suo splendido petto caldo e le fredde piastrelle del muro, con il sapone che rendeva scivolosi i loro corpi.

«Ancora, Tanner.» Gemette. «Voglio di più.»

Con un bacio da far vibrare le dita dei piedi, le diede di più.

Tanner le strinse il sedere mentre si muoveva dentro e fuori di lei, e fece l'amore con la sua bocca usando la lingua, tenendole la testa in modo che non potesse andare da nessuna parte — non che l'avrebbe fatto. Tutto ciò che voleva — tutto ciò che aveva *sempre* voluto — era proprio lì in quella doccia con lei.

Le sue spinte si fecero più rapide. Lei fece scivolare una mano lungo la schiena di lui. Tanner aveva un fondoschiena incredibile. Glielo afferrò, tirandolo dentro di sé a quel ritmo.

«Sì, Juliet. Così. Toccami, tesoro.»

Lei fece scorrere l'altra mano sul suo fianco e sopra il suo capezzolo. Lui sussultò quando lo fece... Così lo fece di nuovo.

Si tirò indietro — non troppo, ma abbastanza da farle capire che non voleva che si allontanasse neanche di tanto così.

«Non stai giocando pulito», disse lui aspramente.

«Volevi un gioco pulito? O volevi del sesso fantastico?»

Lo sguardo ardente nei suoi occhi rispose a quella domanda. «Te, Juliet. Voglio te.»

Non le diede il tempo di rispondere mentre si spingeva di nuovo dentro di lei, portandola in quel luogo dove poteva solo sentire. Avrebbe pensato più tardi.

Juliet era il paradiso. Avvolta intorno a lui, stringendolo internamente... era impossibile sentire dove finiva il suo corpo e iniziava il suo.

Era sempre stato così tra loro. Non c'era mai stato un momento in cui non avesse provato questa totalizzante unione quando facevano l'amore.

Se solo entrambi l'avessero mantenuta.

I suoi talloni battevano contro il suo sedere, tenendo il suo ritmo. Anche questo era sempre stato buono tra loro; coglievano perfettamente il ritmo dell'altro.

Inclinò i fianchi, ricordando come quel gesto l'avesse mandata in orbita, e anche ora non fu diverso. Lei spalancò gli occhi e lo guardò — lo guardò davvero, lì in quel momento con lui, vedendo dentro la sua anima e mostrandogli tutta la sua.

Juliet era amore. Per lui, da lui, in lui... Aveva sbagliato di grosso a non dare loro un'altra possibilità.

Non avrebbe fatto di nuovo quell'errore.

I suoi muscoli si contrassero intorno a lui, e fu tutto ciò che servì. La seguì con una tale potenza che fu come se stessero scoppiando fuochi d'artificio nell'aria intorno a loro.

Santo cielo, che bella sensazione.

Così giusto.

Brividi li percorsero, scosse di assestamento. Prima ne avevano sempre riso, ma ora... non riusciva a ridere. Diavolo, riusciva a malapena a formulare una frase coerente e tutto ciò che voleva era rimanere così per sempre.

Ma ovviamente, non poteva. L'acqua divenne fredda, le gambe di lei persero la presa, e lui dovette sfilarsi da lei per farla scendere.

Allungò la mano per chiudere il rubinetto. «Freddo?»

Lei si prese il labbro inferiore tra i denti. «Niente affatto.»

Dio, la amava.

Le prese il viso tra le mani. Le passò il pollice su quel labbro inferiore perché glielo concedesse. Poi le fece scivolare il pollice tra le labbra.

Lei lo leccò e il suo membro si ridestò come se non avesse appena avuto uno degli orgasmi più sconvolgenti della sua vita.

«Non farlo.» Scosse la testa, non del tutto sicuro di cosa le stesse chiedendo di non fare.

Lei gli mordicchiò il pollice invece. Ebbe la stessa reazione.

Tanner sospirò, tremando, incerto su cosa dire. Era piombato lì dentro tutto determinato e pieno di testosterone, con il bisogno di reclamarla come sua moglie. E ora...

Ora, doveva dirle cosa voleva. Lei. La sua vita. La loro vita.

E forse anche un figlio

Un fig—Merda. Non aveva usato il preservativo.

«Che c'è?» Juliet gli afferrò le braccia.

«Non abbiamo usato il preservativo.»

«Oh.» Si mordicchiò di nuovo il labbro inferiore, ma questa volta era troppo preoccupato per quello che avevano appena fatto per pensare che fosse sexy.

Be', quasi troppo preoccupato.

«Cosa facciamo, Juliet?»

«C'è la pillola del giorno dopo. Vado a prenderla. Non ti preoccupare, Tanner. Non sto cercando di farti restare.»

Se lo meritava. Ma anche lei. Sarebbe stata una reazione valida da parte sua se l'avesse pensato.

Se.

Ma non l'aveva pensato. Lei non si aspettava che lui si presentasse nella sua doccia e quando l'aveva fatto, non le aveva nemmeno dato la possibilità di ricordargli degli anticoncezionali. E dato che *lui* non stava pensando a quelle cose, non c'era nessuna regola che dicesse che dovesse farlo *lei*.

C'era una ragione se gran parte della popolazione poteva definirsi "bambini per sbaglio".

A lui non sarebbe dispiaciuto un "bambino per sbaglio".

Inspirò profondamente. «Non farlo.»

«Non fare cosa?»

«Non prendere quella pillola.»

«Ma—»

«Facciamolo, Juliet.»

Inclinò la testa, i suoi bellissimi occhi si strinsero. «Definisci *questo*. Perché abbiamo appena fatto *questo* e ora stiamo discutendo di pillole del giorno dopo e preservativi. Cose di cui avremmo dovuto discutere prima.»

Le afferrò le mani e se le portò alle labbra, baciandole le nocche. «Noi. Ricominciamo con noi.»

Le sue dita si fletterono e lei trattenne il respiro. «Tanner, cosa stai dicendo?»

Le baciò di nuovo le mani. «Non qui. Non è questo il posto in cui voglio avere questa discussione. Puoi essere vestita tra una decina di minuti? Vorrei andare in un posto speciale per questa conversazione.»

«Posso farcela in cinque.»

Allora rise di lei. «La Juliet che conoscevo dieci anni fa non ce l'avrebbe fatta in mezz'ora, figuriamoci in cinque minuti.»

«Non sono quella Juliet.»

«Lo so.»

Le diede una pacca giocosa sul sedere mentre lei usciva dalla stanza prima di lui, ridendo quando lei strillò e si portò le mani dietro per coprirsi.

«Troppo tardi. Ho già visto ogni parte di te, Jules. So quanto è perfetto il tuo sedere.»

Lei si voltò a guardarlo, un rossore acceso sulle guance. Juliet era così; poteva essere una tigre a letto ma arrossiva quando la prendeva in giro fuori.

Gli erano mancate quelle prese in giro.

Corse in camera sua e si infilò una maglietta e dei pantaloncini. L'avrebbe portata al campo. Quello pieno di lupini. Avrebbero parlato e avrebbero risolto le cose e poi... poi avrebbe fatto l'amore con lei lì. Di nuovo. Un nuovo inizio.

Guardò il comodino. Aveva messo i preservativi lì dentro — e lì sarebbero rimasti.

Forse oggi poteva essere un'intera serie di nuovi inizi.

Juliet non ce la fece proprio in cinque minuti. Furono più vicini a otto, ma Tanner era disposto a darle tutto il tempo di cui aveva bisogno, purché si facesse vedere.

E lo fece, in un prendisole sexy e con i capelli bagnati raccolti in uno chignon. «Può andare?»

«Dio, sì, Jules. Andrà benissimo.» Tutto quello che riusciva a immaginare era mettere le mani sotto quel vestito e sfilarglielo dalla testa.

Forse avrebbero parlato più tardi. Forse in quel momento, avrebbe potuto riportarla a letto e avrebbero potuto parlare lì.

No. Voleva fare le cose per bene. Voleva che non si trattasse di fare l'amore — almeno finché non avessero appianato il loro passato e parlato del loro futuro.

Ne voleva davvero uno per loro. Insieme.

«Pronta ad andare?»

«Non vedo l'ora.»

Tanner le aprì la porta e—

Suo padre era lì, con la mano alzata per bussare.

Rick aveva avuto ragione; suo padre aveva un aspetto diverso. Troppo magro, i capelli grigi e radi, i vestiti che gli pendevano addosso. Mamma pensava che stesse meglio? «Papà.»

«Figliolo.»

Tanner trasalì. Raramente era "Tanner" quando suo padre gli parlava. "Figliolo" sembrava uno status più importante di chi fosse lui in realtà. «Cosa ci fai qui?»

«Devo parlarti. Tua madre mi ha detto che ti avrei trovato qui.»

Juliet gli strinse il braccio. «Uhm, Tanner? Credo che—»

Tanner alzò una mano. Juliet non doveva preoccuparsi; lei era più importante di suo padre. Ciò di cui dovevano discutere era molto più importante. «Dovrà aspettare. Juliet e io stavamo uscendo.»

«Non può. Devo parlarti. È importante.»

Era combattuto. Voleva ascoltare suo padre, ma voleva iniziare la sua vita insieme a Jules.

Suo padre superò la soglia. «Mi servono solo pochi minuti. Non ci vorrà molto.»

Tanner guardò Juliet. Era lì, con le dita strette sul suo braccio, che si mordicchiava di nuovo il labbro inferiore. Non era sicuro del perché.

«Tesoro? Stai bene? Non devo farlo adesso.»

«Credo di sì, figliolo.»

Non guardò nemmeno suo padre. Il giorno in cui quell'uomo lo avesse chiamato per nome sarebbe stato il giorno in cui avrebbe iniziato a sentirsi importante per lui. Fino ad allora, per quanto riguardava Tanner, Palston Wentworth era solo il tizio responsabile di aver quasi perso la casa di sua madre.

«Vai, Tanner.» Juliet sfoderò un sorriso tremante e si avvolse le braccia intorno alla vita. «Ma ricorda, io ti amo. Ti ho sempre amato. E ti amerò sempre.»

Le parole erano ciò che voleva sentire, ma il suo tono...

Il suo istinto si fece vivo. C'era qualcosa che non andava. Era come se...

come se sapesse cosa suo padre stava per dire e sapesse che a lui non sarebbe piaciuto.

Altri segreti?

Il bagliore del loro amore si affievolì e non era sicuro di voler sentire ciò che uno dei due aveva da dire.

Ma l'avrebbe fatto.

«Bene.» Afferrò le chiavi della macchina dall'uncino al muro. «Torno subito, Jules. E poi parleremo.» Passò accanto a suo padre senza guardarlo. «Andiamo.»

Juliet li guardò allontanarsi in auto. Guardò il suo futuro andarsene con loro.

Sarebbe venuto fuori. I soldi per l'ipoteca.

Avrebbe dovuto dirglielo subito. Avrebbe dovuto chiamarlo. Una cosa così importante non avrebbe dovuto aspettare.

Quando avrebbe imparato che la verità doveva venire a galla? Che non c'era nulla da guadagnare a nasconderla e tutto da perdere?

Ancora una volta, stava per perdere Tanner.

Trattenne un respiro doloroso. Ancora una volta, avrebbe dovuto raccogliere i cocci e andare avanti. Da sola. E questa volta, davvero da sola. Suo padre aveva avuto ragione. Per quanto avesse sperato che Sandy e Nana avessero—

Nana.

Oh, Dio, Nana.

Juliet doveva dirglielo. Subito. Prima che lo venisse a sapere per conto suo.

Doveva vuotare il sacco. Dire a Nana perché era successo. Assicurarle che lei sarebbe stata bene. Che sarebbero stati tutti bene.

Si poggiò una mano sull'addome, cercando di calmare il respiro. Poteva farcela. Aveva abbastanza pratica. Non era la fine del mondo. Il suo mondo, sì, ma non *il* mondo.

Afferrò le chiavi e la borsa. Nana meritava la verità.

La meritavano tutti.

Capitolo Ventisette

«Rallenta, figliolo.» Suo padre appoggiò la mano sul cruscotto.

«Non dirmi cosa fare.» Tanner per poco non accelerò ancora di più, ma sarebbe stato ancora più infantile di quella risposta. Per cui, comunque, non si sarebbe scusato.

«Non ci sono mai riuscito, vero?»

«Ma che stai dicendo?» Lanciò un'occhiata a suo padre. «Mi dicevi sempre cosa fare. Che schemi lanciare, come intensificare i miei allenamenti, cosa avrei dovuto mangiare, quanto dormire, quando potevo e non potevo uscire...»

«Cercavo di metterti in forma per una carriera nel football. Sei stato tu a non prenderla sul serio come avresti dovuto.»

Tanner strinse il volante finché le nocche non gli diventarono bianche. «L'ho presa più che sul serio. L'ho ottenuta quella borsa di studio, no?»

«Che poi hai perso perché ti interessava più andare a letto con qualcuna che farti un nome.»

Contò fino a dieci prima di rispondere. «Sei solo incazzato perché non potevi più scommettere sulle mie partite.»

«Questo è stato un colpo basso, Tanner.»

«Se la cosa calza...» A quanto pare, i colpi bassi erano ciò che suo padre associava al suo nome. Fantastico. Quella si preannunciava una conversazione coi fiocchi. Altro che passare dalle stelle alle stalle... Fare l'amore con Juliet un minuto prima e venire sminuito da suo padre quello dopo. «Cosa ci fai qui, papà? Di cosa volevi parlare?»

«Andiamo da Missy's. Non dovremmo fare questa conversazione mentre guidi.»

«E farla in pubblico è tanto meglio?»

«Non sono qui per litigare con te, Tanner. Sono qui per chiederti scusa.»

«Per cosa?»

Suo padre indicò con la mano il centro commerciale sulla sinistra. «Va' da Missy's. Mi farebbe comodo una tazza di caffè.»

Stringendo il volante, Tanner svoltò a sinistra in modo un po' troppo aggressivo. Odiava quando suo padre gli dava ordini. Soprattutto quando era *lui* a doverlo tirar fuori dai guai.

Si fermò nel parcheggio proprio accanto all'ingresso, mise bruscamente in posizione di parcheggio e scese, premendo il pulsante del telecomando per chiudere le sicure quasi prima che suo padre avesse avuto il tempo di chiudere la portiera.

Si diresse a passo svelto verso il tavolo più lontano dalla porta. Meno persone avessero sentito quella conversazione, meglio sarebbe stato. Fortunata-mente, da Missy's non c'era folla a quell'ora del giorno. Sarebbe stato bello se avessero potuto alzare il volume della filodiffusione per attutire la conversa-zione, ma Tanner non poteva controllare tutto.

Era quello che gli dava un fastidio tremendo. Suo padre dettava legge. Come sempre. Era l'unica cosa che non gli era mancata quando se n'era andato.

Juliet *non* era stata una di quelle cose che non gli erano mancate, per quanto avesse cercato di convincersi del contrario.

Missy si avvicinò al loro tavolo con una caraffa di caffè in ogni mano. «Decaffeinato o normale?»

Suo padre capovolse la tazza. «Normale.»

«Niente per me, grazie.» Era già abbastanza su di giri.

Missy versò il caffè e poi diede loro i menu.

«Non ho fame.» Tanner posò il menu sul bordo del tavolo.

Suo padre impiegò qualche secondo, poi glielo porse. «Prendo un grilled cheese. Formaggio americano, senza cetriolini.»

«Ottima scelta.» Missy gli sorrise. «Se cambi idea, Tanner, fai un fischio.»

Non era cambiata per niente in tutti quegli anni. Era la stessa cosa che gli diceva quando era al liceo, all'epoca in cui il locale era gestito da suo padre. Per fortuna, aveva solo quattro anni più di lui, quindi la cosa non era stata inappropriata. Ma non era più interessato ora di quanto lo fosse stato allora. Non avrebbe mai voluto nessun'altra donna se non Juliet.

E non vedeva l'ora di tornare da lei per dirglielo. «Allora, di che si tratta, papà? Cos'hai di così importante da dirmi da costringermi a interrompere il mio tempo con Juliet?»

«A questo proposito...» Suo padre unì i polpastrelli delle dita e si prese il suo tempo prima di rispondergli. «Mi dispiace per quello che ti ho fatto passare durante la crescita. Con il mio vizio del gioco. So lo stress che ha aggiunto alla nostra famiglia e so che mi serbi rancore per questo. Giustamente.»

Tanner si appoggiò allo schienale. Questo non se lo aspettava. Non aveva mai pensato che sarebbe arrivato il giorno in cui suo padre gli avrebbe chiesto scusa. Papà aveva sempre detto di non avere un problema. Era sempre stato irremovibile al riguardo. Aveva detto che le cose sarebbero migliorate. *E* che non erano affari di Tanner.

Tecnicamente, era probabilmente vero, fino al giorno in cui Burt Chambers aveva avuto i mezzi per costringerlo a sposare Juliet.

«La mamma ha detto che sei in terapia.»

Suo padre annuì, poi bevve un sorso di caffè. «Avevo bisogno di aiuto. Ero così depresso per il fatto che Burt avesse l'ipoteca e ti avesse costretto a sposare Juliet che...»

«Tu lo sapevi?»

«Certo. Burt si è assicurato che lo sapessi.»

«Perché quel figlio di puttana...»

«Calmati, Tanner.» Suo padre alzò una mano. «Burt aveva tutte le ragioni di essere arrabbiato con me. Ho quasi mandato a rotoli l'attività. O, per lo meno, la sua reputazione, mettendola a rischio. Mi disse che aveva comprato l'ipoteca per salvarla, ma che non lo faceva per la bontà del suo cuore. Mi disse delle cose piuttosto calzanti sul mio conto, che all'epoca non volevo riconoscere. Poi aggiunse che ti aveva ricattato per farti sposare Juliet. Ma dato che sapevo cosa provavi per quella ragazza, non pensavo che fosse un problema.»

«Bello. Il fatto che io non possa decidere il corso della mia vita non è un problema. Sono contento di essere così importante per te.» Tanner desiderò di aver ordinato un caffè solo per avere una tazza da sbattere sul tavolo, perché il palmo gli faceva male.

«Tu sei importante per me.» Suo padre distolse lo sguardo e si schiarì la gola prima di guardarlo di nuovo. «So che è troppo poco e troppo tardi, ma voglio che tu sappia che mi dispiace. Per averti messo addosso tutta quella pressione e per aver fatto un casino con il gioco. E per aver dato a Burt i mezzi per ricattarti. Non dovevi farlo, Tanner. Non me lo sarei mai aspettato. Mi ha fatto sentire orgoglioso e vergognoso allo stesso tempo, a dire il vero. Ma pensavo che amassi Juliet, quindi non era un problema.»

In quel momento arrivò Missy con il suo sandwich.

«Grazie, cara.»

«Si figuri, signor Wentworth. Tanner? Sicuro di non volere niente?»

Teneva il fianco destro puntato in fuori mentre lo guardava negli occhi...

«Grazie, Missy, ma ho quello che mi serve.»

«Beh, sai dove trovarmi.» Fece spallucce con un mezzo sorriso prima di andarsene.

«Quella ragazza ti vuole,» disse suo padre. «Ti ha sempre voluto.»

«Non mi interessa.»

«Non ti è mai interessata.»

«Possiamo tornare all'argomento principale?»

Suo padre diede un morso. «È più o meno la stessa cosa.»

«Non capisco cosa intendi.»

«Juliet. Tu. Voi due sareste sempre stati insieme, per questo non pensavo che fosse un grosso problema il fatto che Burt avesse forzato il matrimonio. Ma quando sei rimasto lontano e non sei più tornato, beh, la realtà mi ha colpito. Mi ha aperto gli occhi. È per questo che sono andato in terapia. Non dovresti sostenere il peso di quello che ho fatto io. Quindi dovevo fare qualcosa al riguardo.» Diede un altro morso.

«Cosa. Hai. Fatto?» Tanner temeva la risposta.

«Niente di illegale.» Suo padre posò il sandwich e si pulì le dita sul tovagliolo. «Ho preso un paio di Wagyu. Sono entrato in una cooperativa di allevamento e ho venduto abbastanza capi da continuare ad ampliare la mandria. Due giorni fa, un acquirente mi ha contattato per l'intero lotto.»

I bovini Wagyu non erano economici perché la loro carne, il manzo di Kobe per cui la gente andava pazza di questi tempi, spuntava buoni prezzi.

«Come ti sei potuto permettere la prima coppia?»

Suo padre fece una smorfia. «Io, ehm, avevo un amico che mi doveva un favore.»

Certo che ce l'aveva. E Tanner sapeva esattamente di che tipo di *favore* stesse parlando. Uno che coinvolgeva carte, sport o cavalli. «Un favore dannatamente costoso.»

«Sono fuori da quel giro, Tanner. Sapevo che ne sarei uscito. Mi doveva dei soldi che non aveva, quindi ho preso il bestiame al posto loro. Avevo un piano che poteva tirarmi fuori dai guai. Mi ci è voluto un po' di tempo, non abbastanza per aiutare te, ma da oggi l'ipoteca è saldata.»

«Hai pagato Burt?» Tanner si appoggiò allo schienale mentre le conseguenze gli attraversavano la mente. Juliet non poteva restituirgli l'ipoteca perché non era più un problema. Questo gli piaceva; faceva tabula rasa tra loro.

«Mi sarebbe piaciuto, ma quel bastardo si è rifiutato di vedermi. Mi ha detto che dovevo vedermela con Juliet. E così ho fatto. Sono andato nel suo ufficio e le ho dato i contanti. Non te l'ha detto?»

E proprio così, con un paio di frasi, la felicità di Tanner crollò.

Aveva preso soldi da suo padre e non gliel'aveva detto. Gli aveva lasciato credere di avere ancora un ascendente su di lui. Lo aveva manipolato di nuovo per ottenere ciò che voleva, e lui era entrato nella sua doccia e glielo aveva dato, senza fare domande.

Dio, che stupido era. Non era cambiata. Era ancora la stessa bugiarda intrigante e viziata di undici anni prima.

«Devo andare.» Tanner piantò i palmi sul tavolo e si spinse in piedi. «Riesci a trovare un passaggio per tornare?»

«Certo. Vai a festeggiare con la tua ragazza?»

«Uh, sì. Qualcosa del genere.»

Festeggiare non era la parola che Tanner avrebbe scelto. Almeno, non per quello. Avrebbe, però, festeggiato la sua libertà una volta tornato a casa. A casa *sua*. A nove stati di distanza da Juliet.

* * *

Le carte del divorzio arrivarono tre giorni dopo.

Juliet sapeva che sarebbero arrivate. Tanner non era nemmeno tornato a prendere le sue cose dopo la conversazione con suo padre.

Aveva passato un fine settimana terribile cercando di parlargli, ma, ovviamente, le sue chiamate finivano in segreteria. Gli aveva lasciato dei messaggi, ma a giudicare da queste carte, era ovvio che non li avesse ascoltati.

O non le aveva creduto.

Stese i documenti sul tavolo della cucina, sbattendo le palpebre per via delle lacrime. *Scioglimento del matrimonio...*

Il solo pensiero era troppo doloroso.

«Miao.» Houdini zampettò sui fogli, lasciando piccole impronte dove aveva messo la zampa in una goccia di caffè di Juliet sul tavolo.

Juliet le grattò dietro le orecchie. «Ha fatto una sparizione più rapida della tua, Houdini.» Come aveva sempre saputo che avrebbe fatto.

Avrebbe dovuto chiamarlo prima di lasciare l'ufficio. Avrebbe dovuto dirglielo nell'istante in cui l'aveva visto.

Avrebbe dovuto, avrebbe voluto, avrebbe potuto... Ma non l'aveva fatto.

Ancora una volta, aveva avuto così paura di perderlo che le sue azioni – o, in questo caso, la sua *non* azione – avevano portato proprio a quello.

Ma la nonna l'aveva perdonata; perché Tanner non poteva? Soprattutto perché questa volta era colpevole solo di non aver agito immediatamente. Aveva intenzione di dirglielo.

Juliet bevve un altro sorso di caffè, guardando le pagine ma non vedendo altre parole oltre a *Scioglimento del matrimonio*.

Aveva quasi avuto tutto. C'era andata *così* vicino... Sarebbero bastate poche frasi e questo non sarebbe stato un problema.

Se è solo questo, allora perché è un problema? Tanner ha bisogno di sentire la verità.

Il che andava benissimo, ma lui non rispondeva alle sue chiamate.

E allora? Sei andata a trovarlo una volta. Perché non andarci di nuovo? Cosa hai da perdere?

Si appoggiò allo schienale. Già, perché no? Cosa aveva da perdere?

Il suo cuore era già spezzato.

Capitolo Ventinove

«Scuotilo, Tanner!»

La donna accanto a Juliet si portò le mani a coppa intorno alla bocca e lanciò un fischio assordante.

Sul palco, Tanner sorrise e si strusciò ancheggiando ancora un po'.

A Juliet venne voglia di cavarle gli occhi.

Suo *marito* – nessun giudice li aveva ancora dichiarati divorziati – muoveva i fianchi come li aveva mossi nella doccia di lei.

Quelli erano i *suoi* fianchi, le *sue* mosse sexy. Se avesse avuto il coraggio, sarebbe saltata sul palco per portarselo via da lì.

Mandò giù un altro sorso della sua bibita, *senza* alcol. Se fosse stata solo un tantino brilla, avrebbe potuto farlo davvero, ma voleva la mente lucida per parlargli dopo che avesse finito.

Dio, l'attesa della fine dello spettacolo la stava uccidendo. La settimana appena trascorsa l'aveva praticamente distrutta, ma non era riuscita a lasciare l'ufficio, restando fino a tardi anche la sera prima per concludere alcune trattative che Jim le aveva chiesto di gestire.

Aveva preso il primo volo disponibile quella mattina ed era arrivata lì più in fretta che poteva.

Lo spettacolo continuò, con gli altri ragazzi che si alternavano al centro del palco, ma Juliet non riusciva a smettere di guardare Tanner che si dimenava in sottofondo.

Non gli ci era voluto molto per tornare in pista.

Si guardò intorno nel locale. Quanto si stava dando da fare? Pensava forse che fossero divorziati? Il fatto che le avesse fatto notificare quelle carte significava per lui essere un uomo libero? Stava uscendo con qualcuna? Andava a letto con qualcuna?

Dio, faceva male pensarci.

Finalmente, finì. I ragazzi lasciarono il palco e le luci della sala si rialzarono un po'. Juliet mandò giù il resto della sua bibita, poi si fece strada tra la folla verso il backstage.

Un bel ragazzo con un cappello da cowboy – che sarebbe dovuto essere il costume di Tanner, ma non lo era – stava uscendo dal retro, con il gilet aperto su un ampio torace e un addome piatto, niente che facesse alcun effetto a Juliet.

Gli afferrò un braccio. «Sto cercando Tanner Wentworth.»

Il ragazzo si spinse indietro il cappello e la fissò. «Abbiamo una regola che vieta di fraternizzare.»

«Sono sua moglie.»

Non riuscì a capire se lo shock del ragazzo fosse dovuto al fatto che lei fosse lì o che Tanner avesse una moglie.

Francamente, non le importava. Era *ancora* sua moglie e voleva vederlo. «Posso andare lì dietro?»

Il ragazzo si grattò un sopracciglio. «Ehm, sì. Credo di sì. Ma se la porta è chiusa, bussa. È un camerino in comune.»

«Okay. Grazie.» Gli passò agilmente accanto e sentì i suoi occhi su di sé per tutto il tragitto, finché non svoltò l'angolo.

La porta era chiusa.

Facendo un respiro profondo, Juliet bussò.

Le aprì la porta un altro tizio imponente, lo stesso che aveva visto l'ultima volta che era stata lì.

«Beh, salve, tesoro. Bello rivederti. Ti prego, dimmi che stavolta non sei qui per Wentworth.»

Cercò di guardare oltre la sua figura, ma il suo petto e le sue spalle erano quasi grandi quanto quelli di Tanner. «Sono *proprio* qui per lui.»

«Maledizione.» Il ragazzo sospirò e scosse la testa. «Ehi, Tan. C'è una bellezza per te.»

«Sono occupato.»

Il suo corpo tremò al suono della voce di Tanner.

«Non credo che vorrai esserlo.»

Il ragazzone non le tolse gli occhi di dosso mentre lanciava le parole oltre la spalla.

«Sono comunque occupato, Markus.»

Markus sorrise e fece spallucce. «Hai sentito l'uomo. È occupato. Ma io, io sono libero.»

Aveva una gran voglia di spingerlo via, ma aveva la sensazione che, nonostante la sua cordialità, si sarebbe schierato dalla parte di Tanner.

Finché non avesse sentito chi era lei.

«Sono sua moglie.»

Già, l'espressione sul suo viso diceva che lo si sarebbe potuto stendere con una piuma.

Si fece da parte.

Juliet non perse tempo a superarlo. «Ciao, Tanner.»

Lo sguardo di Tanner scattò verso l'alto. «Maledizione, Markus, ti avevo detto che ero occupato.» Si alzò e si voltò, offrendole una visuale perfetta dei jeans che gli fasciavano il fondoschiena sotto il petto nudo mentre si chinava per prendere qualcosa dal suo armadietto. «Vattene, Juliet.»

«No.»

Si raddrizzò, ma non si voltò. «Non voglio parlarti.»

«Peccato, perché io voglio parlarti. Non puoi scappare di nuovo.»

«Ehm, Tan, ci vediamo dopo.» Markus si dileguò in fretta.

Tanner espirò e si infilò una maglietta, poi si passò le mani tra i capelli prima di voltarsi. «Posso fare quello che diavolo mi pare, Juliet, ora che non hai più il mutuo da usare come ricatto.»

«Lo so.»

«Sì, so che lo sai. Mio padre mi ha raccontato tutto. A differenza tua.»

Lo sguardo nei suoi occhi...

No. Non poteva permettergli di pensare cose orribili su di lei questa volta. Questa volta, era colpevole solo di non averglielo detto subito. Ma aveva avuto intenzione di dirglielo. Si era solo... distratta. E si poteva dire che fosse stata colpa sua.

«Quando avrei dovuto farlo, Tanner? Nel momento in cui sei entrato nella doccia? Scusami se in quel momento non stavo pensando a tuo padre.»

«Non è divertente.»

«Non sto cercando di esserlo. Seriamente, Tanner, quando avrei dovuto dirtelo? Tra le volte in cui mi hai messo la lingua in bocca? Quando mi hai sollevata contro il muro? Durante il tuo orgasmo? Non me ne hai dato la possibilità.»

«È facile dirlo ora che sei stata scoperta. Proprio come tutte le altre volte. Avevi mai intenzione di dirmi la verità sul concepimento di Keegan se tutto fosse andato liscio? O sul perché tuo padre sia *casualmente* apparso al momento giusto per beccarci, quando avrebbe dovuto essere fuori per la notte? O era anche quella una bugia? Non posso fidarmi di te, Juliet. Non questa volta. Era troppo conveniente che tutto si sia risolto così. Avrei dovuto sospettare che avresti tentato qualcosa del genere quando hai mentito a tua nonna per farmi tornare lì. Dio, quanto sono idiota.»

«Smettila, Tanner!» Juliet si portò le mani alle orecchie. «Basta, okay? Non ce la faccio più. Sì, ti ho mentito e ti ho manipolato quando eravamo al liceo. Sì, ho fatto in modo che mio padre ci beccasse a letto insieme dopo il college. Sapevo esattamente cosa stavo facendo entrambe le volte e ti ho chiesto scusa più volte di quante possa contare. Avevo paura di perderti. Avevo già perso mia ma... una persona che aveva detto di amarmi; non potevo perdere te. Non è una scusa, ma era la mia motivazione. Ma credimi, perdere te, il nostro matrimonio, Keegan... sono stati abbastanza. Ho imparato la lezione. Ho anche confessato a Nana quello che ho fatto per farti tornare a casa. Non sono più la stessa persona che ero una volta.»

Le lacrime cominciarono a scendere e non c'era niente che potesse fare per fermarle. «Quanto ancora devo pagare per quegli stupidi errori? Non li ho mai fatti per ferirti; li ho fatti perché ti amavo e, nella mia immaturità e insicurezza, pensavo che non avrebbe avuto importanza perché saremmo stati insieme.

«Ora so che è stato sciocco e ingiusto nei tuoi confronti, ma non posso tornare indietro e cancellarlo.» Si passò il braccio sotto il naso per fermare i singhiozzi. «E sai una cosa? Non so se lo vorrei. So che è stato sbagliato, ma da quello è nato qualcosa di così giusto. Keegan. Per quanto non avrei dovuto fare quello che ho fatto, ho avuto Keegan. Anche per quel brevissimo lasso di tempo, ho avuto un figlio. Nostro figlio. Il nostro bambino. Lo vedo ogni giorno e mi manca ogni giorno. Proprio come mi manchi tu. Quando sei tornato questa volta, ho giurato che non avrei fatto niente per metterlo a rischio. Ho saputo, nel momento in cui tuo padre mi ha dato quei soldi, che dovevo dirtelo. Ma non me ne hai dato la possibilità.»

Si asciugò le lacrime dagli occhi con i palmi delle mani. «Non ti avrei nascosto quell'informazione. Meriti la verità. Proprio come la meritavi allora. Mi dispiace per quello che ho fatto e per come l'ho fatto, ma l'universo o il karma o come vuoi chiamarlo mi ha ripagata, no? Vi ho persi entrambi. Quindi non devi continuare a punirmi, Tanner. Mi sveglio con questa consapevolezza ogni singolo giorno. Ma non ti farei mai più una cosa del genere. Tu...»

Le lacrime e le emozioni la stavano soffocando e non riuscì a finire. Ma d'altronde, cos'altro c'era da dire? Tanner l'avrebbe perdonata o no. Ma almeno avrebbe saputo la verità.

Tanner non pensò, le andò semplicemente incontro, le avvolse le braccia intorno e la strinse a sé. Appoggiò il mento sulla sua testa mentre lei singhiozzava contro di lui; sentirla soffrire in quel modo gli straziava il cuore.

E poi si mise a piangere anche lui.

E non solo qualche lacrima, no. Grossi brividi strazianti lo percorsero, le avvolse le braccia intorno e si aggrappò, avendo bisogno che lei lo tenesse tanto quanto lui aveva bisogno di tenere lei.

Non avevano pianto insieme allora. No, lui era stato insensibile e lei inconsolabile, e tutto ciò che era stato in grado di fare era tenerla stretta e cercare di respirare.

Riusciva a malapena a respirare adesso. Il dolore... santo cielo, il dolore.

Non si trattava dei soldi. Non davvero. Si trattava di loro. Del loro passato. Del loro dolore.

Della loro perdita.

Avevano perso così tanto e lui aveva avuto bisogno di tempo per affrontare, beh, tutto.

Le braccia di Juliet si insinuarono attorno alla sua schiena e lei strinse la sua maglietta nei pugni mentre lo tirava più vicino a sé.

Doveva sedersi. Le sue gambe non lo reggevano, figuriamoci entrambi.

Le strinse più forte le braccia intorno alla vita e si sedette sulla panca, tirandola in grembo e seppellendo il viso tra i suoi capelli.

Lei gli portò un palmo sulla guancia e gliela accarezzò.

Tanner inspirò con un enorme respiro tremante, cercando di rimettere sotto controllo le sue emozioni.

«Tan...» Sussurrò il suo nome contro la sua guancia, la sua pelle così morbida contro la sua.

Dio, un tempo l'aveva amata.

La amava ancora.

«Tanner?»

La sua voce, così dolce, scivolò sotto il suo dolore e lui volle tenderle la mano. Prendere il conforto offerto in quella singola parola.

Si tirò indietro e sbatté le palpebre, le lacrime che gli rendevano il viso di lei sfocato. Non che importasse, aveva memorizzato ogni fossetta, curva e tic delle sue labbra anni prima.

«Mi dispiace tanto, Tanner. Per tutto. Per le bugie, per aver perso Keegan—»

«Shhh.» Le mise le dita sulle labbra senza pensarci. Che lei pensasse di dover pagare per la morte di Keegan... Non poteva sopportare che lei portasse quel peso. «Non potevi sapere cosa sarebbe successo, Jules. Non è colpa tua.»

«Ma se non fossi rimasta incinta—»

«Quella volta. Non c'è garanzia che non sarebbe successo un'altra volta. I preservativi non sono efficaci al cento per cento. Sarebbe potuto succedere senza il tuo aiuto.»

Lei sbatté le palpebre, i suoi bellissimi occhi che sembravano l'oceano al crepuscolo. «Questo significa... Mi perdoni?»

Le scostò i capelli dal viso e le prese la nuca con la mano. Guardò quegli occhi bellissimi e pieni di lacrime. Il tremolio delle sue labbra. Le scie delle lacrime lungo le guance. Stava soffrendo così tanto. E a quale scopo? Non avrebbe cambiato le cose. Non avrebbe riportato indietro Keegan e, onestamente, perdere Keegan non era colpa sua. Juliet aveva amato essere incinta ed era stata così attenta a ciò che mangiava e beveva, assicurandosi di fare esercizio fisico. Aveva voluto il loro bambino, non perché fosse un mezzo per tenerlo con sé, ma perché Keegan era *loro*. Fatto dell'amore che provavano l'uno per l'altra. Stava soffrendo tanto quanto lui.

Non erano guariti separatamente; forse, insieme, potevano.

Il suo pollice le asciugò le lacrime che scivolavano accanto alla bocca. «Non possiamo continuare a guardare indietro. Non possiamo continuare a incolparci. Se fosse vissuto, sarebbe stato la cosa migliore che ci fosse mai capitata. E solo perché non l'ha fatto non lo rende la cosa peggiore. Abbiamo scoperto cosa significa amare un figlio. Tutta quella battaglia altruista e feroce per tenerlo al sicuro. Abbiamo perso quella battaglia, ma ne siamo usciti vincitori per averlo conosciuto. Mi mancherà sempre. Mi chiederò sempre come sarebbe stato, ma l'ho tenuto in braccio, Juliet. Ho tenuto in braccio mio figlio. Per pochi brevi istanti, sono stato un padre con mio figlio. Mi considero fortunato per aver scoperto che tipo di amore sia.»

«Fortunato? Mi odiavi per essere rimasta incinta di lui e poi quando io...» Fece un profondo respiro tremante. «Quando l'ho perso, è stato come se ti stessi portando via ancora qualcosa. Di nuovo.»

La strinse tra le braccia. «Non l'hai perso tu. Per qualche motivo, non era abbastanza sano per sopravvivere. Non puoi darti la colpa per questo, Juliet. Io non l'ho mai fatto.»

«Davvero? Mi hai incolpata per tutto il resto.»

«Forse avevo paura di guardare me stesso. Se ti avessi amata di più, o se ti avessi dimostrato meglio di amarti, forse non ti saresti sentita così insicura. Non mi ero reso conto di come doveva essere stato perdere tua madre. Di quanto pensavi che l'amore fosse fragile.»

«No. Non puoi darti la colpa.»

«Allora smettiamo entrambi di darci la colpa, a vicenda e a noi stessi.»

I suoi occhi cercarono i suoi e Tanner desiderò solo che tutto il dolore svanisse. Desiderava solo ciò che sarebbe dovuto essere loro fin dall'inizio.

«Ti amo, Juliet. Ecco perché hai il potere di ferirmi. Ma so che anche tu mi ami. E ora, ora che abbiamo questa prospettiva, ora che siamo più grandi e abbiamo questa prospettiva, possiamo farla funzionare.»

«Farla funz... Tanner? Dici sul serio? Dici davvero sul serio? Vuoi rimanere sposato?»

«*Rimanere* sposato?» Ridacchiò. «Certo che non hai firmato le carte. Immagino che non avrei dovuto aspettarmelo.»

«In realtà...» Si leccò le labbra. «Li ho firmati. Solo che non li ho spediti.»

«Li hai firmati?»

Lei annuì. «Sono in hotel. Non volevo semplicemente firmarli e rispedirteli senza parlarti. Senza che tu sapessi la verità. Poi, se non avessi ancora voluto sistemare le cose, te li avrei dati.»

«Voglio ancora che tu lo faccia.»

Lei si irrigidì tra le sue braccia e lui si rese conto di ciò che aveva detto.

«Così posso bruciarli, Juliet. Non voglio più il divorzio. Voglio una moglie. Te. E voglio la vita che avremmo dovuto avere. La famiglia. Non è troppo tardi.»

«Questo significa che mi credi?»

«Sì. E ti perdono per il passato. Capisco perché l'hai fatto. Ma devo prendermi parte della colpa per non essere stato come volevi che fossi. Come avevi bisogno che fossi.»

«Oh, ma Tanner, lo eri. Lo sei. Sei tutto ciò che ho sempre desiderato.»

«Per non essere stato abbastanza *allora*. Ma sappi questo, Juliet Chambers-Wentworth. Tu sei mia moglie e non ti lascerò mai più andare.»

Epilogo

Sei settimane dopo

Penelope sorseggiò il suo vino. Le piaceva davvero quell'uva. Niagara, si chiamava. Fruttata e dolce, proprio quello che ci voleva per un felice giorno di nozze, o rinnovo delle promesse, come lo chiamavano Juliet e Tanner.

Comunque lo chiamassero, lei era semplicemente al settimo cielo che avessero finalmente risolto le cose.

Era anche felicissima che Juliet pensasse davvero di averla ingannata. Poverina, era stata così dispiaciuta quando le aveva spiegato come aveva convinto Tanner a tornare a casa.

Aveva quasi spinto Penelope a vuotare il sacco.

Quasi.

«Nonna! Vieni a ballare con noi!», la chiamò Juliet facendole cenno con la mano.

Penelope sollevò il bicchiere. Il vino era appena stato aggiunto alla sua lista di cose concesse, grazie al dottor Jackson. La condizione che lui aveva posto per il suo silenzio era che lei rispettasse le sue regole per la convalescenza. Le aveva detto che non voleva rivederla per un altro ictus, quindi avrebbe dovuto prendersi cura di sé.

Ora aveva la motivazione giusta.

Lanciò un'occhiata alla pista da ballo e si sventolò. I colleghi di Tanner erano lì e, anche se indossavano tutti i vestiti, non c'era modo di nascondere quelle mosse di danza. Le donne single presenti quella sera erano davvero fortunate.

C'erano anche tutti gli amici del liceo di Juliet e Tanner, tutti un po' più in là con gli anni, alcuni più pesanti, altri più calvi, ma era la stessa comitiva che ricordava quando passavano le estati in piscina. E si stavano divertendo tutti un mondo.

Be', quella ragazza, Delia, era a caccia, ma non era una novità.

Si guardò intorno nella sala. I genitori di Tanner erano al loro tavolo, chiacchierando e sorridendo. A Penelope si scaldò il cuore nel vederli lì. Tanner aveva avuto le sue ragioni per essere arrabbiato con suo padre, ma quello che non aveva capito era che non era stato obbligato a salvare la Palston. Era stata una sua scelta, e una buona scelta.

Penelope prese un altro sorso di vino. La vita era bella.

Be', la sua sì. Quella di suo figlio, d'altra parte, poteva migliorare. Era in un angolo da solo, a scrutare la stanza, con un'espressione sul viso che era tutt'altro che un sorriso. Penelope non gliene aveva visto fare uno per tutto il giorno.

Non era la spesa a preoccuparlo: Tanner era stato irremovibile sul fatto che lui e Juliet avrebbero pagato per la giornata e non avrebbero accettato un centesimo dei soldi di Burt. A Penelope piaceva questo di Tanner; il ragazzo voleva cavarsela da solo. Per questo aveva bisogno di una donna che sapesse fare altrettanto, e Juliet era diventata quella donna.

Ma Burt... Si stava rintanando nella sua tana, escludendo il mondo. Sperava che Juliet avesse presto un bambino, così Burt sarebbe potuto tornare a dirigere l'azienda, e non le importava quanto sembrasse all'antica. Juliet non avrebbe voluto lasciare suo figlio per ore e ore; l'azienda sarebbe stata ancora lì quando fosse stata pronta a tornare al lavoro. E Burt aveva davvero bisogno di qualcosa su cui concentrarsi, ora che lei stava "meglio".

Sorrise e prese un altro sorso di vino.

«Si sente soddisfatta di sé?», Ermalinda prese la sedia accanto a lei, facendo tintinnare i loro calici.

«Sono soddisfatta per loro».

«Ha intenzione di dirglielo?».

«Cosa? Che non stavo così male come ho fatto credere loro? E per quale motivo dovrei farlo? È proprio questo genere di cose che li ha portati in questa situazione fin dall'inizio».

Ermalinda si appoggiò allo schienale e inarcò le sopracciglia. «La mela non cade mai lontano dall'albero».

«Odio quando impari nuovi modi di dire».

«Lei odia quando ho ragione».

Penelope sorseggiò il suo vino e si prese il suo tempo prima di rispondere, con lo sguardo fisso su suo figlio. «Vero. Ma ha funzionato».

«Il fine giustifica i mezzi?».

Penelope posò il calice e fu il suo turno di inarcare le sopracciglia. «Ma guarda un po'. Non sei una tipa studiosa?».

«Lo sono». Ermalinda inclinò il calice verso Burt. «Dia un'occhiata».

Mentre Penelope guardava, una donna si avvicinò a suo figlio.

Nancy Hillson.

E questa volta, Burt le parlò davvero.

«Ben giocata, Ermalinda. Ben giocata».

«Prendo solo lezioni dalla maestra, *Señora*».

* * *

Juliet trascinò Tanner sul letto della suite nuziale. Lui aveva insistito per avere una vera cerimonia in chiesa e un ricevimento questa volta, e lei era stata più che felice che avesse voluto fare una dichiarazione così pubblica. Aveva persino fatto venire i suoi amici della Beefcake, Inc. per l'occasione. Be', quelli della sede nord della Beefcake, Inc., perché quelli della filiale del Texas potevano venire in auto per la cerimonia di rinnovo delle promesse del loro capo.

«Accidenti, Jules. Un po' impaziente, non ti pare?».

«Puoi darmi torto?».

«Difficile». E la baciò per dimostrarlo.

Be', più che baciarla.

Passò un po' di tempo prima che Juliet potesse pensare chiaramente, ma c'era qualcosa che le frullava in testa e che lui doveva sapere.

Gli passò una mano sul petto. Aveva sempre amato il petto di Tanner.

Non c'era molto di lui che non amasse.

«Sai, Tanner, con tutta la sceneggiata che hai fatto sull'onestà, mi hai mentito».

Lui sollevò la testa per guardarla. «Non ti ho mai mentito, Juliet».

«Sì, invece. Quella prima volta che abbiamo fatto l'amore dopo il tuo ritorno. Mi hai detto che non sarebbe stato un lieto fine. Che avresti fatto l'amore con me e poi te ne saresti andato. Che non era per sempre». Si rannicchiò contro di lui e gli diede una pacca sul cuore. «Vedi? Hai mentito».

Lui sorrise e fu un bel sorriso. «Be', forse ho solo indorato un po' la pillola».

«Indorato la pillola? Non è come dire di essere un po' incinta?». Si sforzò di non sorridere.

Tanner roteò gli occhi. «Juliet, non si può essere un po' incinta. O lo sei o non lo sei...». Il suo sorriso si irrigidì. «Juliet?».

Non poteva più farlo aspettare. Sfilò le dita dalle sue, gli afferrò il polso e gli posò la mano sul ventre, con la sua sopra.

«Ehm, Tan? Devo dirti una cosa...».

Fine

* * *

Grazie per aver letto! Mi aiuterebbe molto se potessi lasciare una recensione dove hai acquistato questo libro, così altri lettori potranno scoprirlo più facilmente. E se vuoi leggere altre mie storie, gira la pagina!

SERATA TRA RAGAZZE NON È MAI STATA COSÌ PICCANTE!
Figo
Fiocco di Neve
BEEF CAKE INC.
JUDI FENNELL

Capitolo Uno

«Ci risiamo.»

Gina Taormina non l'avrebbe neanche guardato, *quello*, l'ennesimo cesto gigante pieno di cose che *lui* aveva scelto. «Rimandalo indietro», disse a Candy, la sua migliore amica nonché receptionist della sua spa, The Gilded Lily.

«Dai, Gina. Quel ragazzo vuole solo farsi notare.»

Gina afferrò invece la pila di bollette. Il che era tutto dire. «Rimandalo indietro.»

«Ma, Geen, è un bellissimo—»

Gina picchiò il bordo delle bollette sul bancone di granito della reception. «Non mi importa cosa sia, Candy.»

«Ne sei sicura?»

Eccome se ne era sicura. «Rimandalo indietro.»

«Oh, andiamo, Gina. Dagli una possibilità.»

Gina roteò gli occhi e scosse la testa mentre si chiudeva la casacca da lavoro e aggirava il bancone della reception per raggiungere il lato di Candy, dove si trovava il cuore operativo della spa: agenda degli appuntamenti, lettore di carte di credito, computer, stampante e le ricevute del giorno prima. «Non vado con gli spogliarellisti.»

«Beh, questo è un gran peccato. Io ci andrei con uno spogliarellista. Senza pensarci due volte.»

E l'attimo dopo se ne sarebbe andato. Gina l'aveva imparato a sue spese. Le eccezioni erano rare e sporadiche, e dato che era amica di un'eccezione e parente di un'altra, le sue possibilità di trovarne una terza erano quasi inesistenti. Ci aveva provato e, *wow*, le si era ritorto contro.

Grazie a Dio non aveva mai dato seguito alla sua cotta per Gage, il socio in affari di suo cugino Bryan. Specialmente ora che Gage stava con Lara. Nessuno l'aveva mai saputo, e le cose con Bryan non erano mai diventate strane, cosa che sarebbe potuta succedere. Sì, a parte quelle due eccezioni, aveva decisamente chiuso con gli spogliarellisti. Anzi, aveva chiuso con gli *uomini*. Nella sua esperienza, avevano sempre un secondo fine. Be', adesso, anche lei ne aveva uno. E non includeva niente che avesse un pene.

Aprì di scatto un cassetto in cerca di una penna. «Ri-man-da-lo. In-die-tro. Candy. Subito.»

Candy posò il cesto — erano sempre cesti molto belli — sull'agenda degli appuntamenti. Probabilmente perché Gina non potesse non vederlo. «Posso tenerlo io?»

«No, perché poi penserà che l'ho tenuto *io* e questa è l'ultima pompata di ego di cui Froggy ha bisogno.»

Chiuse il cassetto con un colpo di coscia e uscì da dietro il bancone come se il cesto fosse fatto di kryptonite.

Per lei, lo era.

«Va bene, ma che mi dici di tutte le altre pompate di cui ha bisogno? E per quale cavolo di motivo chiami quel pezzo d'uomo con il suo nomignolo delle medie?»

Perché era così che aveva conosciuto Froggy, alias Darien Foster, ai tempi, e tutti quegli anni di umiliazioni subite da lui non le avevano dato motivo di considerarlo meno rospo di allora. Anche se ora sembrava il modello di copertina di un romanzo rosa. Non sarebbe mai dovuta andare a quella rimpatriata. Sarebbe rimasto solo un brutto ricordo.

Gina si scostò i ricci dal viso e guardò fuori. Altri cinque centimetri di neve erano caduti durante la notte. Doveva tirar fuori il resto delle decorazioni natalizie e iniziare ad addobbare. «Sbarazzatene, qualunque cosa sia. Forse capirà finalmente che non sono interessata.»

Candy picchiettò con un'unghia rosso mela sul vistoso fiocco natalizio rosso e di pizzo del cesto. «Forse dovresti dare un'occhiata prima di fare la disinteressata. È carino.»

Era quello il problema; i piccoli "regali" di Froggy, ehm, Darien, stavano diventando sempre più carini. Aveva iniziato quando era tornato in città per la loro rimpatriata del liceo. Fiori, poi cioccolato, poi una singola rosa con il cioccolato, ma poi si era fatto furbo e aveva iniziato a mandare prodotti da regalare nel suo salone.

Quella era un'arma a doppio taglio; al momento non poteva permettersi di regalare prodotti perché doveva investire i suoi soldi nell'attività per *rimanere* in attività. Era al punto critico in cui le sue dipendenti avevano bisogno di più ore, ma se i clienti non c'erano, non sarebbe stata in grado di pagarle. Purtroppo, il centro commerciale stava perdendo inquilini, quindi l'afflusso di clienti senza appuntamento non era più quello di due anni prima, quando aveva avviato l'attività, e aveva investito troppi soldi per allestirla per potersi permettere di trasferirsi in un'altra sede. Finché fosse riuscita a pagare l'affitto, il padrone di casa non poteva cacciarla. Ma senza un aumento del giro d'affari, non sapeva per quanto tempo ancora sarebbe riuscita a farcela. I prodotti gratuiti non erano la risposta.

Ma Darien aveva iniziato a lasciare cesti pieni di quella roba. Assortimenti, come se li stesse regalando a *lei*, ma una donna poteva usare solo una certa quantità di lozioni, e tre cesti di lozioni e oli di profumazioni diverse avrebbero richiesto a quella donna più vite di quante ne avesse Gina.

Odiava che stesse cercando di arrivare a lei attraverso la sua attività.

Odiava che stesse cercando di arrivare a lei, punto. «Rimandalo indietro e basta, Candy.» Lontano dagli occhi, lontano dal cuore, e prima era, meglio era. Non aveva bisogno di pensare più a Darien Foster. Era già abbastanza grave che lavorasse per suo cugino, Bryan, ma non si sarebbe avvicinato di più. «E diamo un'occhiata agli appuntamenti della prossima settimana. Credo che dovremmo essere a posto con il personale che abbiamo ora.»

«Ehm...» Candy si attorcigliò un lungo boccolo biondo intorno alle dita, con quell'aria da oca giuliva che la ragazza aveva perfezionato per ottenere ciò che voleva. O per dare cattive notizie.

Peccato per Candy che Gina sapesse che, dietro l'apparenza da bionda stereotipata che Candy assumeva per i suoi scopi, si nascondeva il cervello di un membro del Mensa. Ecco perché Candy era lì; aveva messo in moto quel cervello e aveva fatto una fortuna in borsa. Lavorava per Gina perché voleva qualcosa di divertente da fare durante il giorno, non perché avesse bisogno di soldi. L'unica ragione per cui Gina poteva permettersi una receptionist a tempo pieno.

«Ehm, cosa?»

«Abbiamo una festa di addio al nubilato prenotata per il diciassette. Per un trattamento spa completo.»

Normalmente, una festa di addio al nubilato sarebbe stata una buona cosa. Le permetteva di utilizzare la spa di domenica, il giorno in cui apriva solo per eventi speciali, e un evento di queste dimensioni le avrebbe garantito l'affitto mensile. Ma dato che le settimane tra il Ringraziamento e Natale non si stavano rivelando un focolaio di richieste di massaggi, Gina aveva approvato le ferie per ciascuna delle sue massaggiatrici. Non capiva il motivo di questo rallentamento; il freddo sembrava il momento perfetto per farsi ungere e massaggiare — per non parlare di un ottimo modo per alleviare lo stress delle feste — ma le prenotazioni scarseggiavano. Le donne non programmavano forse le fatiche dello shopping natalizio?

«Di quante persone stiamo parlando?»

«Dodici.»

«*Dodici*? Chi organizza un addio al nubilato per dodici persone?»

«La sorella di Sophie Cavanaugh.»

«*La* Sophie Cavanaugh?»

«C'è solo una Sophie Cavanaugh.»

Verissimo. Sophie Cavanaugh era una conduttrice del telegiornale locale che si era guadagnata i riflettori nazionali durante la copertura di un'alluvione locale, quando aveva salvato un bambino dall'essere travolto da una strada allagata, il tutto a telecamere accese. Non guastava che la donna fosse stupenda, avesse un cervello funzionante nel suo corpo da far invidia a Barbie e che nessuno fosse riuscito, finora, a trovare uno scheletro nel suo armadio da quando la storia era diventata di dominio pubblico. E ora stava venendo alla spa di Gina per la festa di addio al nubilato di sua sorella. Se a Sophie fosse piaciuto...

Il solo passaparola poteva valere più di quanto Gina avrebbe mai potuto *sperare* di spendere in pubblicità. E poteva essere la spinta economica di cui The Gilded Lily aveva bisogno.

«Ok, inizia a chiamare. Possiamo far ruotare le invitate tra tutte le postazioni, quindi ho bisogno di almeno altre due massaggiatrici qui.»

«Già fatto.»

Certo che l'aveva fatto. Perché Candy non era così stupida come le piaceva far credere. «Chi hai trovato?»

«Beh...»

«Cosa, Candy?»

«Nessuno.»

«Cosa intendi con *nessuno*? Noi due non possiamo gestire dodici donne da sole.»

«Lo so.» Candy si prese una ciocca di capelli tra le mani. «Il biondo viene da una bottiglia, ricordi?»

«Non stavo dicendo che sei stupida.»

«È quello che sembrava.»

«Possiamo concentrarci sul problema? Sai che ti voglio bene e ti stimo.»

«E quando la mia scorta di trattamenti spa gratuiti finirà, mi pagherai quello che valgo, sì, sì, ho capito.» Candy emise un sospiro esasperato e lasciò cadere i capelli. «L'elenco delle massaggiatrici locali è esaurito. Sono tutte prenotate.»

«Ma i nostri appuntamenti non sono nemmeno pieni, come mai non c'è nessuno disponibile?»

«Ma dove sei stata? Abbiamo riempito il resto dell'agenda di tutte sabato. Quell'annuncio che hai fatto il mese scorso deve essere diventato virale o qualcosa del genere. Era quello che stavo per dirti stamattina, prima che ci distraessimo con il signor Casanova.»

Fantastico. Froggy, ehm, Darien, stava sconvolgendo anche le sue operazioni commerciali adesso. Non era bastato che lo avesse fatto con la sua vita sociale a scuola.

«Sai una cosa, Candy? Non rimandare il suo regalo dove l'ha comprato. Rimandalo a lui. Con un biglietto che dice che non sono interessata.» Gina tamburellò con le dita sul bancone della reception. «Oh, e che ne dici di mandare un biglietto al coordinatore dei soci della camera di commercio? Vedi se qualche massaggiatrice freelance si è iscritta di recente. La scuola di specializzazione locale non ha diplomato un gruppo da poco?»

Candy si sfilò una matita da dietro l'orecchio, una testimonianza del suo spessore il fatto che Gina non l'avesse nemmeno vista lì. E nemmeno gli orecchini pendenti a forma di bastoncino di zucchero. «Ricevuto. Un biglietto in cui dici che non sei interessata, e un altro in cui lo sei.»

«Basta che non li confondi.»

«Oh, capo, farei mai una cosa del genere?» E riecco Candy con l'aria svampita e l'arricciarsi i capelli che aveva perfezionato.

Gina le diede un colpetto sul naso. «Non se sai cosa ti conviene.»

Candy le scacciò il dito con un gesto secco. «Oh, fidati. So cosa conviene a tutti.»

Che era *esattamente* il motivo per cui Candy scambiò i biglietti.

* * *

Dare fissò il cesto sul suo portico.

Dannazione, come avrebbe fatto a convincere Gina anche solo a *parlargli* se continuava a restituirgli le sue offerte di pace? Certo, capiva perché potesse nutrire del rancore, ma le medie risalivano a vent'anni prima. Non poteva serbare rancore per tutto questo tempo, vero? Erano ragazzini. L'incertezza della pubertà, oltre al tentativo di integrarsi. E poi c'era stato quel nomignolo di merda che gli era rimasto appiccicato. Froggy. Come se il cambio di voce fosse stata colpa sua. Ma i ragazzini delle medie non facevano sconti a nessuno, e una volta che quel soprannome gli era stato affibbiato, era rimasto.

E da allora Gina non aveva più voluto avere niente a che fare con lui.

Ok, ok, poteva avere qualcosa a che fare con quel commento che aveva fatto sulle sue, ehm, grazie, con la sua caratteristica voce gracchiante durante la lezione di geografia, subito dopo che il signor Nester aveva mostrato loro una diapositiva dei monti Grand Tetons.

L'intera classe era scoppiata a ridere, il signor Nester era diventato rosso prima di mandarli entrambi nell'ufficio del preside Dilworth. Il che aveva solo aggiunto la beffa al danno, perché Gina era stata costretta a camminare con lui — il suo aguzzino — fino all'ala successiva per arrivarci. Lui, naturalmente, aveva cercato di far finta di niente, ma Gina non ne aveva voluto sapere. Da una prospettiva di vent'anni dopo e con una certa comprensione delle ragazze adolescenti (grazie ai racconti di Bill, suo compagno di college e socio in affari, sulle sue gemelle di tredici anni), capiva che il seno di Gina era l'ultima cosa su cui voleva che si attirasse l'attenzione, ma, cavolo, era un ragazzo adolescente. Aveva una prospettiva di prima mano su *quello*.

E, sì, la sua mano aveva avuto molto da dire sul seno di Gina quando era un adolescente.

Si mosse a disagio. A quanto pare, qualcos'altro lo aveva ancora.

Era incredibile: uno sguardo a lei alla rimpatriata, a quei meravigliosi ricci neri e ai suoi occhi scurissimi in cui avrebbe voluto perdersi anche ai tempi della scuola, ed era come se fosse di nuovo lì, seduto dietro di lei, a sentire il suo profumo o shampoo o qualunque cosa fosse che lo teneva sveglio la notte. E intendeva *sveglio* in tutti i sensi.

Nulla era cambiato.

E lei *ancora* non lo degnava di uno sguardo.

Raccolse il cesto e una busta cadde fuori. Con il suo nome sul davanti.

O forse sì...

Girò la busta e fece scivolare un dito sotto il lembo. Era la prima volta che Gina gli rispondeva direttamente. Gli altri sei cesti erano stati restituiti al negozio di articoli da regalo dove li aveva comprati, senza alcun biglietto.

Forse stava riuscendo a fare breccia.

«La spa è straprenotata. Conosci massaggiatori che potrebbero dare una mano?»

Per essere un biglietto, era personale quanto Titti, il gatto randagio che l'aveva adottato sei minuti dopo che si era trasferito nella sua casa in affitto, che gli esprimeva una sorta di affetto lasciandogli un coniglio morto sul portico. Anche se aveva pensato che potesse essere perché aveva affibbiato al gatto il nomignolo di un uccellino — denunciatelo pure per il suo senso dell'umorismo contorto — il veterinario aveva detto che in realtà era un gesto significativo, quindi Dare l'aveva accettato a malincuore. Prima di gettare il cosiddetto "regalo" nella spazzatura, si intende.

Era questo il coniglio morto di Gina?

Ok, l'espressione non suonava bene per così tante ragioni, gli veniva in mente *Attrazione Fatale*, oltre al fatto che "la morte del coniglio" fosse un eufemismo per la gravidanza — entrambe cose che rientravano marginalmente nel suo interesse per Gina, ma in modi che gli piaceva pensare fossero mentalmente sani e che sarebbero progrediti secondo una normale linea temporale.

Scosse la testa. Il suo cervello stava andando in cortocircuito, come succedeva da quando l'aveva vista alla rimpatriata sei mesi prima.

Anche il suo doveva essere in cortocircuito, se gli stava chiedendo di massaggiatori.

D'altra parte, chi era lui per guardare in bocca a un coniglio donato?

Lui sapeva fare massaggi. Dopotutto, ai suoi tempi era noto per fare dei bei massaggi. Di giorno e anche di notte.

Qualcosa che voleva che Gina scoprisse.

In prima persona.

Libri di Judi Fennell

Royally Sunk

Con l'acqua alla gola

Reel è un tritone senza coda, ed Erica è terrorizzata dall'oceano. Solo una cosa potrebbe convincerla a entrare in acqua: una pistola. E solo una cosa potrebbe farcela restare: il sexy tritone che le salva la vita, solo per poi rischiare la propria.

Profondo blu selvaggio

Valerie è una principessa sirena bloccata nel cuore del paese. Rod è il principe che parte per salvarla. Ma riusciranno a sventare il complotto di un usurpatore e a tornare nell'oceano prima che la sua coda, e la sua pretesa al trono, svaniscano per sempre?

La pesca perfetta

Logan è fuggito dal circo; tutto ciò che vuole è una vita normale. La donna nuda che compare sulla sua barca è tutto fuorché normale. Soprattutto quando Angel si rivela essere una sirena... con un'arrabbiata creatura marina alle calcagna.

Amore tra gli scogli

La principessa Mariana non finge, è un'artista per davvero, e sta per dimostrarlo con la statua che sta scolpendo su un'isola deserta. Il problema è che Jace si sta nascondendo proprio lì, quindi l'unica cosa che libererà Mariana dalla sua prigione dorata è la stessa che farà uccidere Jace. L'amore è già abbastanza complicato, ma quando le previsioni del tempo annunciano uno tsunami, l'amore è davvero sugli scogli.

Smuovere le acque

Leggete dell'Incidente che ha reso Erica terrorizzata dall'oceano, del motivo per cui Valerie, la principessa perduta, fu ritrovata, e di come Michael, il giovane figlio di Logan, trovò una sirena. Le storie dietro le storie.

<u>Bottled Magic</u>

Sogno un genio

La fortuna di Matt è finalmente cambiata quando la genio Eden fugge dalla sua bottiglia e gli finisce letteralmente in grembo. E giura di non tornarci mai più. Sfortunatamente per entrambi, il tizio che ce l'aveva rinchiusa la rivuole indietro e non si fermerà davanti a nulla per riaverla.

Il genio ha sempre ragione

Samantha eredita la tenuta di suo padre, con tanto di genio che deve servire un ultimo padrone prima che la sua schiavitù abbia fine. Sam è più che disposta a liberare Kal, finché il suo avido ex non decide che se non può avere Sam, non l'avrà nessuno.

Il mio adorabile genio

Zane ha ereditato la villa di famiglia, di cui non vede l'ora di sbarazzarsi per mettere a tacere le voci sulla folle storia della sua famiglia. Peccato che la genio, causa di quelle voci, sia stata liberata per scatenare ancora il caos. Solo che questa volta, è con il suo cuore che sta giocando.

Ogni tuo desiderio è un suo ordine

Scoprite come Kal finì imprigionato nella sua lanterna e perché deve servire 1001 padroni. È la storia dietro la storia...

<u>Once-Upon-A-Time Romance</u>

La bella e il migliore

Di giorno Jolie è una chef a domicilio, di notte una scrittrice di romanzi rosa. Così, quando ottiene un ingaggio per il sexy e solitario artista Todd, ha l'eroe perfetto per il suo libro. Finché Todd non lo scopre e la caccia dalla sua cucina, dalla sua casa, e dal suo cuore.

Se la scarpetta calza

C'era una volta, tanto tempo fa, in una terra lontana, una ragazza di nome Cenerentola. Questa non è la sua storia. Questa è la storia di Lucinda Isabella Casteleoni, che, come la sua omonima, ha una matrigna cattiva, due sorellastre pacchiane e innumerevoli ore di duro lavoro che la aspettano (senza entusiasmo). Ma a differenza di quella principessa delle fiabe, il Principe Azzurro di Bella non si vede da nessuna parte. Finché un vecchietto dagli occhi verdi scintillanti non apre un negozio di scarpe in fondo alla strada. E allora la magia ha inizio...

Attraverso il vetro piombato

Un viaggio accidentale nell'Inghilterra medievale costringe Kate, dirigente pubblicitaria, a cercare freneticamente un modo per tornare a casa... Ma potrà portare con sé il sexy cavaliere dall'armatura scintillante di cui si è innamorata?

<u>Beefcake, Inc.</u>

Figo e Frittella

Lara vuole che i suoi cupcake abbiano successo. All'esotico spogliarellista Gage non dispiacerebbe assaggiarli, ma i suoi turni di lavoro per pagare le spese mediche del nipote non gli lasciano il tempo di farlo. Finché, a una festa, muscoli e cupcake non si incontrano e, *oh*, che delizia!

Figo e Fraintendere

Quando Bryan scambia Jenna per una prostituta e lei si rende conto che lui è il padre di suo figlio adottivo, gli equivoci e le incomprensioni iniziano a moltiplicarsi. Ma tra loro sta crescendo anche qualcos'altro. A volte, una svolta sbagliata può rivelarsi quella giusta...

Figo e La Fiamma

Tanner vuole che la sua ex moglie esca per sempre dalla sua vita, ma quando la nonna di lei ha un ictus e lui deve fingere di essere ancora innamorato di Juliet, può rischiare di riprovarci con l'unica donna che non ha mai smesso di amarlo?

Figo e Fiocco di Neve

Gina ha una cotta per Darien da sempre, fino al giorno in cui lui l'ha umiliata a scuola. Quindici anni dopo, lui la lascia indifferente. Darien, spogliarellista esotico, è tornato in città per sistemare alcune cose. Una è il casino che ha combinato con Gina anni prima... e *magari* riaccendere la fiamma che un tempo ardeva tra loro. Ma l'unico modo per sciogliere il ghiaccio attorno al cuore di Gina è alzare la temperatura, sia sul lavoro... che fuori.

<u>Manley Maids – Italiano</u>

Cosa succede quando tre fratelli irresistibilmente sexy perdono una scommessa a poker contro la loro intraprendente sorella? Vengono assunti per la sua impresa di pulizie. Ora, i Manley Maids sono al vostro servizio. Soddisfazione garantita.

Quello che una donna vuole

Sean, proprietario di un resort, progetta di acquistare una tenuta storica per farsi un nome e guadagnare milioni, così vi si trasferisce con il pretesto di ripulire il posto per aggirare l'unica condizione dell'eredità. Ma l'erede Olivia e il suo serraglio gli entrano sotto la pelle, e scopre che la scommessa a poker che l'ha messo in questo guaio non è l'unica a cambiare le carte in tavola.

Quello che una donna ha bisogno

La star del cinema Bryan vuole fama e fortuna, non una replica della sua infanzia "normale" e squattrinata. Dopo il clamore mediatico che ha circondato la morte del marito, Beth ha bisogno di una vita normale per sé e per i suoi figli, e la star del cinema che ha perso una scommessa e deve pulirle casa, con i paparazzi al seguito, non fa al caso suo. Ma mentre il flirt si trasforma in seduzione, Bryan deve convincere Beth di essere più uomo che domestico. O attore. Perché sta interpretando il ruolo del protagonista in una Cenerentola al contrario, e potrebbe essere il ruolo di una vita.

Quello che una donna merita

Liam non ha pazienza per le donne che spendono i soldi di un uomo senza pensare minimamente a un vero lavoro. Ma per onorare la scommessa, Liam non solo deve tollerare la socialite Cassidy, ma dovrà anche ripulire dopo di lei quando suo padre le taglierà i fondi. Senza soldi e senza una casa da pulire per Liam, Cassidy non ha altra scelta che accettare un'offerta di lavoro: come nuova domestica di Liam. Ma quando tra loro scoccherà la scintilla, sarà vero amore o solo un'altra relazione complicata?

Che donna

MaryAlice Catherine è pronta a pulire la casa dell'amica di sua nonna, solo per scoprire che il presuntuoso nipote della donna, per cui aveva una cotta da ragazzina (e lui l'aveva sempre saputo), vive lì, e lei è mortificata. Jared la ricorda diversamente; Mac era sempre stata una tipetta autoritaria, ma non le permetterà di dettare legge adesso. Ma con due di loro che vivono nella stessa casa, non si sa chi avrà la meglio.

Quello che un figo vuole

Beckett è pronto a pagare il debito per la sua scommessa a poker persa. Solo che non si era reso conto che avrebbe dovuto farlo con il suo cuore. Jennifer è quella che gli è sfuggita e ora è proprio lì, davanti a lui. A casa sua. Che lui è lì per pulire. Jennifer non può credere che il cattivo ragazzo del liceo per cui aveva una cotta pazzesca sia in casa sua, ma se c'è una cosa che il suo ex marito le ha insegnato, è che non può fare affidamento sui cattivi ragazzi. Finché Beckett non mette tutte le sue carte in tavola e si rivela essere qualcuno su cui, dopotutto, Jennifer può scommettere.

Ecco Judi!

L'autrice pluripremiata e bestseller Judi Fennell ama ridere e ama l'amore, quindi non sorprende che ci sia un po' di entrambi in ogni libro che scrive. Date un'occhiata alle sue fiabe con un tocco originale per assaggiare le sue commedie romantiche e paranormali leggere e ironiche. Dai tritoni al largo della costa del Jersey Shore, ai geni con tappeti magici, agli spogliarellisti à la Magic Mike, e ai domestici virili il cui motto è *Soddisfazione Garantita*, c'è sempre una risata e un amore da vivere.

E, nel suo abbondante (?) tempo libero, aiuta gli autori con tutti gli aspetti della scrittura e dell'autopubblicazione con la sua azienda di formattazione, design di copertine e promozioni, servizi editoriali, consulenza e audiolibri, www.formatting4U.com.

Judi vive nella periferia di Philadelphia con un serraglio di amici a quattro zampe, e il giorno in cui queste creature inizieranno A) a cantare, B) a cucire vestiti o C) a pulire la casa sarà il giorno in cui si ritirerà dalla scrittura...!